愛經典

閱讀經典，成為更好的自己。

一個青年藝術家的畫像

A PORTRAIT OF THE ARTIST AS A YOUNG MAN

詹姆斯．喬伊斯 著　辛彩娜 譯

緣起

愛經典

卡爾維諾說：「『經典』即是具影響力的作品，在我們的想像中留下痕跡，並藏在潛意識中。正因『經典』有這種影響力，我們更要撥時間閱讀，接受『經典』為我們帶來的改變。」因為經典作品具有這樣無窮的魅力，時報出版公司特別引進大星文化公司的「作家榜經典文庫」，期能為臺灣的經典閱讀提供另一選擇。

作家榜經典文庫從二〇一七年起至今，已出版超過一百本，迅速累積良好口碑，不斷榮登各大暢銷榜，總銷量突破一千萬冊。本書系的作者都經過時代淬鍊，其作品雋永，意義深遠；所選擇的譯者，多為優秀的詩人、作家，因此譯文流暢，讀來如同原創作品般通順，沒有隔閡；而且時報在臺推出時，每部作品皆以精裝裝幀，質感更佳，是讀者想要閱讀與收藏經典時的首選。

現在開始讀經典，成為更好的自己。

目錄

導讀

從伊卡洛斯到代達羅斯

《一個青年藝術家的畫像》（*A Portrait of the Artist as a Young Man*，以下簡稱《畫像》）是愛爾蘭文學大師詹姆斯．喬伊斯（James Joyce）的自傳體小說，以主人公斯蒂芬．代達勒斯（Stephen Dedalus）對民族、宗教、家庭的反叛為線索，描寫了他自我主義的發展歷程。主人公的名字濃縮了喬伊斯一貫的創作風格，是基督教思想和異教思想矛盾的結合。聖斯蒂芬（《聖經》中譯為「聖司提反」）是基督教第一位殉道聖徒，而「代達勒斯」則是「代達羅斯」（Daedalus）的變體，源於奧維德《變形記》（Ovid, *Metamorphoses*）中的一則小故事。小說的題記便引用了《變形記》第八章中的一句話："*Et ignotas animum dimittit in artes*"[1]，意為「他決心開拓前所未有的藝術領域」，其中的「他」便是指代達羅斯——希臘神話中著名的能工巧匠。他受克里特島國王之託建造了一座異常複雜的迷宮來囚禁半牛半人的怪物米諾陶洛斯，後與其子伊卡洛斯（Icarus）借助黃蠟黏合的羽翼逃離克里特島。兒子不聽父親勸誡，飛得太高，烈日融化了封蠟，伊卡洛斯墜海而死。

值得注意的是，小說結尾提到「老父親，老工匠，無論現在還是將來請永遠給予我幫助吧」（*P196*），因此斯蒂芬在文中也許更接近伊卡洛斯的角色，或者可以看作務實的父親和浪漫的兒子的矛盾結合體。聖斯蒂芬與伊卡洛斯的共同點在於兩者都為理想而死，只是前者獻身宗教而後者獻身藝術。伊卡洛斯墜海而亡也像是一個世俗版、浪漫化的路西法的故事，恰恰呼應了小說中反覆出現的一個詞：墮落。為到達難以到達的高度、實現難以實現的理想而墜落／墮落，可以說正是斯蒂芬·代達勒斯在千迴百轉之後，最終決定選擇的人生道路。在某種程度上，《畫像》主人公自幼年至青年的成長歷程便是對伊卡洛斯成為代達羅斯的可能性的反覆探索——既是試圖成為像父親一樣的能工巧匠的藝術追索過程，又是從群體中抽離出來找尋個人意義和價值的自我創造過程。

一、「進行中的作品」

和《都柏林人》（*Dubliners*）一樣，《畫像》於一九〇四年便開始創作，出版過程同樣一波三折。一九〇四年一月七日，喬伊斯幾乎是一氣呵成地寫了一篇八頁的敘述性散文，取名〈藝術家的畫像〉（*A Portrait of the Artist*），送交雜誌社發表，卻因晦澀難懂被退稿。喬伊斯決定把這篇草稿拓展成小說，在兩個月的時間裡就寫出了十一章，再加上接下來一年多陸陸陸續續的創作，即成後來未發表的手稿《斯蒂芬英雄》（*Stephen Hero*）。創作期間充滿了不可預見的挫折——他甚至一怒之下把一千多頁的手稿扔進火裡，只有一半手稿被匆匆挽救了回來，後又幾經刪改，才變成了我們今天看到的《畫像》。小說於一九一四年二月二日（喬伊斯三十二歲生日當天）開始在美國雜誌《利己主義者》（*The Egoist*）上連載，後在龐德（Ezra Pound）和威佛小姐（Harriet Shaw Weaver）的幫助下，於一九一六年十二月在美國出版，次年在英國出版了單行本。

「進行中的作品」（Work in Progress）是挪用了喬伊斯對《芬尼根的守靈夜》（*Finnegans Wake*）的命名——《芬尼根的守靈夜》在成書之前一直被這位慣於故弄玄虛的藝術家稱為「進行中的作品」。而之所以把《畫像》同樣稱為「進行中的作品」，是因為它是一部有關「探索」的小說，存在諸多不確定，也潛藏著無限可能——當然，這也是喬伊斯所有小說的共同特徵。

從形式上說，《畫像》是對寫作風格的探索。《畫像》既承襲了《都柏林人》現實主義的傳統性，又開啟了《尤利西斯》（*Ulysses*）現代主義的實驗性，既保持了前者客觀、中立、簡練的敘述風格，又包含了後者瑰麗、詭譎、拼貼式的藝術想像。小說立體化的語言形式可謂精彩紛呈——幼兒的語言、學童的語言、青春期少年的語言、青年藝術家的語言——或稚嫩，或懵懂，或淫穢，或宗教色彩濃厚，或浪漫詩意，或樸實無華……語言形式的變化鮮明地反映了斯蒂芬各階段的心理狀態和成長歷程。小說開篇便暗示了主人公敏銳的感知力和潛在的文學天賦，咿呀學語的斯蒂芬把「哦，野玫瑰已開放／在那小小的綠地上」唱成了「哦，綠美葵已開芳」（*P3*），雖然前言不搭後語，卻十分富有想像力和創造力。《畫像》結尾是青年藝術家斯蒂芬打算離開都柏林去往巴黎前的日記片段，和開篇一樣跳躍、破碎，卻是通向廣闊無垠、不加掩飾的內心獨白的墊腳石，雖然此時喬伊斯只是剛剛開始構思和嘗試，不過在下一部作品中，他便以純熟的技藝創造性地將其發揚光大了。

從主題上說，《畫像》是對自我及自我與民族關係的探索。斯蒂芬在成長的青春歲月中與祖國、宗教、家庭、他人始終有一種疏離感，有時甚至到了格格不入的境地。無論在家、在克隆伍茲·伍德公學、貝萊弗迪爾公學，還是在都柏林大學學院，斯蒂芬一直都在孜孜不倦地探索自我，拷問自己反叛立場的必要性、合法性。儘管在此期間有過遲疑、搖擺和反覆，但自始至終，他都或朦朧或清醒地意識到「當一個人的靈魂在這個國家誕生的時候，立刻就會有很多大網把它罩住，不讓它飛走」，而他要做的，「就是要衝破這些大網遠走高飛」（*P157*）。在小說結尾，喬伊斯將此前篇章中一直使用的第三人稱戲劇性地改為第一人稱。在第五章的前半部分，斯蒂芬系統闡述了自己的美學觀和藝術觀，喬伊斯有意將他的聽者安排成了無知之徒，從而使青年藝術家的孤獨感在對方的誤解與調侃中彰顯得淋漓盡致。而在該章後半部分，斯蒂芬開始以日記形式與自己對話，因為現實生活中已無知音可覓。此時青年藝術家對自我探索的途徑和目標已相當篤定：「我將嘗試透過某種生活方式或藝術形式盡可能自由完整地表達自己想要表達的東西，並且只會用我允許自己使用的那些武器來保衛自己，那就是沉默、流亡和智巧。」（*P191*）

二、頓悟：塵世之美與藝術之美

在第四章中，斯蒂芬沿沙灘散步，滿懷苦悶，這時他看到一個嬉水的少女：「修長纖細的小腿赤裸著，像白鶴的腿一樣纖細純淨，除了黏著一縷翠綠的水草外，白璧無瑕。大腿更豐滿、更白皙，幾乎露到了臀部，內褲的白邊宛如輕柔雪白的絨羽。淺藍色的裙子被大膽地撩起來圍在腰上，掖在身後的裙邊像鳥兒的尾巴一樣翹起來。她的胸脯也像鳥兒一樣柔軟而纖巧，纖巧柔軟得像長著深色羽毛的鴿子的胸脯。」（*P131-132*）斯蒂芬忽然從嬉水少女身上得到頓悟，從她身上發現了「令人驚異的塵世之美」，他的靈魂被突然爆發的「塵世的喜悅」所激盪，感到欣喜若狂：「去生活，去犯錯，去墮落，去征服，去從生命中創造生命！」（*P132*）之前斯蒂芬一直深陷於靈與肉的心理煎熬之中，一面是嚴苛的天主教教規和封閉的社會環境，一面是身體的欲望和藝術的追求，他徘徊不定，不知如何抉擇。貫穿《畫像》的主線之一，就是斯蒂芬在各個成長階段的身體感受和心理衝突。空間的封閉隱喻著身體和心靈的封閉，是權力無時無處不在的規訓，權力不斷繁殖和生產，壓抑變為內在的自我壓抑。但每當斯蒂芬離開學校和家這樣的封閉空間，來到街道、沙灘這類開闊的公共空間時，便會再次面臨身心的衝動，生發出逃離的欲望。在封閉空間和開闊空間之間的來回移動，反映了斯蒂芬心理情緒的糾結和起伏。然而，就在沙灘上頓悟的那一刻，他終於不再徘徊、不再矛盾，也不會再邁進告解室。他「決定去追尋城市生活的微小啟示，而不再接受學院壓迫的生活」[2]。生活和藝術與天主教道德的對立一目了然。嬉水少女被稱為「狂野的天使」，似乎暗暗對應著斯蒂芬這個世俗版本的路西法，既是墮落天使，又是晨曦之子，她向斯蒂芬「打開了通向一切罪過和榮耀之路的大門」（*P132*）。這裡的「路」（ways）和「門」（gates）用的都是複數，暗示了未來生活的多姿多采、鮮活生動。嬉水少女向斯蒂芬昭示了塵世之美，召喚他走向身體與靈魂完美融合的「自由而高貴」（*SH165*）的藝術生活。他決心墮落下去，所謂「墮落」，就是以世俗的人性的價值來取代和顛覆宗教的精神價值，從欲望和身體層面來體驗和反叛現實生活，實現身體的解放和靈魂的昇華。這是對欲望的肯定、對人性的張揚，也是對天主教禁欲主義的直接反抗。

早在《斯蒂芬英雄》中，斯蒂芬／喬伊斯就意識到某些特定的瞬間會將意義突顯出來：「這件微不足道的事使他想去把諸如此類的瞬間蒐集在一本有關頓悟的書中。在他看來，頓悟是突如其來的精神彰顯，不管是在通俗的語言和行為之中，還是在思想本身的重要階段裡都可能蘊含著頓悟。」（*SH188*）頓悟是瞬間的感覺，是對千篇一律的日常生活的救贖。頓悟是一種激情，一種身心的癲狂，是「去墮落」的呼喊，蘊含著戴歐尼修斯式的毀滅與自我毀滅的傾向。但正是在毀滅與自我毀滅的頓悟中，斯蒂芬得到了重生，窺見了一種與傳統刻板的宗教生活截然不同的存在方式，也完成了一個現代知識分子的文化自覺。在看到嬉水少女的那一瞬間，斯蒂芬不再因家庭和民族的貧困狀況而苦悶，也不再因身體與靈魂的衝突而心懷罪惡。他衝出了帝國和宗教雙重殖民空間的藩籬，決心用筆發動一場將自我與群體相隔離的戰爭（penisolate war）[3]，創造屬於自己的藝術王國。在頓悟的那一刻，塵世之美與藝術之美合二為一，斯蒂芬成了逃出迷宮的伊卡洛斯／代達勒斯，而逃離，最直接的方式就是流亡。

三、流亡：知識分子的文化自覺

流亡是空間隱喻的形式之一，不只涉及地理空間層面的跨越和遷徙，也關乎文化心理空間層面的內在追尋。流亡是一種遠離家園故土和自我文化、趨向異己的文化空間語境的物質和心理過程。差異產生了比較，促進了對不同空間文化的感知，從而給予流亡者以雙重視角。流亡者熟知不只一種文化、一個空間，他可以覺知同時並存的不同面向，用薩依德的話來說，「流亡是過著習以為常的秩序之外的生活。它是遊牧的，去中心的、對位的」[4]。也就是說，流亡意味著不認同、不迎合，代表著反對的精神。流亡者總是對現狀提出異議，他是諤諤之士，而非諾諾之輩，他不卑躬屈膝，不臣服妥協。為追求自由，流亡者自覺選擇了邊緣化立場，總是徘徊於主流世界之外。這種邊緣化的意識本身就是一種批判性的空間意識和地理想像。它處於既成權力中心之外，又可以透析權力機制深層的運作方式，既能駐留其中，又能以用陌生化的視角來除幻祛蔽，突破侷限，揭示現實世界被掩蓋的本質。流亡者是有意置身局外的當局者，是一個異端。

在戲劇《流亡者》（*Exiles*）中，喬伊斯區分了流亡的兩種形式：「一種是經濟流亡，一種是精神流亡。有些人離開她（指愛爾蘭）是為了尋求人們賴以生存的麵包，而其他人，不，她最有才能的孩子們，離開她到異國他鄉，是為了尋求人類的一個民族作為生活支柱的精神食糧。」[5]不論是經濟流亡還是精神流亡，對於當時的愛爾蘭人來說，都是當務之急。特別是經歷了大饑荒的戕害之後，愛爾蘭人的生存道路愈加狹窄。從十九世紀中期開始，大批窮人流離失所，在一八五〇年到一九〇七年前後短短的五十餘年間，僅移居美國的愛爾蘭人就達五百萬之多[6]。《畫像》結尾處刻意標明的寫作地點「都柏林—的里雅斯特」便是流亡的最佳注腳。

不過，大多數人離開愛爾蘭是為了逃離英國的殖民羅網，喬伊斯／斯蒂芬的流亡針對的卻是來自自己民族的桎梏。喬伊斯對愛爾蘭的社會弊端有著深刻的認知：「愛爾蘭的經濟及文化狀況不允許個性的發展。國家的靈魂已經被數個世紀的無用爭鬥和反覆無常的條約所削弱。個人的主動性已由於教會的影響和訓斥而處於癱瘓狀態，身體則為警察、稅務局及軍隊所管控。稍有自尊心的人都絕不願留在愛爾蘭，都要遠離那個為天神所懲罰的國家。」（*CW171*）愛爾蘭之所以彌漫著「腐爛的氣味」[7]，是因為愛爾蘭人關上了「窗戶」，拒絕「讓新鮮空氣進來」（*CW46*）。境況的改變依賴藝術家的力量，而藝術家不應與群氓為伍，必須自我孤立、自省自知。斯蒂芬在身體的流亡之前，便早已開始了精神的流亡。雖然身困都柏林，但在精神上斯蒂芬總是與主流保持著理性的距離，對於當時的愛爾蘭來說，文化主流就是癱瘓的中心，桎梏著愛爾蘭人的身體和靈魂。斯蒂芬的自我塑造是建立在對都柏林盛行價值觀的否定和批判之上的。他拒絕在和平倡議請願書上簽字，因為他從中看到了愛爾蘭民族主義的盲目和狹隘，看到了政治話語對個體意志的挾持。相對於所謂的集體意志和民主原則，斯蒂芬更看重個人自由，所以他將愛爾蘭民族主義者稱為「狂熱的民主人士」，認為他們追求的自由不過是口頭上的自由，是虛假的自由（*SH59*）。

斯蒂芬對民族身分的思考超越了簡單的反殖民主義範疇，他選擇的是一個既是中心又是邊緣的空間，這個空間既在全體之中，又在主流之外，其間充滿了矛盾、含混。流亡形成了斷裂與鴻溝，這種遊牧空間成為對抗性活動展開的場所，也預示著新的可能。這是一個徹底開放的空間，在這裡，斯蒂芬可以想像和創造新的世界，讓藝術只服從自己的意志，自由翱翔於社會囚籠之上：「他展開大雁的翅膀飛走了，飛過淨化之海，用自己智慧的廢料，為了自己的目的，製造了合成的墨水和感覺敏銳的紙。」[8]然而，流亡不是為了離開，而是為了回歸，如果沒有回歸，離開也便失去了意義。出發地和目的地建立在同心的空間模式之上，流亡之路也是還鄉之路，用喬伊斯自己的話說：「以為繞了最遠的路，偏偏是回家最近的路。」[9]流亡是到另外的空間中去尋找新的理念來促進民族精神的覺醒，目的是完善，而非拋棄，是引進，而非摧毀。所以，流亡並不是失去了家園、失去了愛，實際上，「流亡是建立在祖國的存在、對祖國的熱愛和真正的聯繫上的。」[10]在《流亡者》中，喬伊斯這樣寫道：「他們在她需要的時候離開了她，現在又在她期待已久的勝利到來的前夜被召喚回她身邊，在孤獨和流亡中他們最終學會了愛她。」[11]這也正是斯蒂芬／喬伊斯與愛爾蘭關係的形象寫照。

《畫像》描寫了主人公與民族、宗教、家庭的對峙直至疏離、流亡的整個過程，在這部幾乎不加掩飾的自傳體小說裡，喬伊斯對寄予在斯蒂芬身上的過去的自己展示出了複雜的感情，既不失浪漫的同情，又不乏幽默的揶揄。接下來，在聞名遐邇的《尤利西斯》中，喬伊斯把作品的焦點從斯蒂芬激烈的反叛轉向了利奧波爾德·布盧姆那種更為謙卑的個人主義。布盧姆在參加葬禮的路上從馬車窗戶向外望去，看到了衣著灰暗、落落寡歡、若有所思的斯蒂芬。實際上，布盧姆對斯蒂芬的凝視，便是已成為文學大師的喬伊斯對青年藝術家喬伊斯的凝視，也是代達羅斯對伊卡洛斯的凝視。

二〇二〇年九月於青島

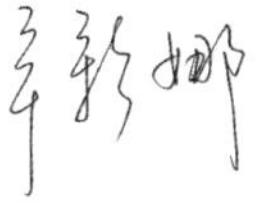

1 James Joyce, *A Portrait of the Artist as a Young Man*. Hertfordshire: Wordsworth Classics, 2001, p. 2. 以下出自該書的引文以P加頁碼形式標注。

2 James Joyce, *Stephen Hero*. London: Granada, 1981, p. 38. 以下出自該書的引文以SH加頁碼形式標注。

3 James Joyce, *Finnegans Wake*. Hertfordshire: Wordsworth Classics, 2012, p. 3.

4 艾德華・薩依德，《知識分子論》，單德興譯。臺北：麥田出版，二〇一六年，第二十一頁。

5 James Joyce, *Poems and Exiles*, ed. J.C.C.Mays. London: Penguin Books, 1992, p. 245.

6 James Joyce, *The Critical Writings of James Joyce*. Ellsworth Mason & Richard Ellmann eds. New York: Viking Press, 1959, p. 172. 以下出自該書的引文以CW加頁碼形式標注。

7 James Joyce, *Selected Letters of James Joyce*. Richard Ellmann eds. London: Faber and Faber, 1975, p. 79.

8 James Joyce, *Finnegans Wake*. p. 185.

9 James Joyce, *Ulysses*. Hertfordshire: Wordsworth Classics, 1993, p. 341.

10 Edward Said, *Culture and Imperialism*. New York: Vintage, 1993, p. 336.

11 James Joyce, *Poems and Exiles*. p. 245.

他決心開拓前所未有的藝術領域。[1]

奧維德，《變形記》，第八章，第一八八行。

1 原文為拉丁語"*Et ignotas animum dimittit in artes*"。譯注，下同。

第一章

很久很久以前，在一個很好很好的日子裡，一頭奶牛沿著大路走過來，這頭沿著大路走過來的奶牛遇見了一個小乖乖，他的名字叫饞嘴寶寶……

爸爸給他講了這個故事：爸爸透過單片眼鏡看著他：他臉上有很多汗毛。

饞嘴寶寶就是他。奶牛就是從貝蒂·伯恩住的那條大路上走過來的：她賣檸檬味的扭扭糖。

哦，野玫瑰已開放
在那小小的綠地上。

他唱著這首歌。這是他的歌。

哦，綠美葵已開芳。[1]

尿床了，先是熱呼呼的，後來又涼颼颼的。媽媽給他鋪上油布。那東西有股怪味。

媽媽身上的氣味比爸爸好聞多了。她在鋼琴上彈水手號笛樂給他伴舞。他跳著：

特啦啦啦 啦啦
特啦啦啦 特啦啦滴
特啦啦啦 啦啦
特啦啦啦 啦啦

查理斯舅公和丹蒂都給他鼓掌。他倆都比爸爸媽媽年紀大，查理斯舅公又比丹蒂年紀大。

丹蒂衣櫃裡有兩把刷子。絳紫色絨背的代表麥克．戴維特，綠絨背的代表帕內爾[2]。每回他給丹蒂送棉紙，丹蒂都會給他一塊腰果糖。

萬斯家住在七號。他們也有自己的爸爸媽媽。他們是愛琳的爸爸媽媽。等他們長大了，他就要娶愛琳。他躲到桌子底下。媽媽說：

——哦，斯蒂芬會認錯的。

丹蒂說：

——哦，如果不認錯，山鷹就會飛過來啄他的眼睛。

啄他的眼睛，
快認錯，
快認錯，
啄他的眼睛。

快認錯，
啄他的眼睛，
啄他的眼睛，
快認錯。

寬闊的操場上到處都是男孩子。大家喊個不停，舍監們也吶喊著給他們加油助威。傍晚

天色昏暗，冷颼颼的。隊員們每次發動進攻，飛起一腳，油膩膩的皮球就像一隻身形笨重的鳥兒，劃破灰暗的暮色。他一直站在他們這撥人的邊上，舍監看不見他，粗野的腳也踢不到他，他還時不時裝模作樣地跑上兩步。他覺得自己在這群隊員中顯得又小又弱，況且視力又不好，常常無故流淚。羅迪・基克漢姆可不這樣：所有同學都說他會當上低年級的隊長[3]。

羅迪・基克漢姆為人正派，納斯蒂・羅奇卻是個討厭鬼。羅迪・基克漢姆的儲物櫃裡總是放著護脛，在食堂裡存放著食物籃。納斯蒂・羅奇有一雙大手。他把星期五的布丁叫做毛毯裡的狗。有一天羅奇問他：

——你叫什麼名字？

斯蒂芬回答說：斯蒂芬・代達勒斯。

納斯蒂・羅奇問道：

——這是個什麼名字？

沒等斯蒂芬回答，納斯蒂・羅奇又問：

——你爸爸是做什麼的？

斯蒂芬回答說：

——他是個紳士。

納斯蒂・羅奇又問：

——他是地方法官嗎？

他在他們這撥人的邊上慢吞吞地挪來挪去，偶爾跑上兩步。手已經凍得通紅。他把手伸進束著皮帶的灰色外套的側袋裡。皮帶恰好束在側袋上沿。皮帶也可以用來抽人。一天，有個傢伙對坎特維爾說：

——你等著，看我不拿皮帶抽你。

坎特維爾反擊道：

——有種找個厲害的人去打。敢不敢抽塞西爾・桑德爾一皮帶呀？我倒要看看，他不衝你屁股蛋踹上一腳才怪。

這話可不好聽。媽媽叮囑過他不要跟學校裡那些野孩子搭腔。媽媽好漂亮呀！開學第一天，在城堡[4]的大廳裡告別時，她把面紗撩到鼻子上吻他：她的鼻子和眼睛都紅了。但他假裝沒看見她快要哭了。這麼漂亮的媽媽，一哭起來可就沒那麼漂亮了。爸爸給他兩個五先令硬幣當零用錢。爸爸跟他說，需要什麼就往家裡給他寫信，還說無論做什麼，都不能打小報告出賣同學。在城堡門口，校長與爸爸媽媽握手告別，他的法衣在微風中拂動。馬車載著爸爸媽媽走了。他們在車上一邊朝他揮手，一邊喊著他的名字：

——再見，斯蒂芬，再見！

——再見，斯蒂芬，再見！

他被捲入一場混戰中。他彎下腰，怯生生地從兩腿間的縫隙裡望著那些發亮的眼睛和沾滿泥汙的靴子。那幫人一邊爭搶一邊哼哧哼哧地喘著粗氣，他們的腿蹭在一起，亂踢亂踹。接著，傑克・勞頓的黃靴子把球盤了出來，所有靴子和腿又都緊跟了上去。他跟著跑了幾步便停下來。跑也沒用。很快他們就要放假回家了。晚飯後，他要去自習室把貼在書桌裡的紙條上的數字從七十七改成七十六[5]。

待在自習室可比在外面受凍強。天色昏暗，冷颼颼的，城堡裡已是燈光閃爍。他納悶當初漢密爾頓・羅恩是從哪扇窗戶把帽子扔到哈哈牆[6]上去的，不知當年窗戶下面有沒有花壇。一天，他被叫到城堡裡去，管事還把當時士兵們在木門上留下的彈痕指給他看，又給了他一塊耶穌會神父們吃的黃油酥餅。望著城堡裡的燈光，他覺得既舒心又溫暖，像是在哪本書裡見過似的。也許萊斯特修道院就是這樣的。康韋爾博士的拼寫課本裡也有些漂亮句子。它們看起來像詩，其實只是些教人拼寫的句子而已。

沃爾西死在萊斯特修道院
修道院院長把他埋在這裡。
枝枯病是危害植物的病，
癌症是危害動物的病。

要是能躺在壁爐前的地毯上，把手枕在腦後思量這些句子，那該有多好。他凍得發抖，好像渾身都沾滿了又冷又黏的尿水。威爾斯把他撞進小便池裡，實在是太壞了，不就是因為他不願拿自己的小鼻菸壺去換威爾斯那個曾經打敗過四十個敵手的乾栗子[7]嘛！尿水真是又冷又黏！有人曾親眼看到一隻大老鼠跳進浮垢裡去。媽媽和丹蒂坐在壁爐邊，等著布麗吉特端茶過來。她把腳放在爐欄上，亮晶晶的拖鞋被烤得熱呼呼的，暖烘烘的氣味真好聞呀！丹蒂知道很多事。她曾告訴過他莫三比克海峽在什麼地方，美國最長的河是哪一條，月亮上最高的山叫什麼名字。阿納爾神父比丹蒂知道的還要多，因為他是神父嘛！爸爸和查理斯舅公都誇丹蒂是個聰明博學的女人。如果丹蒂吃過飯後打嗝，用手捂著嘴，那就是胃食道逆流了。

操場那頭遠遠傳來一聲呼喊：

——都進教室！

接著，中年級和低年級兩個隊中有人跟著喊了起來：

——都進教室！都進教室！

隊員們全都圍攏過去，滿臉通紅，渾身是泥，他跟著人流往前走，樂得趕緊回教室。羅迪・基克漢姆用油膩膩的網袋拎著球。有人問他能不能再踢上一腳，但他只管往前走，理都沒理那傢伙。西蒙・穆南跟他說別踢了，舍監正看著呢。那傢伙馬上轉向穆南說：

——我們都知道你為什麼這麼說。你就是麥克格雷德的屁精。

屁精是個很奇怪的詞。那傢伙這樣叫西蒙．穆南是因為西蒙．穆南常跑到舍監身後把他的假袖繫到一起，而舍監總會裝出生氣的樣子。不過，這個詞的發音真是太難聽了。有一次，他在威克洛旅館的廁所裡洗手，洗完後爸爸提起鏈子把塞子拔開，髒水順著洗手池的洞流了下去。水慢慢流盡，洗手池的洞就發出了這樣的聲音：劈啷[8]。只不過聲音更大一些。

一想起這件事和廁所那白花花的樣子，他就覺得冷一陣熱一陣的。那裡有兩個水龍頭，一擰水就出來了：有冷水，也有熱水。他先是覺得冷，後來又覺得熱：好像還看見了印在水龍頭上的品牌名。真是怪事。

走廊裡的空氣也讓他覺得冷颼颼的。不過，煤氣燈很快就會亮起來，燃燒時會發出輕微的聲音，像唱小曲似的。總是一個調：只要同學們在遊戲室裡一靜下來，就能聽見那聲音。

上算術課了。阿納爾神父在黑板上寫下一道很難的算術題，然後說：

——現在我們來看看誰能贏。快算，約克隊！快算，蘭開斯特隊！[9]

斯蒂芬絞盡腦汁算啊算，但這道題太難了，他被弄得暈頭轉向。別在夾克衫胸前的那個綴著白玫瑰的絲質小紋章開始顫動起來。他算術不太好，但還在拚命算，這樣約克隊才不會輸。阿納爾神父臉色鐵青，不過並沒有生氣：他還在笑呢！傑克．勞頓打了個響指，阿納爾神父看了看他的筆記本說：

——做對了。蘭開斯特隊好樣的！紅玫瑰贏了。約克隊，加油啊！快算！

傑克・勞頓扭過身來看了一眼。他穿了件藍色的水手上衣，所以綴著紅玫瑰的絲質小紋章看起來格外豔麗。斯蒂芬感到自己的臉也紅了，他想到大家押在他倆身上的賭注，看究竟誰能得基礎班[10]的第一名，是他還是傑克・勞頓。有幾個星期傑克・勞頓拿到了第一名的卡片，又有幾個星期是他拿到了第一名的卡片。在做第二道算術題的時候，他那個白色的絲質紋章一直顫個不停。這時，他聽到了阿納爾神父說話的聲音，急切的心情頓時一掃而光，覺得臉也涼了下來。他想自己的臉色一定很蒼白，因為臉上冰涼冰涼的。他算不出這道題的答案，但也沒什麼關係。白玫瑰和紅玫瑰：都是讓人想起來就覺得很美的顏色。第一、第二、第三名的卡片顏色也都很美：粉紅色、奶油色和淡紫色。淡紫色、奶油色和粉紅色的玫瑰讓人想起來就覺得很美。也許野玫瑰就是這樣的顏色，他記起了那首野玫瑰在小小的綠地上開放的歌。不過，沒法找到一朵綠色的玫瑰。但說不準在世界上某個地方能找到吧。

下課鈴響了，學生們開始從各班教室一個接一個地出來，沿著走廊向食堂走去。他坐在那裡，呆望著盤子裡兩塊用模子壓出來的奶油，實在吃不下那塊潮乎乎的麵包。桌布也是潮乎乎、鬆垮垮的。不過，他喝光了那杯熱騰騰的淡茶，那是繫著白圍裙的笨手笨腳的廚工給他倒的。他尋思廚工的圍裙是不是也潮乎乎的，說不定所有白色的東西都又冷又潮。納斯蒂・羅奇和索林喝的是家人送來的罐裝可可。他們說喝不下這裡的茶，說簡直就是髒水。有人說，他倆的爸爸都是地方法官。

在他看來，所有同學好像都很奇怪。他們都有爸爸媽媽，穿的衣服和說話的聲音卻千奇百怪。他多希望能回到家裡，把頭枕在媽媽腿上。但這不可能：所以他盼望著遊戲、學習和禱告都趕快結束，好上床去睡覺。

他又喝了一杯熱茶。佛萊明問他：

——怎麼啦？你是哪裡疼還是哪裡不舒服？

——我也不知道，斯蒂芬說。

——準是胃堵得慌，佛萊明說，瞧你臉色那麼白。一會兒就好了。

——哦，是的，斯蒂芬說。

但他並沒有覺得胃堵得慌。他想，是心堵得慌，如果心可以堵的話。佛萊明問這問那關心他，心眼真好。他很想哭。他把手肘支在桌子上，一會兒用耳罩捂住耳朵，一會兒又鬆開。每次把耳罩鬆開，就會聽到食堂裡一片嘈雜。這嘈雜聲就像夜裡火車的轟鳴。一捂上耳罩，轟鳴聲就像火車駛進隧道一樣消失了。在達爾基度過的那個夜晚，火車就發出了這樣的轟鳴聲，後來火車駛進隧道，轟鳴聲就消失了。他閉上眼睛，火車向前奔馳，轟鳴了一陣又停下了；然後又轟鳴起來，接著又停下了。聽著火車轟鳴然後停住，從隧道裡轟鳴著出來然後再停住，真有意思。

這時，高年級學生開始陸續沿食堂中間的草墊走過來，先是帕迪·拉斯和吉米·馬吉，隨後是那個被准許抽雪茄的西班牙人，接著是那個戴毛線帽的葡萄牙小個子。中年級和低年級桌子上的人也開始跟著走了。每個人走路的姿勢都不同。

他坐在遊戲室的角落裡，假裝看別人玩多米諾骨牌，有一兩回聽見了煤氣燈哼小曲的聲音，儘管時間很短。舍監站在門口，身邊圍著幾個男孩，西蒙．穆南正把他的假袖繫到一起。他在給他們講塔拉貝格的事。

過了一會兒，舍監出門走了，威爾斯來到斯蒂芬跟前，問道：

——跟我們說說，代達勒斯，你睡覺前吻你媽媽嗎？

斯蒂芬答道：

——吻。

威爾斯轉身對其他人說：

——喂，大家聽聽，這裡有個傢伙說他每天晚上睡覺前都要吻他的媽媽。

大家都暫停了遊戲，轉過臉來哄堂大笑。斯蒂芬在眾目睽睽之下漲紅了臉，改口道：

——我不吻。

威爾斯又說：

——哦，大家聽聽，這裡有個傢伙說他睡覺前不吻他媽媽。

大家又哄堂大笑。斯蒂芬也強跟著他們一起笑。他覺得渾身發熱，一時間有點摸不著頭緒。這個問題要怎樣回答才對？他說了兩個答案，但威爾斯一直在笑。威爾斯一定知道正確答案，因為他是三級文法班的學生。他試著去想像威爾斯媽媽的樣子，卻不敢抬頭看威爾斯的臉。他不喜歡威爾斯那張臉。前一天就是威爾斯把他撞進小便池裡去的，就因為他不願拿自己的小鼻菸壺去換威爾斯那個曾經打敗過四十個敵手的乾栗子。他那樣做真是太壞了；所有同學都這麼說。尿水真是又冷又黏！有人曾親眼看到一隻大老鼠跳進浮垢裡去。

他身上沾滿了池子裡又冷又黏的尿水；晚自習鈴聲響起，各年級從遊戲室裡列隊而出，他感到走廊和樓梯裡的冷風直往衣服裡鑽。他還在想該怎麼回答那個問題。是應該吻媽媽呢，還是不應該吻？吻是什麼意思？像那樣仰起臉來說晚安，然後媽媽低下頭把臉貼上來，這就是吻。媽媽把嘴唇貼到他的臉蛋上；她的嘴唇很柔軟，弄濕了他的臉蛋；還發出輕微的聲響：叭。人們為什麼要用兩張臉做這個呢？

他坐在自習室裡，掀開書桌的蓋子，把貼在裡面的數字從七十七改成了七十六。離耶誕節假期還遠著呢：不過總會到的，因為地球在不停地轉嘛。

地理課本的第一頁畫著地球：雲彩環繞的一個大球。佛萊明有一盒彩色蠟筆，一天晚自習的時候，他把地球塗成了綠色，把雲彩塗成了絳紫色，就像丹蒂衣櫃裡的兩把刷子，絳紫色絨背的代表麥克．戴維特，綠絨背的代表帕內爾。但他可沒告訴佛萊明塗那兩種顏色，是佛萊明自己塗的。

他打開地理課本溫習功課，但怎麼也記不住美洲那些地名。不同的地方，不同的名字。它們在不同的國家裡，不同的國家又在不同的大陸上，不同的大陸又在世界各地，世界又在宇宙中。

他翻到地理課本的扉頁，讀著自己寫在上面的字：他自己、他的名字和他所在的位置。

斯蒂芬·代達勒斯
基礎班
克隆伍茲·伍德公學
薩林斯
基爾代爾郡
愛爾蘭
歐洲
世界
宇宙

這是他自己寫的。有天晚上佛萊明逗弄他，在背面寫道：

斯蒂芬・代達勒斯是我的名字，
愛爾蘭是我的國家。
克隆伍茲是我住的地方，
天堂是我的渴望。

他把這些押韻的句子倒著念，但這樣一來就不是詩了。接著他又把扉頁上的字從下往上念，一直念到自己的名字。那就是他：他又從上往下念了一遍。宇宙後面該是什麼呢？什麼也沒有。不過，什麼也沒有這個地方是從哪裡開始的呢？宇宙周圍是不是有什麼東西標示著宇宙的盡頭？不可能是一堵牆，但可能是一條很細很細的線，把一切東西都圍住。要思考所有事情、所有地方，得有大思想才行。只有上帝能做到。他試圖去想像大思想到底是什麼，但他能想到的只有上帝。上帝的名字叫上帝，就像他的名字叫斯蒂芬一樣。在法文裡上帝叫「Dieu」，那也是上帝的名字。如果有人向上帝禱告時說「Dieu」，那上帝立刻就能知道向他禱告的是個法國人。雖然上帝在世界不同的語言裡有不同的叫法，雖然上帝可以聽懂每個人用各自的語言向他禱告，但上帝永遠是同一個上帝，上帝的真名就叫上帝。

這種思考讓他感到疲倦。他覺得頭都大了。他翻動著扉頁，無精打采地盯著絳紫色雲層中那個圓圓的綠色地球。他拿不準怎樣才是對的，不知該支持綠色的一方，還是支持絳紫色的一方，因為有一天丹蒂用剪刀把代表帕內爾的那把刷子的綠絨背剪掉了，還告訴他帕內爾是個壞蛋[11]。他猜想說不定他們還在家裡爭論這事呢。這就叫政治。政治裡有兩方：丹蒂在一方，爸爸和凱西先生在另一方，而母親和查理斯舅公則不屬於任何一方。報紙上每天都有關於這事的爭論。

不清楚政治的涵義，也不知道宇宙的盡頭在哪裡，這讓他感到很痛苦。他覺得自己太渺小、太軟弱。什麼時候才能變得像詩歌班和修辭班那些學生一樣呢？他們嗓門大，靴子也大，還學三角學。還遠著呢。得先過了這個假期，然後是下個學期，然後再過一個假期，然後再過一個學期，然後還有一個假期。就像火車在隧道裡穿進穿出一樣，就像在食堂吃飯捂上耳罩再鬆開聽到的喧鬧聲一樣。學期、假期；進隧道、出隧道；喧鬧、靜止。實在太遠了！倒不如上床去睡覺。到小教堂做完禱告就可以睡覺啦。他有點發抖，打了個哈欠。等躺到床上把被窩焐熱，那才舒服吶。剛鑽進被窩會特別冷。一想到被窩那麼冷他就發起抖來。不過慢慢就暖和了，就能睡覺了。累了也是件舒服事。他又打了個哈欠。晚禱之後就能睡覺啦：他渾身發抖，又想打哈欠。過幾分鐘就舒服了。他感到冷得讓人打顫的被窩裡慢慢有了熱氣，愈來愈暖，後來他全身都暖和起來，從來沒有這麼暖。但他還在微微發抖，還是想打哈欠。

做晚禱的鈴聲響了，他排隊隨大家走出自習室，下樓梯沿走廊來到小教堂。走廊裡燈光很暗，小教堂裡燈光也很暗。很快一切都會暗下來，睡過去。小教堂裡彌漫著冰冷的夜晚的氣息，大理石正是夜晚海水的顏色。海水不論白天黑夜都是冰冷的，但黑夜裡更冷。爸爸房子旁邊的海堤下面就又黑又冷。但是壁爐架上總是擱著壺，用來做潘趣酒。

頭頂上傳來小教堂當值舍監的禱告，應答詞他都能背得出來：

哦，主啊，開啟我們的雙唇，
我們的嘴會說出對祢的讚美。
屈尊來幫助我們吧，哦，上帝！
哦，主啊，快來幫助我們！

小教堂裡彌漫著冰冷的夜晚的氣味。但這是神聖的氣味，不像星期天望彌撒時跪在小教堂後面的老農的氣味。老農的氣味是空氣、雨水、泥炭和燈芯絨混合的氣味。但他們是非常虔誠的農民，他們好像就在他脖子後面呼著氣，一邊禱告，一邊歎息。有個傢伙說他們住在克萊恩：那裡有很多小農舍，從薩林斯坐馬車路過克萊恩時，他看見有個農婦抱著小孩站在自家農舍的半截門邊。要是能在農舍冒著煤煙的爐火前，在映著熊熊爐火的夜色中，在暖融融的夜色中，呼吸著混合了空氣、雨水、泥炭和燈芯絨的農民的氣味，睡上一覺該多好啊。可是，哦，林間那條路黑漆漆的！在黑暗中會迷路的。想到那種情景他就害怕。

他聽到小教堂當值舍監在念最後一段禱告詞。他也跟著禱告，祈求上帝別讓他陷進外面樹下的黑暗中。

我們請求祢，哦，主啊，降臨到我們居住的地方，清除敵人所有的陷阱。願祢神聖的天使在這裡住下，保護我們太平，願祢透過我主基督，讓我們永遠得到祢的祝福。阿們。

他在宿舍脫衣服時手指抖個不停。他對自己的手指說快點脫。他必須得脫掉衣服，跪下來說完禱告詞，趕在煤氣燈熄滅之前上床去，這樣死後才不會下地獄。他把長襪一股腦捲下來脫掉，又飛快地穿上睡衣，哆哆嗦嗦地在床邊跪下來，匆匆念著禱告詞，唯恐煤氣燈熄滅。他低聲禱告時，感到肩膀都在發抖：

上帝保佑我的爸爸媽媽，讓他們不要離開我！
上帝保佑我的弟弟妹妹，讓他們不要離開我！
上帝保佑丹蒂和查理斯舅公，讓他們不要離開我！

他又祝福了自己幾句，然後飛快地爬上床，把睡衣下襬壓到腳下，在冰冷的白色被窩裡蜷作一團，哆嗦個不停。但他死後不會下地獄了；哆嗦也總會停下來。有聲音傳來，向宿舍裡的孩子們道晚安。他從被窩裡朝外看了一眼，看到床周圍和眼前都掛上了黃色的簾子，把他嚴嚴實實地擋在裡面。燈光悄悄地暗了下來。

舍監的腳步聲遠去了。去哪裡了呢？是下樓沿走廊去了呢，還是到盡頭自己的房間去了？他看見了一片黑暗。據說有條黑狗，眼睛有車燈那麼大，一到夜裡就在黑暗裡溜達，是不是真的啊？他們說那是個殺人犯的鬼魂。想到這裡，他嚇得全身一陣哆嗦。他看到了城堡大廳黑漆漆的門。穿著老式衣服的老僕人都待在樓梯上先前存放鎧甲的房間裡。那是很久很久以前的事了。老僕人們都一聲不吭。那裡生著火，但大廳裡還是漆黑一片。一個人影從大廳走上樓梯。他披著白色的元帥披風；面容蒼白而怪異；一隻手扠著腰。他用怪異的眼神盯著那些老僕人。他們看著他，認出那是主人的臉和披風，知道他受了致命傷。可是他們望著的只是一片黑暗：只是黑暗、沉寂的空氣。他們的主人在海那邊遙遠的布拉格戰場上受了致命傷。他站在戰場上；一隻手扠著腰；臉色蒼白而怪異，披著白色的元帥披風。

哦，一想到這些事，他就覺得又冷又怪。黑暗總是又冷又怪。那裡有蒼白怪異的面容，還有車燈那麼大的眼睛。他們是殺人犯的鬼魂，是海那邊遙遠的戰場上受了致命傷的元帥們的鬼影。他們面容怪異，到底想說什麼呢？

我們請求祢，哦，主啊，降臨到我們居住的地方，清除……

要回家度假啦！真是太棒啦：大家都跟他這麼說。在寒冷的冬天的早晨，一大早便來到城堡門外，爬上馬車。一輛輛馬車在碎石路上滾滾前行。為校長歡呼！

好極啦！好極啦！好極啦！

馬車路過小教堂，大家都脫帽致意。車隊在鄉間道路上歡快地前行。車夫們拿鞭子指著博登斯鎮，大家都歡呼起來。他們駛過門前豎著「快活農夫」牌子的農舍，歡呼聲此起彼伏。他們駛過克萊恩，與路人歡呼致意。那裡有在半截門邊站著的農婦，還有三三兩兩站在一起的農民。冬天的空氣中彌漫著那裡特有的怡人的氣味：那是克萊恩的氣味：雨水、冬天的空氣、泥炭的煙氣、燈芯絨。

火車上擠滿了學生：很長很長的帶奶油鑲邊的巧克力火車。列車員走來走去，開門，關門，上鎖，開鎖。他們穿著深藍色和銀白色相間的制服；佩帶銀哨子，鑰匙發出輕快的音樂聲：叮鈴，叮鈴；叮鈴，叮鈴。

火車飛快地駛過原野，翻過艾倫山。電線桿不斷地閃過。火車不停地向前奔馳。它知道該上哪裡去。在爸爸房子的大廳裡掛著燈籠，還有綠樹枝擰成的吊繩。穿衣鏡四周纏繞著冬青枝和常春藤，吊燈上也紅紅綠綠地纏繞著冬青枝和常春藤。牆上那些古老的畫像上也纏繞著紅色的冬青枝和綠色的常春藤。冬青枝和常春藤是為他準備的，也是為耶誕節準備的。

真好啊……

所有人都在。斯蒂芬，歡迎回家！歡迎聲，喧鬧聲。媽媽吻了他。這樣做對嗎？爸爸現在是元帥了，比地方法官官位還大！斯蒂芬，歡迎回家！

喧鬧聲……

傳來床帳環滑過橫桿的聲音，水倒進臉盆裡嘩嘩的聲音。宿舍裡有了起床、穿衣服、洗漱的聲音：還有舍監走來走去拍著手叫大家打起精神的聲音。慘澹的陽光照耀著扯開的床帳和掀開的床褥。他的床熱烘烘的，臉和身上也熱烘烘的。

他爬起來坐到床邊，覺得渾身無力。他費力地穿著長襪。長襪摸上去粗糙極了。陽光很怪異，也很清冷。

佛萊明問他：

——你不舒服嗎？

他不知道；佛萊明說：

——快回床上躺著去吧。我會跟麥克格雷德說你不舒服。

——他病了。

——誰？

——去跟麥克格雷德說一聲。

——快回床上躺著去吧。

——他病了嗎？

他脫掉束在腳上的長襪，有個同學扶著他爬回熱烘烘的床上。他鑽進被窩縮成一團，被窩裡沒那麼熱了，他覺得很舒服。他聽到大家一邊穿衣服準備去望彌撒，一邊議論他。他們說，把他撞進小便池裡真是太壞了。

然後話音靜了下來；他們都走了。床邊有個聲音說：

——代達勒斯，不要告我們的狀，你肯定不會去告狀吧？

那是威爾斯的臉。他看著那張臉，看出威爾斯害怕了。

——我不是故意的。你肯定不會去告狀吧？

爸爸曾經告訴他，無論做什麼，都不能打小報告出賣同學。他搖頭回答說不會的，覺得很高興。

威爾斯說：

——我以名譽擔保，我真不是故意的，只是鬧著玩而已。對不起。

臉和話音都消失了。他害怕了，所以才說對不起。害怕他得了什麼病。枝枯病是危害植物的病，癌症是危害動物的病：或者還有別的什麼病。在暮色中，在外面的操場上，在他們這撥人的邊上慢吞吞地挪來挪去，一隻身形笨重的鳥在低空劃破灰暗的暮色，那是很久以前的事了。萊斯特修道院的燈亮起來了。沃爾西死在那裡，修道院院長親手把他埋葬。

不是威爾斯的臉，是舍監的臉。他不是裝病。不是，不是：他是真病了。他不是裝病。他感到舍監用手摸著他的額頭；他覺得舍監的手又冷又濕，自己的額頭又暖又濕。老鼠摸上去就是這感覺，又滑又濕又冷。每隻老鼠都有兩隻朝外看的眼睛。又滑又黏的皮毛，小小的爪子蜷起來準備往上跳，黑溜溜黏糊糊的眼睛朝外看。老鼠知道怎麼跳。可是老鼠的腦子卻理解不了三角學。老鼠死了就側躺在那裡。然後皮毛就乾了。不過是些死東西罷了。

舍監又來了，他聽到了他說話的聲音，讓他起床，說副校長神父讓他起床穿好衣服去醫務室。他急急忙忙穿衣服的時候，聽到舍監說：

——我得把自己打發到邁克爾兄弟[12]那裡去嘍，因為我的肚肚疼得要命。

他這麼說是出於好心，是為了逗他笑一笑。可是他笑不出來，他的臉蛋和嘴唇都在不停地哆嗦：舍監只好自己哈哈一笑。

舍監大喊：

——快步走！乾草腳！稻草腳！[13]

他們一起下了樓梯，穿過走廊，經過澡堂。走到澡堂門口的時候，想起那泥漿一樣的髒水，熱烘烘的潮氣，拍打水的聲音，還有毛巾散發出的藥味，他不禁覺得有點害怕。

邁克爾兄弟站在醫務室門口，右邊一間黑乎乎小屋的門裡好像飄出一股藥味。那是架子上那些瓶瓶罐罐散發出的氣味。舍監跟邁克爾兄弟說了說情況，邁克爾兄弟答了話，還管舍監叫先生。他的樣子很奇怪，頭髮有點紅，摻著銀灰色的髮絲。他永遠是「兄弟」，真奇怪啊。因為他是個「兄弟」，樣貌特別，就不能叫他先生，也真奇怪啊。難道是他不夠虔誠？他為什麼不能變得和別人一樣呢？

屋裡有兩張床，其中一張躺著一個人：他們一進屋，他就喊道：

——喂！是小代達勒斯呀！怎麼了？

——天曉得怎麼了，邁克爾兄弟說。

他是三級文法班的學生，斯蒂芬脫衣服的時候，他要邁克爾兄弟給他拿塊塗奶黃油的烤麵包來。

——嘿，去拿嘛！他說。

——想得美！邁克爾兄弟說。早晨大夫一來就給你開單子走人。

——走人？那傢伙說。我還沒好呢。

邁克爾兄弟又說了一遍：

——給你開單子走人。實話跟你說了吧。

他彎腰去通爐子。他的背很長，像拉車的馬的背那麼長。他沉著臉晃晃爐鉤，朝三級文法班的那個學生點了點頭。

邁克爾兄弟出去了，過了一會兒，那個三級文法班的學生也轉身朝牆睡著了。

這就是醫務室。他生病了。他們給家裡寫信通知爸爸媽媽了嗎？要是有個神父能親自去通知一下，那就快多了。或許他可以寫封信讓神父帶去。

親愛的媽媽：

我生病了。我想回家，請來接我回家吧。我在醫務室。

您親愛的兒子，

斯蒂芬

他們離他太遠了！窗外是冰冷的陽光。他不知道自己會不會死。就算在陽光燦爛的白天，也是會死人的。說不定媽媽還沒來他就死了。那他的葬禮彌撒就會在小教堂裡舉行，聽同學說那個利特爾死後就是這樣。所有人都會身穿黑衣，滿臉悲傷地去參加彌撒。威爾斯也會來，但沒有人會瞧他一眼。校長會穿著黑金兩色的法衣出席，聖壇上和安所架周圍都會點起長長的黃色蠟燭。人們會緩緩地把棺材抬出小教堂，他會被埋到離椴樹大道不遠的教區的小墓地裡。到那時威爾斯就會對自己的所作所為感到後悔。喪鐘會慢慢地敲響。

他現在就能聽見鐘聲。他暗暗唱起了布里吉德教他的那首歌。

叮咚！城堡的鐘聲！
永別了，我的母親！
把我埋葬在教堂古老的墓地，
要和我大哥挨得近。
我的棺材要塗得漆黑，
六個天使跟著我飛，
兩個唱歌，兩個禱告，
還有兩個帶我的靈魂走掉。

多麼美妙，多麼悲傷啊！**把我埋葬在教堂古老的墓地**，這些詞多麼美妙啊！他渾身哆嗦了幾下。多麼悲傷，多麼美妙啊！他想偷偷哭一場，但不是為自己，是為這些詞，如此美妙又如此悲傷，像音樂一樣。喪鐘！喪鐘！永別了！哦，永別了！

冰冷的陽光更微弱了，邁克爾兄弟站在他床前，端著一碗牛肉茶。他很高興，因為嘴裡又熱又渴。他聽見大家在操場上嬉鬧。學校裡一天的活動還在照常進行，就像他在那裡的時候一樣。

邁克爾兄弟要走的時候，那個三級文法班的學生請他務必回來，把報紙上的新聞全都講給他聽。他跟斯蒂芬說他叫阿西，他爸爸養了很多匹賽馬，匹匹都是有本事躍過障礙的頂呱呱的好馬，還說但凡邁克爾兄弟希望得到有關賽馬的內情，他爸爸都會告訴他，因為邁克爾兄弟是個大好人，每天都給他講從城堡裡拿來的報紙上的新聞。報紙上什麼新聞都有：事故、沉船、體育，還有政治。

——現在報上全是政治新聞，他說。你家裡人也談政治嗎？

——談啊，斯蒂芬說。

——我家裡人也是，他說。

他想了一會兒又說：

——你的名字真怪，代達勒斯，我的名字也挺怪，阿西。我的名字是個小鎮的名字，你的名字像拉丁語。

接著他問：

——你會猜謎語嗎？

斯蒂芬回答：

——不太會。

他又說：

——你能猜出這個謎語嗎？為什麼基爾代爾郡像條褲腿？

斯蒂芬想了一會兒說：

——猜不出來。

——因為裡面有條大腿呀，他說。你知道這個謎語為什麼有意思嗎？阿西是基爾代爾郡的一個鎮，阿西不就是一條腿嘛[14]。

——哦，明白了，斯蒂芬說。

——這是個老謎語了，他說。

過了一會兒他又說：

——聽我說！

——什麼？斯蒂芬問。

——你知道嗎？他說，可以換種方式出這個謎語。

——是嗎？斯蒂芬說。

——同樣的謎語，他問。你知道還能怎麼說嗎？

——不知道，斯蒂芬說。

——你不會想想？他說。

他說話的時候，從被裡仰頭看著斯蒂芬。然後他又靠回枕頭上說：

——還有一種說法，但我不告訴你。

他為什麼不願意說出來呢？他爸爸養了那麼多賽馬，必然也像索林的爸爸和納斯蒂・羅奇的爸爸一樣是地方法官。他想起了自己的爸爸，想起了媽媽彈琴爸爸唱歌的情景，想起了他要六便士而他總是給他一先令的事，想到他不像別的孩子的爸爸那樣是地方法官，不免替他感到遺憾。那麼，他又為什麼把他送到這裡來，讓他和他們在一起呢？不過，爸爸曾對他說，他在這裡沒什麼不妥當，因為他外叔公五十年前就曾在這裡給解放者[15]做過演講。那時候的人，只要看一眼他們的老式服裝就能認得出。在他心目中那是個莊嚴的時代：他猜想那時候克隆伍茲的學生們穿的是綴著銅鈕釦的藍上衣和黃坎肩，戴的是兔皮帽，和大人一樣喝啤酒，還養著逐獵兔子的獵狗。

他望望窗外，看到天色越發昏暗了。操場那邊準是陰雲滿天，灰濛濛一片。操場上已經沒有嬉鬧聲了。班上的同學一定在寫作文，要不就在聽阿納爾神父念書。

真奇怪，他們什麼藥也沒讓他吃，也許邁克爾兄弟回來就把藥帶回來了。聽說誰要是進了醫務室，就得喝一種臭烘烘的東西。可是，他現在覺得好些了。慢慢地好起來可是件好事，這樣就能有書看。圖書館有一本關於荷蘭的書，書裡有很多好聽的外國名字和樣子很奇怪的城市和輪船的圖片。這種書讓人讀起來很開心。

窗外的天色多灰暗啊！不過也不錯。火光在牆上起起落落，像海浪一樣。先前有人往爐子裡添了煤，他聽到說話的聲音。他們在交談。是海浪的聲音。或許海浪一邊起伏，一邊交談。

他看到了海浪，那是起起落落的黑色海浪，在無月的夜裡漆黑一片。一點亮光在碼頭邊閃爍，一艘船正要進港：他看到一群人聚在岸邊看進港的船。甲板上站著一個高個子，正朝著平坦的黑色陸地觀望：借著碼頭那點亮光，他看見了他的臉，是邁克爾兄弟悲傷的臉。

他看見他朝著人群舉起手，聽見他隔著海水悲傷地喊道：

——他死了。我們看見他躺在安所架上。

人群中響起悲痛的哭泣聲。

——帕內爾！帕內爾！他死了！

他們都跪下來，悲痛地嗚咽著。

他看見丹蒂穿著一件絳紫色的絲絨裙，披著綠色的絲絨斗篷，驕傲而靜默地從跪在岸邊的人群中走過。

爐柵裡火光熊熊，火紅的木炭堆得老高，在纏繞著常春藤的枝形吊燈下，已經擺好了慶祝耶誕節的宴席。他們回家稍晚了些，但飯菜還沒準備好：不過媽媽說一會兒就好了。他們等著僕人打開門，端著蓋著沉重金屬蓋的大盤子走進來。

大家都在等待著：查理斯舅公坐在遠處窗前的陰影裡，丹蒂和凱西先生坐在壁爐兩邊的安樂椅上，斯蒂芬坐在他們中間的一把椅子上，腳蹬著烤得暖呼呼的腳凳。代達勒斯先生衝著爐臺上的穿衣鏡照了照，順了順八字鬍，然後用手撩開上衣後衩，背對著爐火站著：還時不時騰出一隻手來順順八字鬍。凱西先生歪著頭，臉上掛著笑，手指輕輕叩著喉結。斯蒂芬也在笑，因為他現在終於知道凱西先生喉嚨裡根本沒有什麼銀幣袋。想起凱西先生弄出銀幣的響聲讓他上過當，他就覺得很好笑。當時他用力摳開凱西先生的手，想看看裡面是不是藏著銀幣袋，結果發現他的手指根本伸不直：凱西先生告訴他，那三根伸不直的手指頭是他為維多利亞女王準備生日禮物時留下的殘疾[16]。凱西先生一邊輕輕叩著喉結，一邊睡眼惺忪地朝斯蒂芬微笑著：代達勒斯先生對他說：

——是的。現在嘛，也沒什麼。哦，剛才出去散步可真好，約翰，是吧？是的……我懷疑今晚我們到底吃不吃得上飯。是的……哦，現在嘛，今天我們在海角那裡真是呼吸了不少新鮮空氣。啊，真不錯。

他轉過身去對丹蒂說：

——您今天沒出去活動活動，賴爾登太太？

丹蒂皺著眉頭不耐煩地說：

——沒有。

代達勒斯先生放下撩著上衣後衩的手，走到餐具櫃前。他從櫃格裡拿出一個裝威士忌的大石罈，慢慢朝雕花玻璃酒瓶裡倒酒，還時不時低頭看看倒進去多少。然後，他把石罈放回櫃格，往兩只酒杯裡斟了點威士忌，加了點水，端著走回壁爐邊。

——喝點吧，約翰，他說，就當開開胃。

凱西先生接過酒杯，喝了一口，把酒杯放到身邊的爐臺上，說：

——啊，我不禁想起我們的朋友克里斯多夫釀的……

他忽然哈哈大笑起來，咳嗽了幾聲，接著說道：

——給那些人釀的香檳酒[17]。

代達勒斯先生也大笑起來。

——你是說克利斯蒂嗎？他說。他那禿頭上隨便哪個肉瘤裝的鬼點子都比一大群狐狸的還多。

他把頭歪到一邊，閉上眼睛，使勁舔了舔嘴唇，開始學著旅店老闆的腔調說話。

——你知道吧，他跟人說話的時候，嘴特別軟。他下巴底下的那塊垂肉總是潮乎乎濕漉漉的，願上帝保佑他。

凱西先生笑得上氣不接下氣，咳個不停。斯蒂芬從爸爸的表演中看到了旅店老闆的神態，聽出了旅店老闆的腔調，跟著大笑起來。

代達勒斯先生戴上他的單片眼鏡，低頭看著他，慈愛地輕聲問道：

——你笑什麼，小傢伙，你笑什麼？

僕人們進來把菜放到桌上。代達勒斯太太跟在後面把菜依順序擺好。

——過來坐吧，她說。

代達勒斯先生走到餐桌的一頭，招呼道：

——現在，賴爾登太太，請過來坐吧。約翰，老朋友，你也過來坐。

他四面張望了一下，目光落在查理斯舅公坐的地方，說：

——現在，先生，這裡有位漂亮女士在等你呢。

所有人都就座之後，他把手放到盤子的蓋上，但很快又縮回來，說：

——現在，該斯蒂芬了。

斯蒂芬從座位上站起來，對著菜餚開始禱告：

哦，主，祝福我們，正是由於祢的仁慈我們才透過我主基督得到祢的恩賜。阿們。

所有人都畫著十字，代達勒斯先生高興地舒了口氣，把菜盤上沉甸甸的蓋子揭開，蓋子周圍的水珠像珍珠一樣閃閃發亮。

斯蒂芬看著那隻肥美的火雞，先前它還被捆紮得結結實實地放在廚房的桌子上。他知道，爸爸買這隻火雞花了一個基尼[18]，那是在多利埃大街鄧恩的店裡買的，店老闆不停地撥弄著火雞的胸骨，讓他們看它有多肥：他還記得聽到店老闆說：

——來這隻吧，先生，這隻真是頂呱呱。

為什麼克隆伍茲的巴雷特先生要把他的皮鞭叫做火雞呢？但克隆伍茲離這裡太遠了：火雞、火腿和芹菜濃烈的熱呼呼的香氣從大盤小碟裡冒出來，爐柵裡火光熊熊，火紅的木炭堆得老高，綠色的常春藤和紅色的冬青枝營造出歡樂的氣氛，在晚宴最後，還會端上一大盤李子布丁，上面撒著剝了皮的杏仁和冬青嫩枝，四周燃著藍色的火焰，頂上還插著一面綠色的小旗子。

這是他頭一回參加耶誕節晚宴，直到布丁端上來之前，他一直想著待在兒童室的弟弟妹妹們，他們還在和他過去一樣期盼著這一天的到來。他穿著伊頓夾克，戴著低低的領圈，感到很不自在，同時也覺得自己長大了：那天早晨媽媽把他領到客廳，給他穿衣服準備去望彌撒的時候，爸爸哭了。那是因為他想起了自己的爸爸。查理斯舅公也是這麼說的。

代達勒斯先生蓋上那盤菜，開始狼吞虎嚥地吃起來。過了一會兒，他說：

——克利斯蒂那個倒楣老頭，現在幾乎不做什麼正經事了。

——西蒙，代達勒斯太太說，你還沒給賴爾登太太調味汁呢。

代達勒斯先生拿起船形調味盤。

——沒給嗎？他打趣道，賴爾登太太，請原諒我這個可憐的瞎子吧。

丹蒂用手捂著自己的碟子說：

——不用了，謝謝。

代達勒斯先生轉身問查理斯舅公：

——給你來點，先生？

——味道剛好，西蒙。

——你呢，約翰？

——我的也很好。你快吃吧。

——瑪麗？嘿，斯蒂芬，來點這個能讓你的頭髮絲打捲。

他往斯蒂芬的碟子裡胡亂倒了些調味汁，然後把調味盤放回桌上。他問查理斯舅公火雞肉嫩不嫩。查理斯舅公嘴裡塞滿了東西沒法回答，就點了點頭。

——這是我們的朋友對教規做出的很好的回答。不是嗎？代達勒斯先生說。

——我認為他沒想那麼多，凱西先生說。

——我會繳稅的，神父，只要您不再把供奉上帝的教堂變成投票站。

——對於任何把自己稱作天主教徒的人來說，丹蒂開口道，這真是他能對神父做出的最好的回答了！

——要怪只能怪他們自己，代達勒斯先生故作討好地說。聽傻子的話，他們才會只去管宗教上的事。

——這就是宗教，丹蒂說。告誡教民是他們的責任。

——我們謙恭地走進上帝的神廟，凱西先生說，是為了向我們的造物主禱告，而不是去聽競選演說。

——這就是宗教，丹蒂又說。他們是對的。他們應當引導教民。

——你是說要在聖壇上宣講政治，對嗎？代達勒斯先生問。

——當然，丹蒂說。這是公共道德問題。如果神父不告訴他的教民什麼是對的，什麼是錯的，那就不是神父了。

代達勒斯太太放下刀叉說：

——行行好，行行好，今天是一年中最重要的一天，我們就別討論政治了，好不好？

——說得對，夫人，查理斯舅公說。嘿，西蒙，到此為止，一個字也別說了。

——行，行，代達勒斯先生應聲道。

他大剌剌地揭開盤子上的蓋子，問道：

——嘿，誰想再來點火雞？

沒人吭聲。丹蒂說：

——身為天主教徒，竟然說出這種話來！

——賴爾登太太，求求您，代達勒斯太太懇求道，不要再談這個了。

丹蒂轉身對她說：

——難道要我坐在這裡，聽人對我們教堂裡的神父任意誹謗嗎？

——只要他們不摻和政治，代達勒斯先生說，沒人會說他們不好。

——愛爾蘭的主教和神父們說的話必須服從，丹蒂說。

——讓他們離政治遠點，凱西先生說，否則民眾就會遠離教堂。

——你聽聽！丹蒂轉過身衝代達勒斯太太說。

——凱西先生！西蒙！代達勒斯太太說，別說了。

——不像話！不像話！查理斯舅公說。

——什麼？代達勒斯先生大聲說。難道我們要聽從英格蘭人的吩咐拋棄他[19]嗎？

——他已經不配領導我們了，丹蒂說。他是民眾的罪人。

——我們都是罪人，全都罪孽深重，凱西先生冷冷地說。

——讓災難降臨到做醜事的人身上吧！賴爾登太太說。就是把磨石拴到這人的項頸上，丟到深海裡，也強如他把我的這些小子們帶壞了。[20]這是聖靈講的話。

——要我說，這話可講得差勁透了，代達勒斯先生冷冷地說。

——西蒙！西蒙！查理斯舅公說。孩子也在哩。

——哦，哦，代達勒斯先生說。我是說……我想起了火車站那個腳夫說的髒話。哦，好啦。來，斯蒂芬，把碟子給我，小夥計。全吃掉吧。來。

他把斯蒂芬的碟子盛滿食物，又給查理斯舅公和凱西先生每人分了一大塊火雞，還淋上了調味汁。代達勒斯太太吃得很少，丹蒂坐在那裡，手放在腿上，滿臉通紅。代達勒斯先生拿切肉刀在盤底撥弄著，說：

——這裡有塊非常好吃的東西，都管它叫教宗的鼻子[21]。哪位先生或太太……

他用切肉餐叉叉起一小塊火雞舉在手裡。誰也沒說話。他把肉放到自己的碟子裡，說：

——哦，可別說我沒問你們呦。我想最好還是我自己吃掉吧，因為最近身體不太好。

他衝斯蒂芬眨眨眼，把蓋子蓋好，自顧自地吃起來。

他吃的時候，大家都沒吭聲。接著，他又說：

——哦，天氣一直還不錯。來這裡遊玩的人真不少。

還是沒有人搭腔。他又說：

——我看今年耶誕節來玩的人要比去年多。

他環視了一圈，大家都低頭望著自己的碟子，沒人接話。他等了一會兒，不快地說：

——咳，這頓耶誕節的飯吃得可真夠窩心的。

——一個對教會神父毫不尊敬的家庭，丹蒂說，既不可能有好運，也不可能得到恩賜。

代達勒斯先生把刀叉嘩啦一聲扔到碟子上。

——尊敬！他反問道，是該對尖嘴薄舌的比利表示尊敬，還是該對阿爾馬的草包表示尊敬？[22]尊敬！

——教會裡那些王子吧，凱西先生慢悠悠地挖苦道。

——萊特里姆老爺的馬車夫[23]，是的，代達勒斯先生說。

——他們是上帝遴選的，丹蒂說。他們是國家的榮耀。

——草包，代達勒斯先生粗魯地說。聽著，他在睡著的時候，倒有一張漂亮的臉。不過你應該看看那傢伙在大冷天裡是怎麼把大塊火腿和大白菜往嘴裡塞的。哦，天吶！

他擰著臉裝出一副凶惡的怪相，還吧唧著嘴發出大嚼大吃的聲音。

——說實話，西蒙，你不該當著斯蒂芬的面講這些話。不妥當。

——哼，等他長大了，他是不會忘記這一切的，丹蒂憤憤地說。他不會忘記在自己家裡聽到褻瀆上帝、宗教和神父的話。

——讓他也別忘記，凱西先生隔著桌子衝她嚷道，神父和神父的追隨者們讓帕內爾感到心碎，最後把他逼進墳墓的那些話。等他長大了，也別讓他忘記那些話。

——狗雜種們！代達勒斯先生大聲罵道。他倒了楣，這些人就攻擊他、出賣他，像對待陰溝裡的老鼠一樣把他扯得粉碎。這些下流的狗東西！瞧瞧他們那副德性！天吶，瞧瞧他們那副德性！

——他們做得沒錯，丹蒂嚷道。他們遵從的是主教和神父的旨意。榮耀屬於他們！

——咳，任何時候講這種話都未免太可怕了，更不用說今天了，代達勒斯太太說，我們就別再進行這種可怕的爭論了！

查理斯舅公輕輕地舉起雙手，說：

——好了，好了，好了！不管是什麼觀點，能不能都別發這麼大脾氣，別動不動就罵人？太不像話了。

代達勒斯太太低聲跟丹蒂說了幾句話，丹蒂大聲回應道：

——讓我不吭氣，沒門！我必須維護我的教會和我的宗教，不能讓離經叛道的天主教徒肆意毀謗，亂吐口水。

凱西先生一把把碟子推到桌子中間，把手肘支到桌上，啞著嗓對主人說：

——不知道我有沒有跟你們講過那個有名的吐口水的故事？

——沒講過，約翰，代達勒斯先生說。

——那我就講給你們聽聽，凱西先生說，這是個非常有教益的故事。這個故事不久前發生在我們所在的威克洛郡。

說到這裡，他忽然停住，轉向丹蒂，強壓著火說：

——我可以告訴您，夫人，如果您指的是我的話，我可不是什麼離經叛道的天主教徒。我和我父親一樣，和我父親的父親一樣，和我父親的父親的父親一樣，是個天主教徒，我們寧可犧牲自己的生命，也絕不會出賣我們的信仰。

——你這麼說，丹蒂說，就更可恥了。

——快講故事吧，約翰，代達勒斯先生微笑著說。不管怎麼樣，讓我們聽聽你的故事。

——還是天主教徒呢！丹蒂又挖苦道。我們這裡最惡毒的新教徒也不會說出我今天晚上聽到的這些話的。

代達勒斯先生開始搖頭晃腦，像鄉村歌手一樣哼哼起來。

——我再跟你說一遍，我不是新教徒，凱西先生漲紅了臉說。

代達勒斯先生仍然搖頭晃腦地哼哼著，用鼻音咕嚕著唱道：

哦，羅馬天主教徒啊

從未望過彌撒的都來吧。

他又興致勃勃地拿起刀叉開始吃東西，又對凱西先生說：

——讓我們聽聽你的故事吧，約翰，給我們消化消化。

斯蒂芬熱切地望著凱西先生的臉，凱西先生正叉著手支著臉凝視著桌子對面。他非常喜歡挨著他坐在爐火邊，抬頭望著他黑乎乎凶巴巴的臉。但他那雙黑眼睛從來都不凶，說話也慢悠悠的，讓人覺得很舒服。可是，他為什麼要反對神父呢？丹蒂準是對的。不過，他聽爸爸說過，她是個被寵壞了的修女，還說她哥哥拿一些小首飾、破瓷器什麼的跟野蠻人做生意發了筆財，她就從阿勒格尼山區的修道院裡跑了出來。也許就因為這個，她對帕內爾非常憤恨。她也不喜歡他和愛琳玩，因為愛琳是個新教徒，她年輕時候認識一些和新教徒一起玩的孩子，新教徒們常常拿對聖母瑪利亞的連禱文開玩笑。他們常說，**象牙塔**，**黃金屋**！女人怎麼會是象牙塔，會是黃金屋呢？到底誰是對的？他想起了在克隆伍茲醫務室度過的那個晚上，想起了黑色的海浪、碼頭的亮光，還有那些人聽到帕內爾死訊時悲痛的嗚咽聲。

愛琳的手白嫩細長。一天晚上玩捉迷藏，她把手蒙在他的眼睛上：那手又長又白又瘦又涼又軟。那就是象牙：一種又涼又白的東西。那就是**象牙塔**的涵義。

——故事非常短，也很有趣，凱西先生說。有一天在阿克洛，天氣很冷，就在我們的領袖死前不久。願上帝保佑他！

他疲倦地閉上眼睛沉默了一會兒。代達勒斯先生從碟子裡拿起一塊骨頭，用牙從上面撕下一點肉來，說道：

——你是說在他被逼死之前。

凱西先生睜開眼睛，歎了口氣，接著說：

——有一天在阿克洛，我們在那裡開會，開完會我們必須得穿過擁擠的人群到火車站去。那噓聲和怪叫聲，夥計，你可能從來都沒聽到過。他們用盡了世界上所有的髒話來罵我們。有個老太婆，那可真是個酒鬼母夜叉，一個勁纏著我不放。她一直在我身邊的泥地裡跳來跳去，不停地衝我大喊大叫：**跟神父作對的傢伙！靠巴黎的錢養著！狐狸先生！**[24]**基蒂·奧謝！**

——你當時怎麼做的，約翰？代達勒斯先生問道。

——我就任憑她罵下去，凱西先生說。那天天氣很冷，為了提神，我在嘴裡（請原諒，夫人）含了一塊塔拉莫爾嚼菸，當時嘴裡全是菸汁，我根本沒法開口說話。

——然後呢，約翰？

——是這樣的。我任憑她罵下去，罵個痛快，**基蒂·奧謝**什麼的，直到她又罵了那位夫人一句話，這句話我不想在這裡轉述，免得弄髒了我們耶誕節的餐桌和夫人您的耳朵，也免得弄髒了我的嘴。

他停住了。代達勒斯先生正在啃骨頭，抬起頭來問：

——你接下來是怎麼做的，約翰？

——怎麼做！凱西先生說。她跳起來罵人的時候，老愛把那張噁心的老臉湊過來，我那時嘴裡全是菸汁，就像這樣低頭衝她說了一聲呸！

他邊說邊側身做了個吐口水的動作。

——呸！我就這樣直對著她的眼睛唾了一口。

他拿手捂住一隻眼睛，用沙啞的嗓音痛苦地喊道：

——哦，耶穌，聖母瑪利亞和約瑟！她當時這麼喊。我眼睛瞎了！我眼睛瞎了，我要被淹死了！

他忍不住大笑起來，邊笑邊咳，又喊道：

——我完全瞎了！

代達勒斯先生笑得靠在椅背上，查理斯舅公則不停地搖頭。

看著他們大笑，丹蒂滿臉怒氣，不停地說：

——好極了！嘿！好極了！

吐在那個女人眼睛裡的那口口水可沒什麼好的。

但那個女人究竟罵了基蒂·奧謝一句什麼話讓凱西先生不肯說出來呢？他想像著凱西先生

穿過擁擠的人群，站在小馬車上演說的情景。他就是因為這個進了監獄。他記得有天晚上，奧尼爾巡佐來到他家，站在大廳裡低聲跟爸爸談話，神情緊張，不停地嚼著帽帶。那天晚上，凱西先生沒有坐火車去都柏林，有輛馬車來到大門口，他聽見爸爸提到了什麼卡賓蒂里路[25]。

他是擁護愛爾蘭和帕內爾的，爸爸也是：照理說丹蒂也是，一天晚上在廣場聽樂隊演奏時，最後樂隊奏起了〈**上帝保佑女王**〉，有位先生摘下帽子，她就拿傘狠狠地敲了一下他的頭。

代達勒斯先生輕蔑地哼了一聲。

——啊，約翰，他說。他們說得倒也沒錯。我們是一個神父當權的不幸的民族，過去是，將來也還會是，直到這個時代完結。

查理斯舅公搖了搖頭，說道：

——瞎胡鬧！瞎胡鬧！

代達勒斯先生又說了一遍：

——一個神父當權的被上帝拋棄的民族。

他用手指著掛在右邊牆上他祖父的畫像。

——看到上面那位老朋友了嗎，約翰？他說。當年做這檔事還沒錢可拿的時候，他就是個愛爾蘭漢子。他作為白衣會[26]成員給處死了。關於我們的教會朋友，他有一句名言，那就是他絕不會讓他們中的任何人把腿伸進他的餐桌下面。

丹蒂憤怒地打斷他的話：

——如果我們真是一個神父當權的民族，那我們應該感到自豪！他們是上帝的寵兒。不要觸犯他們，基督說，他們是我的寵兒。[27]

——難道我們不能愛我們的國家嗎？凱西先生質問道。難道我們不應該追隨生來就是我們領袖的人嗎？

——國家的叛徒！丹蒂回答說。叛徒，姦夫！神父們拋棄他是對的。神父永遠是愛爾蘭真正的朋友。

——說句良心話，真是這樣嗎？凱西先生說。

他握起拳頭使勁砸了下桌子，眉頭憤怒地擰成一團，然後將手指一根一根伸開。

——在大聯合[28]的時候，在拉尼根主教向康沃利斯侯爵夫人上書表忠心的時候，愛爾蘭的神父不是把我們出賣了嗎？一八二九年為了換取天主教解放法案，主教和神父們不是把他們國家的前途出賣了嗎？難道他們沒有在教堂的講壇上和告解室裡對芬尼亞運動[29]大加詆毀嗎？難道他們沒有給特倫斯・貝柳・麥克馬納斯[30]的英靈抹黑嗎？

他的臉因為憤怒漲得通紅，斯蒂芬聽著這些激動人心的話，覺得自己的臉也漲紅了。代達勒斯先生粗俗地大笑起來。

——哦，天吶，他大聲說道，我還忘了保羅・卡倫[31]那小老頭！又一個上帝的寵兒！

丹蒂從桌子那邊探過身衝著凱西先生喊道：

——就是做得對！就是做得對！他們永遠都是對的！最重要的是上帝、道德和宗教。

代達勒斯太太見她那麼激動，對她說：

——賴爾登太太，跟他們爭辯自己別激動！

——上帝和宗教高於一切！丹蒂喊道。上帝和宗教高於世上的一切！

凱西先生舉起緊握的拳頭，砰的一聲砸在桌子上。

——那好哇！他啞著嗓子喊道，既然如此，愛爾蘭根本不需要上帝！

——約翰！約翰！代達勒斯先生拉住客人的袖子叫著。

丹蒂隔著桌子怒視著他，臉頰直哆嗦。凱西先生掙扎著從椅子上站起來，隔著桌子朝她探過身去，一隻手在空中亂抓，彷彿要把眼前的蜘蛛網扯到一邊似的。

——愛爾蘭不需要上帝！他喊道。在愛爾蘭，我們受夠了上帝的罪。

——這是褻瀆神明！魔鬼！丹蒂尖叫著跳起來，幾乎要往他臉上吐口水了。

查理斯舅公和代達勒斯先生硬把凱西先生拖回椅子上，站在他身邊勸導他。他直瞪著前方，黑眼睛像要冒火，不停地喊著：

——照我說，愛爾蘭不需要上帝！

丹蒂使勁把椅子推到一邊，離開餐桌，把餐巾環碰到了地上，餐巾環沿地毯慢慢滾到安樂椅腿邊停住。代達勒斯先生連忙起身跟著她到門口。在門口，丹蒂猛地轉過身來，氣得滿臉通紅，渾身發抖，衝著屋裡喊道：

——來自地獄的魔鬼！我們勝利了！我們把他處死了！惡魔！

她走出去，砰的一聲關上門。

凱西先生掙脫了抓著他手臂的手，忽然把頭埋在手心裡，痛苦地抽泣起來。

——可憐的帕內爾！他失聲痛哭。我死去的國王[32]！

他大聲痛苦地抽泣著。

斯蒂芬抬起頭來，一臉惶恐，看到爸爸眼睛裡也噙滿了淚水。

同學們三五成群地聚在一起說話。

一個同學說：

——他們在萊昂斯山附近被逮住了。

——誰逮住的？

——格利森先生和副校長神父。他們當時在馬車上。

那個同學又接著說：

——是高年級的一個同學告訴我的。

佛萊明問：

——你跟我們說說，他們為什麼要逃跑呢？

——我知道為什麼，塞西爾・桑德爾說。因為他們從校長辦公室拿了些錢。

——誰拿的？

——基克漢姆的哥哥。他們還分了贓。

——那就是偷竊呀。他們怎麼能做這種事呢？

——你可真會瞎說，桑德爾！威爾斯說。我知道他們為什麼逃跑。

——跟我們說說吧。

——他們不讓我說，威爾斯說。

——嘿，跟我們說說嘛，威爾斯，大家都說。你只管說，我們不往外傳。

斯蒂芬把頭探過去聽。威爾斯朝四周瞧了瞧，見沒有旁人走過來，才神祕兮兮地說：

——你們知道聖器室櫃子裡放著的聖酒嗎？

——知道。

——是這麼回事，他們偷喝了那裡的酒，後來追查的時候，嘴裡的酒味露了餡。知道了吧，他們就是為這個逃跑的。

剛才第一個說話的同學說：

——沒錯，高年級的那個同學也是這麼跟我說的。

大家都沒說話。斯蒂芬站在人群中聽著，不敢吭聲。敬畏引發的隱隱的噁心感讓他覺得有些乏力。他們怎麼能做那種事呢？他想到了黑洞洞靜悄悄的聖器室。那裡有些黑漆漆的木櫃，裡面靜靜地疊放著皺巴巴的法衣。那裡不是小教堂，但也一定得壓低嗓門說話，因為那是個神聖的地方。記得夏天的一個夜晚，就是大家列隊到樹林裡的小聖壇去的那個夜晚，他在聖器室裡讓人給裝扮起來，準備去提香爐船。那是一個既奇怪又神聖的地方。提香爐的那個男孩要提著拴在中間的鐵鍊不停地晃動，好讓裡面的炭火一直燃著。那東西叫木炭：輕輕晃動的時候會靜靜地燃燒，散發出淡淡的酸味。等所有人穿戴好以後，他就站好，把香爐舉到校長跟前，校長將一勺香末撒在裡面，紅紅的炭火發出嘶嘶的響聲。

同學們在操場上三五成群地說著話。他感到同學們似乎都變小了：因為前一天有個騎車的二級文法班的學生把他撞倒了。他被那傢伙的自行車撞倒在煤灰路上，眼鏡摔成了三瓣，煤灰渣也弄了一嘴。

因此，他似乎感到同學們都變小了，離他很遠，球門門柱也顯得又細又遠，柔灰色的天空顯得那麼高。但是足球場上沒人踢足球，因為板球開始流行起來了：有人說巴恩斯要來當教練，有人說弗勞爾斯要來。操場上有人在玩圓場棒球，有人在練習投旋轉球、高拋球。透過柔灰色的天空不時從這裡或那裡傳來板球拍的聲音。那聲音不停地響著：劈克，啪克，啵克，叭克：像噴泉裡的小水滴慢慢落進滿溢的水缽裡的聲音。

一直沒說話的阿西輕聲說道：

——你們全弄錯了。

所有人都急切地轉過頭來望著他。

——為什麼？

——你知道嗎？

——誰告訴你的？

——快告訴我們吧，阿西。

阿西指了指在操場那頭獨自散步的西蒙．穆南，他正一邊走一邊踢著腳下的石頭。

——去問他吧，他說。

同學們都朝那裡望去，問道：

——為什麼要問他？

——他也攪進去了嗎？

阿西壓低聲音說：

——你們知道那些傢伙為什麼要逃跑嗎？我可以告訴你們，但你們一定不能外傳。

——告訴我們吧，阿西。快點。如果你知道，就告訴我們吧。

他頓了頓，神祕地說：

——有一天晚上，他們和西蒙·穆南、塔斯克爾·波義耳一起在廁所裡被抓住了。

同學們都看著他問：

——抓住？

——他們在做什麼？

阿西說：

——找樂子啦[33]。

所有人都沉默了。阿西說：

——他們就是因為這個逃跑的。

斯蒂芬看著同學們的臉，他們都朝向操場那邊看。他想找人問問這件事，在廁所裡找樂子是什麼意思？為什麼高年級的五個同學因為這個逃跑？他心想，準是開玩笑。西蒙·穆南總穿著體面的衣服，一天夜裡，他還讓他看了一個奶油糖球，那是他站在門口的時候，十五人足球隊的那些傢伙從食堂中間的地毯上滾過來給他的。那天晚上他們和貝克蒂夫護林人隊進行過一場比賽；那糖球就像個又紅又綠的蘋果，只不過可以打開，裡面裝滿了奶油糖。有一天，波義耳對他說，大象的兩顆象牙其實應該叫塔斯克爾[34]，所以他的名字才叫塔斯克爾・波義耳。不過，有些同學喊他波義耳夫人，因為他總愛修指甲。

愛琳也有一雙涼涼的細長白嫩的手，因為她是女孩子。她的手跟象牙一樣，只不過很柔軟。這就是**象牙塔**的涵義，可是新教徒們理解不了，還總拿這事當笑柄。有一天，他站在她身邊，朝旅館門前的廣場看。一名侍者正往旗桿上升彩旗，一隻獵狐梗在灑滿陽光的草坪上蹦來蹦去。她把手伸進他的口袋，因為他的手也插在口袋裡，所以他能感覺到她的手是多麼冰涼、纖細、柔軟。她對他說，衣服上有口袋可真滑稽：然後突然把手抽出去，咯咯笑著沿那條彎彎的坡路跑開了。金色的頭髮在她身後飄揚，在陽光的照耀下就像金絲一樣。**象牙塔。黃金屋。**有些事只要仔細想一想就能弄明白。

可是，為什麼在廁所裡呢？只有想那啥的時候才會去那裡。那裡鋪著厚厚的石磚，整天都有水從細小的孔眼裡往外冒，總有一股死水的怪味。在一個隔間的門後面，有人用紅鉛筆畫了一個穿著羅馬裝留著大鬍子的人，一手拿著一塊磚，下面寫著標題：

巴爾巴斯正在砌牆。

不知是誰為了逗樂畫了這幅畫。臉畫得很滑稽，不過真像個留著大鬍子的人。在另外一個隔間的牆上有人用向左傾斜的字體寫了一行字，字寫得非常漂亮：

尤利烏斯・凱撒寫了《花布肚皮》。[35]

或許這就是他們去那裡的原因，因為那裡是同學們亂塗亂畫鬧著玩的好去處。不過，阿西說的話和他說話的方式還是讓人覺得奇怪。肯定不是說著玩的，因為他們確實逃跑了。他也像其他同學一樣朝操場那邊望去，開始感到有些害怕。

最後，佛萊明說：

——別人做錯了事，我們都要跟著受罰嗎？

——我不會再回去了，你們看我的吧，塞西爾・桑德爾說。在食堂裡三天不准說話，還隨時可能被叫到樓上打手心，每隻手先挨三下，再挨四下。

——沒錯，威爾斯說。老巴雷特發明了一種摺紙條的新招，我們沒法打開偷看再摺回原樣，誰也別想知道手心會挨幾板子。我也不回去了。

——對，塞西爾・桑德爾說，教導主任今天早晨去了二級文法班。

——我們起來造反吧，佛萊明說。怎麼樣？

大家都沒吭聲。四周很安靜，靜得可以聽到板球拍的聲音，只不過比剛才慢了些：劈克、啵克。

威爾斯問道：

——會怎麼懲罰他們呢？

——西蒙・穆南和塔斯克爾準會挨鞭子，阿西說，高年級的那幾個還可以作選擇，要麼挨鞭子，要麼被開除。

——他們會選擇哪一樣呢？剛才第一個說話的同學問。

——除了科雷根，全都寧願被開除，阿西回答說。會由格利森先生來鞭打他。

——我知道為什麼，塞西爾・桑德爾說。他的選擇是對的，其他那些傢伙都錯了，因為挨頓鞭子過不了多久就沒事了，但如果被學校開除，會影響一輩子。再說格利森也不會使勁打他。

——他最會裝模作樣地打了，佛萊明說。

——我可不想像西蒙・穆南和塔斯克爾一樣，塞西爾・桑德爾說。我想他們不會挨鞭子。也許會被叫到樓上，兩手各挨九板子。

——不可能，不可能，阿西說。他們的要害部位都會挨上幾鞭子。

威爾斯揉揉屁股，裝出一副哭腔說：

——求您了，先生，饒了我吧！

阿西咧嘴笑了笑，捲起上衣袖子道：

求饒不管用，

必須挨鞭子。
趕快脫褲子，
亮出屁股蛋。

大家都哈哈大笑起來；但他能感覺到他們都有點害怕。柔灰色的天空下一片沉寂，不時從這裡或那裡傳來板球拍的聲音：啵克。這聲音聽著倒沒什麼，但如果球打到身上就會很疼。皮鞭也會發出響聲，但跟這聲音可不像。有人說，那東西是用鯨魚骨和牛皮做成的，裡面還灌了鉛：他不知道那東西抽在人身上會是怎麼個疼法。抽打的聲音也是不一樣的。細長的藤條會發出尖利的哨音，他也不知道那東西抽在人身上會是怎麼個疼法。想到這些，他不禁渾身哆嗦，覺得發冷，阿西的話也讓他有同樣的感覺。這有什麼可笑的？只會讓他發抖。不過人一脫褲子，總會有發抖的感覺。在澡堂脫衣服的時候，也是這種感覺。他不知道由誰來脫褲子，是神父呢，還是孩子自己。哦，對這種事他們怎麼能那樣笑呢？

他看著阿西捲起的袖子和骨節粗大、沾滿墨水的手。他捲起袖子是為了比畫給大家看格利森先生捲起袖子的樣子。但格利森先生的袖口又圓又亮，手腕乾乾淨淨，雙手白白胖胖，指甲又長又尖。也許他和波義耳夫人一樣常修指甲，可是他的指甲又長又尖，非常可怕。儘管他的手白白胖胖，看上去並不嚇人，甚至可以說還挺輕柔，但指甲卻長得嚇人。想到那可怕的長指甲和發出尖利哨音的藤條，想到脫褲子時襯衫底下涼颼颼的滋味，他就嚇得發冷，渾身哆嗦，但想到那雙強有力的乾淨輕柔白胖的手，他心底又暗暗有種奇怪的欣喜的感覺。他還想到了塞西爾·桑德爾的話：格利森先生不會使勁打科雷根。佛萊明也說他不會使勁打，因為他最會裝模作樣地打了。但並沒有說明為什麼。

操場上遠遠地傳來一聲呼喊：

——都進教室！

有人跟著喊了起來：

——都進教室！都進教室！

寫作課上，他兩臂交叉坐在座位上，聽著別人的鋼筆慢悠悠地劃在紙上的聲音。哈福德先生來回走著，不時用紅鉛筆改上兩筆，有時還坐到學生旁邊糾正拿筆的姿勢。他起先也想試著抄寫標題，但那些字簡直像是看不見的細線，只有使勁閉上右眼用左眼仔細盯著看，才能分辨出那個大寫字母的幾根曲線。不過他知道標題是什麼，因為那是書上最後一課。**缺乏審慎的熱情就像一艘隨波逐流的船**。

哈福德先生為人正派，從不發脾氣，不像別的神父那樣發起火來嚇死人。可是，為什麼高年級同學做錯了事，他們都要跟著受罰呢？威爾斯說他們偷喝了聖器室櫃子裡的聖酒，追查的時候，是嘴裡的酒味露了餡。也許，他們還偷了聖體盒，準備逃跑以後拿到什麼地方賣掉。半夜三更偷偷跑進聖器室，打開黑漆漆的櫃子，偷走那金光閃閃的東西，這可是大罪過呀。舉行祝禱儀式的時候，聖壇上擺滿了鮮花和蠟燭，有人提著香爐不停地晃動，香煙繚繞如雲，多明尼克・凱利站在唱詩班裡獨唱聖歌的第一部分，上帝便待在聖壇上的聖體盒裡。當然，他們偷聖體盒的時候，上帝並不在裡面。可是，即使只是碰一碰，都是不可思議的大罪過。他懷著深深的恐懼想著這件事；那可是不可思議的大罪過呀：四周一片沉寂，只能聽到鋼筆輕輕劃在紙上的聲音，想到這件事，他心裡非常害怕。偷喝櫃子裡的聖酒，追查的時候又因為嘴裡的酒味露了餡，這也是一種罪過：不過，不是不可思議的大罪過。只不過酒味讓人有點噁心罷了。在小教堂第一次領聖餐那天，他閉上眼睛，張開嘴，稍稍伸出舌頭：校長彎下腰給他分聖餐時，他聞到校長嘴裡有輕微的酒氣，因為他剛剛在望彌撒時喝了酒。這個詞聽來很美：酒。它讓人想到深紫色，因為生長在希臘白色廟宇般的房子外面的葡萄就是深紫色的。可是，校長嘴裡輕微的酒氣卻讓他在第一次領聖餐的那天早上一直有種噁心的感覺。第一次領聖餐那天應當是人一生中最幸福的一天。有一次，一大群將軍問拿破崙他一生中最幸福的是哪一天。他們以為他一定會說是他某次大獲全勝或是登基做皇帝的那一天，但他卻說：

——先生們，我一生中最幸福的一天是我第一次領聖餐那天。

阿納爾神父走進來，該上拉丁語課了，他仍然兩臂交叉倚在課桌上，一動不動地坐著。阿納爾神父一邊發作文本，一邊說他們的作文寫得不像話，讓他們立刻照著批改過的作文重抄一遍。最差的是佛萊明的，因為他寫的那幾頁全被墨漬黏到一塊了：阿納爾神父提著一個角舉起來給大家看，說這種作文交給任何一位老師都是對老師的汙辱。接著，他讓傑克．勞頓給「海」這個名詞變格，傑克．勞頓只知道單數離格，複數他就不知道了。

——你應該感到羞恥，阿納爾神父嚴厲地說。還是班長呢！

然後，他又叫了一個孩子，一個又一個。誰也不知道。阿納爾神父的聲音變得很低，當一個又一個孩子嘗試回答又都答不上來的時候，他的聲音變得愈來愈低。雖然聲音很低，但臉色鐵青，怒目圓睜。他又問佛萊明，佛萊明說這個詞沒有複數。阿納爾神父猛地把書合上衝他喊道：

——給我跪到教室中間去。你是我見過的最懶惰的孩子。其他人把作文都重抄一遍。

佛萊明慢吞吞地從座位上走出來，在後排兩條板凳間跪下來。其他孩子都低下頭去，開始在作文本上抄寫。教室裡鴉雀無聲，斯蒂芬怯生生地偷瞄了阿納爾神父一眼，看到他鐵青的臉因為發火有些漲紅了。

發火對阿納爾神父來說是一種罪過嗎？是不是孩子們懶惰的時候他就應該發火，好讓他們學習得好一些呢？他是不是僅僅故意裝出發火的樣子？他應該是可以發火的，因為神父當然知道什麼是罪過，一定不會明知故犯。但如果他一時失誤犯下罪過，他會怎樣懺悔呢？也許他會去向副校長神父懺悔。如果副校長神父犯下罪過，他會去向校長懺悔，校長會向大主教懺悔，大主教會向耶穌會會長懺悔，這就叫做品級。他曾聽爸爸說，他們都是些聰明人。如果沒有成為耶穌會神父，他們全都可能變成世界上身居高位的人。但是，他想像不出阿納爾神父、帕迪・巴雷特、麥克格雷德先生和格利森先生如果不是耶穌會神父，他們會成為什麼樣的人。這可有點難了，因為那得用完全不同的方式去想像他們，想像他們穿著不同顏色的衣服和褲子，留著大鬍子或是小鬍子，戴著各式各樣的帽子。

教室門被人輕輕推開又關上。一陣急促的耳語聲立刻在教室裡傳開了：教導主任。一時間教室裡死一般寂靜，突然，從最後一張課桌那裡啪的一下傳來戒尺聲，嚇得斯蒂芬心裡猛地一咯噔。

——這裡有孩子該挨打嗎，阿納爾神父？教導主任大聲問。這個班有哪些懶惰散漫的傢伙想討打？

他走到教室中間，看到佛萊明跪在地上。

——哦呵！他大聲問。這孩子是誰？為什麼跪著？你叫什麼名字，孩子？

——佛萊明，先生。

——哦呵，佛萊明！肯定是個懶蟲，我從你的眼神裡就看出來了。他為什麼跪著，阿納爾神父？

——他寫的拉丁語作文太糟糕，阿納爾神父說，所有文法方面的問題也都答不上來。

——他當然答不上來！教導主任大聲說，他當然答不上來！天生的懶蟲！我從他的眼角就能看出來。

他把戒尺往課桌上啪的敲了一下，喊道：

——站起來，佛萊明！站起來，小傢伙！

佛萊明慢慢站起身來。

——把手伸出來！教導主任喝道。

佛萊明伸出手，戒尺落在他手上發出啪啪的響聲，一，二，三，四，五，六。

——另一隻手！

戒尺又落在他手上，啪啪啪連響了六下。

——跪下！教導主任吼道。

佛萊明跪下去，把兩隻手伸在胳肢窩裡使勁壓著，臉痛苦地扭曲著；但是斯蒂芬知道他的手有多硬，因為佛萊明經常往手心裡擦松香。不過，也許這次他真的很疼，因為戒尺打下來的聲音實在太響了。斯蒂芬的心撲通撲通跳個不停。

——快寫作業，全都寫作業！教導主任吼道。我們這裡不要懶惰散漫的傢伙，也不要懶惰的小搗蛋鬼。快寫作業，聽見了嗎？多蘭神父每天都會來盯著你們。多蘭神父明天還會來的。

他用戒尺戳了戳一個孩子的腰，問道：

——你，小傢伙！多蘭神父什麼時候再來？

——明天，先生，大家聽到湯姆·弗朗說。

——明天，明天，再一個明天，教導主任說。都給我當心點。多蘭神父每天都會來。快寫作業。你，小傢伙，你叫什麼名字？

斯蒂芬心裡一驚。

——代達勒斯，先生。

——別人都在寫作業，你為什麼不寫？

——我……我的……

他害怕得說不出話來。

——他為什麼不寫，阿納爾神父？

——他把眼鏡打破了，阿納爾神父說，我已經准許他可以不做功課了。

——打破了？你說什麼來著？你說你叫什麼？教導主任問。

——代達勒斯，先生。

——站到這裡來，代達勒斯，懶惰的小搗蛋鬼。我從你臉上就能看出你是個搗蛋鬼。你是在哪裡打破眼鏡的？

斯蒂芬一來害怕，二來慌張，眼前一片模糊，跌跌撞撞地走到教室中間。

——你是在哪裡打破眼鏡的？教導主任又問了一遍。

——在煤灰路上，先生。

——哦呵！在煤灰路上！教導主任吼道。這種鬼把戲可騙不了我。

斯蒂芬抬起頭來，迷惑不解地望著多蘭神父那灰白色的不再年輕的臉，看到他灰白色的禿頭兩邊稀疏的絨毛，看到他眼鏡的鋼邊和透過眼鏡向外看的沒有顏色的眼睛。為什麼他說這種鬼把戲可騙不了他？

——懶惰散漫的小傢伙！教導主任吼道。打破了眼鏡！很多學生要過這套鬼把戲，已經不新鮮了！快把手伸出來！

斯蒂芬閉上眼睛，哆哆嗦嗦地手心朝上把手伸出去。他感覺到教導主任用手掰著他的手指頭把手掌攤平，聽到他舉起戒尺時法衣袖子呼地響了一下。接著，一板子下來，像火燒針扎蜂螫，像棍子被折斷似的一聲脆響，他哆哆嗦嗦的手立刻像丟進火裡的樹葉一樣縮成一團了：伴隨著響聲和疼痛，熱淚湧進了眼眶。他嚇得渾身發抖，手臂也哆嗦著，那隻縮成一團被打得烏青的火辣辣的手像在空中飄蕩的葉子。他想哭，他想求饒。但是，儘管熱淚灼燒著眼眶，手臂因為疼痛和害怕一直顫抖，他還是強忍住沒讓熱淚流出來，沒讓灼燒著喉頭的哭喊聲溢出來。

——另一隻手！教導主任喝道。

斯蒂芬縮回受傷發抖的右手，把左手伸出去。舉起戒尺時法衣袖子又呼地響了一下，接著又是像棍子被折斷似的一聲脆響和一陣火燒針扎般令人難以忍受的疼痛，他的手，手掌連同手指頓時一片烏青，顫抖著縮成一團。灼熱的淚水奪眶而出，屈辱、痛苦、恐懼灼燒著他的心，他害怕地縮回了顫抖的手臂，發出痛苦的哀嚎。他嚇得渾身發抖，在屈辱與憤怒中，他感到哭喊聲從灼熱的喉頭裡迸發出來，灼熱的淚水從眼眶裡流出，順著火辣辣的臉頰流淌著。

——跪下，教導主任命令道。

斯蒂芬連忙跪下，把兩隻挨過打的手緊貼在身體兩側。想到雙手無緣無故地挨打，很快就會腫痛起來，他不禁為它們感到難過，就好像那不是他自己的手，而是他深表同情的別人的手。他跪下以後，極力壓抑住喉頭最後一陣哭泣，忍受著貼在身體兩側火燒般的刺痛，腦子裡閃現出手心朝上向外伸出的手，閃現出教導主任為了把他的手掌攤平使勁掰著他發抖的手指頭，閃現出那挨打後紅腫的手心和在空中無助地亂發抖的手指。

——快寫作業，全都寫作業！教導主任站在門口吼道。多蘭神父每天都會來盯著你們，看看哪個懶惰散漫的小傢伙想挨板子。每天。每天。

他走出門去，把門帶上。

教室裡鴉雀無聲，大家繼續抄寫作文。阿納爾神父從椅子上站起來走到學生中間，和顏悅色地指導他們，指出他們的錯誤。他的聲音非常和藹，非常輕柔。然後，他回到座位上，對佛萊明和斯蒂芬說：

——你們可以回到座位上去了，你們兩個。

佛萊明和斯蒂芬站起來，走到自己的座位上坐下，斯蒂芬羞得滿臉通紅，用一隻無力的手匆匆打開課本，低下頭去，把臉盡量貼近紙面。

這實在太不公平、太殘忍了。大夫明明囑咐他不戴眼鏡不要看書，而且那天早上他已經給爸爸寫信讓他送一副新眼鏡來。再說，阿納爾神父也說過，新眼鏡送來之前他可以不寫作業。可是，現在當著全班同學的面，他被說成是搗蛋鬼，還挨了一頓板子。他可一直是約克隊的頭呀，不是考第一，就是考第二。教導主任憑什麼說他耍鬼把戲？他似乎又感覺到教導主任在掰他發抖的手，一開始他還以為是要和他握手呢，因為他的手指既柔軟又有力：可是剎那間他卻聽到他的法衣袖子呼地響了一下，接著是一聲脆響。讓他跪到教室中間也太殘忍、太不公平了：阿納爾神父也只說讓他倆都回到座位上去，絲毫沒有對他倆加以區別。他聽到阿納爾神父指導學生改作文時那輕柔的說話聲。也許他現在感到很抱歉，想顯得和氣些。但這實在太不公平、太殘忍了。教導主任是神父，但他那樣做是殘忍的、不公平的。他灰白色的臉和鋼邊眼鏡後面那雙沒有顏色的眼睛看來非常殘忍，因為他用柔軟有力的手指掰他的手只是為了打得更疼、更響些。

——真是卑鄙無恥，就是這麼回事，大家排隊沿走廊去食堂的時候，佛萊明說，錯不在他，卻要打他。

——你的確是不小心打破眼鏡的，對嗎？納斯蒂・羅奇問道。斯蒂芬滿腦都在想著佛萊明的話，沒有回答他。

——當然是不小心了！佛萊明說。要是我，可不能就這麼算了。我準會去校長那裡告他一狀。

——對，塞西爾・桑德爾急切地附和道，我看到他把戒尺舉過了肩膀，按規定這是不允許的。

——打得很疼吧？納斯蒂・羅奇問。

——特別疼，斯蒂芬說。

——要是我，可不能就這麼算了，佛萊明又說，不管是這個禿頭還是別的哪個禿頭都不行。真是卑鄙無恥下流，就是這麼回事。要是我，吃完飯立刻就去找校長，把事情經過跟他講清楚。

——對，就這麼做。對，就這麼做，塞西爾・桑德爾說。

——對，就這麼做。對，上樓找校長告他，代達勒斯，納斯蒂・羅奇說，因為他說他明天還要來打你。

——對，對。去找校長告他，大家都說。

幾個二級文法班的學生在聽他們說話，其中一個說：

——元老院和羅馬人民宣布，代達勒斯受到了不應有的懲罰。

這是不對的；這實在太不公平、太殘忍了；他坐在食堂裡，一遍又一遍地回想他所蒙受的羞辱，最後竟然開始懷疑自己臉上是不是真的有什麼異樣使他看起來像個搗蛋鬼，他希望有一面小鏡子可以拿來照照。可是沒有小鏡子；這是冤枉人的、殘忍的、不公平的。

每逢大齋節的星期三，食堂都會預備下黑乎乎的油炸魚餡餅，但他完全吃不下，其中一個馬鈴薯上面還有鐵鏟留下的口。是的，他會照同學們說的去做的。他會上樓告訴校長他受到了不應有的懲罰。在歷史上，也有人這麼做過，那都是些大人物，他們的頭像還印在歷史書上。校長肯定會宣布他受到了不應有的懲罰，因為元老院和羅馬人民總是會宣布那些提出申訴的人受到了不應有的懲罰。《理奇瑪律．馬格納爾問答》裡有那些大人物的名字。歷史書上講的全是他們這些人和他們做過的事，《彼得．帕利希臘羅馬故事集》裡也是。彼得．帕利自己就在那本書第一頁的畫裡面。在一片荒野上有一條路，路邊長滿了野草和矮小的灌木：彼得．帕利像新教牧師一樣戴著寬簷帽，拿著大手杖，沿著那條路快步朝希臘、羅馬走去。

他要做的事情很簡單。只要飯後輪到他走出食堂的時候不往走廊那邊去，而是爬上右邊那個通向城堡的樓梯就行了。除此之外，他什麼都不需要做：只要向右一拐，快步走上樓梯，半分鐘就能走到那條又低又暗又窄的走廊，一直走到校長辦公室去。所有人都說這是不公平的，甚至連二級文法班那個提到元老院和羅馬人民的同學也這麼說。

結果會怎麼樣呢？

他聽到坐在食堂最頭上的高年級同學站起來了，還聽到他們沿中間的草墊走過來的腳步聲：帕迪・拉思走在最前面，然後是吉米・馬吉，隨後是那個西班牙人和那個葡萄牙人，第五個是大個子科雷根，他很快就要挨格利森先生的打了。那就是教導主任叫他搗蛋鬼還無緣無故打他的原因：他使勁睜大視力很差而且哭累了的眼睛，注視著大個子科雷根隨著隊伍走過去，他膀大腰圓，下垂著長著黑髮的大腦袋。可是，他畢竟做錯了事，而且格利森先生也不會使勁打他：他還記起大個子科雷根在澡堂裡的模樣。他的皮膚顏色和澡堂裡淺水區那邊泥漿似的髒水一個樣，在池邊走過的時候，腳踩在打濕的瓷磚上啪嗒啪嗒地發出很大的聲響，而且因為太胖，每走一步大腿上的肉都會顫一下。

食堂裡已經空了一半，同學們還在排著隊往外走。他完全可以上樓去，因為神父和舍監從來不會站在食堂門口。可是，他不能去。校長肯定會和教導主任站在一邊，也認為這是學生耍的鬼把戲，那麼教導主任還會照樣每天來，情況只會更糟，學生到校長那裡去告他的狀，他肯定會非常非常生氣。同學們都讓他去告狀，可是他們自己誰也不去。他們把自己挨打的事全都忘了。別去了，最好把這件事徹底忘掉，也許教導主任說要到教室來也只是說說而已。算了，最好還是躲到一邊去，因為小孩子常常就得這麼躲到一邊去。

同餐桌的同學都站起來了，他也起身和他們一起排隊往外走。到了必須作決定的時候了，眼看就要走到食堂門口。如果他和其他同學一起繼續往前走，他就絕不可能去找校長了，因為他不可能再從操場上走出來去找校長。如果他去了，結果還是照樣挨打，同學們就會拿他當笑柄，大家就會大談小代達勒斯跑到校長那裡去告教導主任的事。

他沿著草墊往前走，眼前就是食堂大門。這不可能：他不能去。他想起了教導主任的禿頭，彷彿看到那雙殘忍的沒有顏色的眼睛正盯著他，聽到教導主任問了他兩遍他叫什麼名字。為什麼第一次告訴他的時候他記不住？是根本沒有聽，還是故意拿他的名字取笑？歷史書上的大人物也有類似的名字，但並沒有人取笑他們。如果他想取笑誰的話，倒是他自己的名字最合適。多蘭：多像一個給人洗衣服的女僕的名字。

他已經走到門口，逕直向右一拐上了樓梯，還沒來得及拿定主意是不是該折回去，就已經走進了通向城堡的那條又低又暗又窄的走廊。在跨進走廊入口的時候，他不用回頭也能知道，同學們都在一邊排隊往外走，一邊回過頭來望著他。

他沿著又窄又暗的走廊往前走，經過一扇扇小門，就像附近民居的那種小門。他透過昏暗的光線向前向左向右張望，心想那肯定是些畫像。那裡很暗很靜，再加上他原本視力就差，眼睛又哭累了，所以什麼都看不清。但是，他猜想那一定都是聖人和偉人的畫像，在他經過的時候，他們正低頭靜靜地望著他：聖依納爵・羅耀拉捧著一本打開的書，指著書中「愈顯主榮」[36]幾個字；聖方濟・沙勿略正指著自己的胸口；洛倫佐・里奇頭戴法冠，像學校的某位舍監一樣；三位青春守護神——聖達義．葛斯加、聖磊思．公撒格和聖若翰．伯滿，看上去都很年輕，因為他們死的時候歲數都不大；彼得．肯尼神父披著寬大的斗篷坐在椅子上。

他走到大廳上面的樓梯口，朝四周看了看。這裡正是漢密爾頓．羅恩經過的地方，還可以看到士兵們留下的彈痕。也正是在這裡，老僕人們看到了披著白色元帥披風的鬼魂。

一個老僕人正在樓梯口掃地。他問他校長辦公室在哪裡，老僕人指著遠處盡頭的一扇門，一直看著他走過去敲門。

沒有人應聲。他又使勁敲了幾下，裡面隱約傳來說話聲，他的心怦怦地跳起來。

——進來！

他轉動門把手推開門，又胡亂摸索著尋找裡邊那層綠絨面內門的把手。他終於找到了，然後推門走了進去。

他看到校長正坐在辦公桌前寫字。桌上擺著一個骷髏，房間裡有一種奇怪的莊嚴的氣味，就像古老的皮椅子散發出的那種氣味。

來到這個莊嚴的地方，加上屋裡非常安靜，他的心跳得更快了：他看了看骷髏，又看了看校長慈祥的臉。

——哦，我的小人兒，校長說，有什麼事嗎？

斯蒂芬勉強咽下哽在喉嚨裡的什麼東西，說：

——我打破了眼鏡，先生。

校長張大嘴說：

——哦！

然後笑著說：

——啊，如果我們打破了眼鏡，我們就只好寫信回家再要一副嘍。

——我已經寫信回家了，先生，斯蒂芬說，而且阿納爾神父說，新眼鏡送來之前我可以不做功課。

——完全正確！校長說。

斯蒂芬又一次咽下了哽在喉嚨裡的東西，盡力使腿和聲音別顫抖。

——可是，先生……

——怎麼了？

——多蘭神父今天來打了我一頓，因為我沒有寫作文。

校長靜靜地看著他，他感到一股熱血湧到臉上，淚水馬上要湧進眼眶了。

校長問：

——你叫代達勒斯，是不是？

——是的，先生。

——你在什麼地方打破眼鏡的？

——在煤灰路上，先生。一個同學從自行車房裡出來把我撞倒了，眼鏡就打破了。我不知道那個同學的名字。

校長又靜靜地看著他，微笑著說：

——哦，那麼，這是個誤會；我敢肯定多蘭神父不瞭解情況。

——可是，我告訴他我的眼鏡打破了，先生，但他還是打了我。

——你告訴他你已經寫信回家要新眼鏡了嗎？校長問道。

——沒有，先生。

——啊，那麼好，校長說，多蘭神父是不瞭解情況呀。你就說我已經准許你這幾天可以不做功課了。

斯蒂芬怕自己顫抖得說不出話來，趕忙說：

——好的，先生，可是多蘭神父說他明天還要來打我一頓。

——好啦，校長說，這是個誤會，我一定會跟多蘭神父談這件事。這樣行嗎？

斯蒂芬感到淚水已經浸濕了眼眶，他小聲說道：

——哦，行，先生，謝謝。

校長隔著那張放著骷髏的辦公桌向他伸過手來，斯蒂芬把自己的手放在裡面握了一會兒，感到他的手掌又涼又濕。

——那麼，再見吧，校長一邊說，一邊把手收回來，還點了點頭。

——再見，先生，斯蒂芬說。

他鞠了個躬，輕輕地走出辦公室，小心翼翼地慢慢把門帶上。

可是，當他從樓梯口那個老僕人身邊經過，再次走進那條又低又窄又暗的走廊時，便開始愈走愈快。他一步快似一步地穿過光線昏暗的走廊，心裡激動不已，竟然把手肘撞到廊口的門框上了。他匆匆跑下樓梯，迅速穿過兩條走廊來到外面的空地上。

他聽到了操場上同學們的叫喊聲。他開始奔跑，愈跑愈快，穿過煤灰路，氣喘吁吁地來到低年級的場地上。

同學們見他跑過來，便一擁而上，你推我擠地在他身邊圍成圈。

——快給我們講講！快給我們講講！

——他是怎麼說的？

——你進去了嗎？

——他是怎麼說的？

——快給我們講講！快給我們講講！

他告訴他們他說了什麼，校長又是怎麼說的。講完後，所有同學都摘下帽子旋轉著向空中拋去，大聲歡呼著：

——呼魯！

他們接住落下的帽子，又旋轉著向空中拋去，繼續大聲歡呼著：

——呼魯！呼魯！

他們把手搭成座椅，把他抬起來往上拋，還抬著到處走，直到他掙脫著想下地。他掙脫下來以後，他們又四散跑開，再次吹著口哨把帽子向空中拋去，帽子在空中旋轉著，他們不斷歡呼：

——呼魯！

他們長歎三聲送給禿頭多蘭，又歡呼三聲獻給康米，說他是克隆伍茲有史以來最好的校長。

歡呼聲在柔灰色的天空中漸漸遠去了。他獨自站在那裡，感到無憂無慮，非常快樂，但他一定不能在多蘭神父面前流露出得意的神情。他應該顯得非常平靜，非常聽話：他希望他能為他做點什麼好事，來向他表明自己絲毫沒有得意的意思。

天色柔和、昏暗、溫馨，夜幕降臨了。空氣中彌漫著黃昏的氣息，彌漫著鄉村田野的氣息。有一次，他們散步到巴頓少校的莊園，在田野裡挖蘿蔔削皮來吃，從長著五倍子的亭子那邊飄來小樹林的氣息。

同學們正在練習投長球、高拋球、旋轉球。在柔灰色夜幕的寂靜中，他能聽到球的撞擊聲：寂靜的空氣中，板球拍的聲音不時從這裡或那裡傳來：劈克，啪克，啵克，叭克：像噴泉裡的小水滴慢慢落進滿溢的水缽裡的聲音。

---

1 「美葵」和「開芳」應為「玫瑰」和「開放」，此處為幼兒發音不清之故。

2 麥克・戴維特（Michael Davitt, 1846-1906）和查理斯・斯圖爾特・帕內爾（Charles Stewart Parnell, 1846-1891）均為愛爾蘭民族主義領袖。一八七九年，戴維特創建土地同盟（Land League），獲得帕內爾支持，土地改革和自治運動密切結合在一起。後因政治理念的衝突，兩人分道揚鑣。

3 克隆伍茲・伍德公學（Clongowes Wood College）將學生按年齡劃分為三個年級：十三歲以下為低年級（third line），分為基礎班和三級文法班；十三至十五歲為中年級（lower line），分為二級文法班和一級文法班；十五至十八歲為高年級（higher line），分為詩歌班和修辭班。

4 克隆伍茲・伍德公學的校舍原是一座城堡。

5 這是斯蒂芬在偷偷倒計時，計算距離放假的天數。

6 原文為"ha-ha"，也可譯為「隱垣」，是一種凹槽景觀設計項目，即在園地邊界處挖掘不引人注目的凹溝，沿其底部設籬垣，既使園內與外界無隔離之感，人或牲畜行至其邊界處又不便逾越，因而產生異趣。因為人們走近看到會發出「哈哈」的驚呼，故名"ha-ha"。漢密爾頓・羅恩（Hamilton Rowan, 1751-1834）是愛爾蘭愛國主義者，據說一九七四年在被英軍押往監獄途中伺機逃至城堡，就在士兵開槍之際，他迅速關上門，隨後把帽子扔在隱垣上造成從窗戶逃脫的假象，實則藏至密室，機智脫身。為表示對這位英雄的讚賞，喬伊斯將其劇作《流亡者》的主人公也命名為「羅恩」。

7 乾栗子：一種兒童遊戲。把乾栗子拴在細繩上，相互猛烈撞擊，不碎者為勝。

8 喬伊斯極為擅長文字遊戲。「劈啪」與上文的「屁精」原文均為「suck」，此處翻譯取諧音。

9 約克家族（York）和蘭開斯特家族（Lancaster）均為英王愛德華三世的後裔，家族徽章分別為白玫瑰和紅玫瑰。兩個家族為爭奪英格蘭王位而發生內戰，史稱「玫瑰戰爭」（Wars of the Roses, 1455-1485）。

10 基礎班的主要課程包括拼寫、語法、寫作、算術、地理、歷史、拉丁語。

11 在帕內爾與奧謝夫人（Kitty O'Shea）的私情曝光後，天主教人士以天主教道德為依據，迅速拋棄了帕內爾，導致愛爾蘭自治運動在即將見到曙光時功虧一簣。帕內爾事件給喬伊斯留下了難以磨滅的心理印記，「背叛」成為貫穿他作品的最重要的主題之一。

12 皈依基督教但因未受過專門教育無資格做神父的人被稱為「兄弟」，常作為臨時助理負責教堂裡的雜務。

13 快步走！乾草腳！稻草腳！：戲語，相當於「左，右，左」之類的口令。

14 阿西原文為"Athy"與"a thigh"（一條大腿）發音相同。

15 「解放者」（the liberator）指丹尼爾・奧康奈爾（Daniel O'Connell, 1775-1847）。奧康奈爾是十九世紀前期愛爾蘭民族主義運動領導人，因促成《天主教解放法》的頒布而被稱為「解放者」。

16 此為戲謔之語。凱西先生曾因參與反英政治活動而入獄，在獄中從事拆麻絮的工作，導致三根手指蜷曲，無法伸直。

17 香檳酒：指炸彈。

18 基尼：英國貨幣單位。

19 指帕內爾。

20 參見《新約・路加福音》第十七章第一至二節：「耶穌又對門徒說：『絆倒人的事是免不了的，但那絆倒人的有禍了！就是把磨石拴在這人的頸項上，丟在海裡，還強如他把這小子裡的一個絆倒了。』」

21 原文為"pope's nose"，直譯為「教宗的鼻子」，指雞屁股。

22 「尖嘴薄舌的比利」指都柏林大主教威廉・約瑟夫・沃爾什（William Joseph Walsh, 1841-1921），「阿爾馬的草包」指阿爾馬大主教邁克爾・羅格（Michael Logue, 1839-1924）。兩人都在帕內爾與奧謝夫人的私情曝光後不再支持帕內爾擔任領導人。

23 萊特里姆（Lord Leitrim, 1806-1878）是個臭名昭著的英國地主，一八七八年在愛爾蘭多尼哥郡（Donegal）遭人刺殺，當時他的馬車夫曾試圖救他。後來，「萊特里姆老爺的馬車夫」在愛爾蘭就成了罵人的話，用來指那些支持英國的愛爾蘭人。

24 「狐狸先生」（Mr. Fox）是帕內爾在與奧謝夫人的通信中使用的化名之一。

25 卡賓蒂里路，從布雷到都柏林的一條隱祕的路。

26 白衣會（Whiteboys）為十八至十九世紀愛爾蘭農民祕密組織，成員在夜間活動時身穿白衣。

27 參見《舊約・撒迦利亞書》第二章第八節：「萬軍之耶和華說：在顯出榮耀之後，差遣我去懲罰那擄掠你們的列國，摸你們的，就是摸他眼中的瞳人。」

28 大聯合，指一八〇一年愛爾蘭與大不列顛合併。

29 芬尼亞運動是由芬尼亞社（Irish Republican Brotherhood，又稱「愛爾蘭共和兄弟會」）領導的爭取愛爾蘭獨立和建立愛爾蘭共和國的運動。芬尼亞社是一個愛爾蘭民族主義團體，於一八五八年成立，致力於用暴力手段推翻英國統治。「芬尼亞」這一名稱起源於愛爾蘭傳說中的勇士集團芬尼安（Fianna）及其傑出領袖芬恩・麥克庫爾（Finn MacCool）。

30 特倫斯・貝柳・麥克馬納斯（Terence Bellew MacManus, 1823-1860），愛爾蘭愛國主義者、丹尼爾・奧康奈爾的追隨者，後流亡美國，客死他鄉。遺體運回愛爾蘭後於一八六一年十一月十日葬於格拉斯奈文公墓（Glasnevin Cemetery），遭到天主教會的強烈反對。

31 保羅・卡倫（Paul Cullen, 1803-1878）於一八五二年至一八七八年間擔任都柏林大主教。他堅決反對芬尼亞社等激進民族主義組織。

32 帕內爾被譽為「愛爾蘭的無冕之王」。

33 找樂子：指男孩間的同性戀行為。

34 「象牙」（tusk）的拼寫及發音與其名字「塔斯克爾」（Tusker）的拼寫及發音近似。

35 凱撒曾寫過《高盧戰記》（*Commentari de Bello Gallico*）一書，被寫字者戲改或誤寫為《花布肚皮》（*Calico Belly*）。

36 原文為拉丁語"*Ad Majorem Dei Gloriam*"。

第二章

查理斯舅公抽的是那種黑色的捲菸，實在讓人受不了，後來他外甥建議他每天早晨到花園盡頭那間小屋裡去過菸癮。

——好極了，西蒙。沒問題，西蒙，老人安詳地說。你說哪裡都行。那間小屋就不錯，乾淨，更利於健康。

——真要命，代達勒斯先生直言不諱地說，真搞不懂你怎麼能抽這麼糟糕的菸。天吶，簡直像火藥一樣。

——這菸相當好，西蒙，老人回答說。清涼，提神。

於是，每天早晨查理斯舅公都會到那間小屋去，不過，去之前他總要仔細地往後腦勺的頭髮上擦上頭油，精心梳理一番，把那頂高頂禮帽刷一遍，戴到頭上。他在那裡抽菸的時候，從小屋的門框望進去，只能看到高頂禮帽的帽檐和他的菸袋鍋。他把這間散發著嗆人菸味的小屋稱作他的涼亭，樂得與貓和農具為伴，還把小屋當作共鳴箱：每天早晨總是心滿意足地在裡面哼唱他最喜歡的幾首歌：〈哦，為我搭一座涼亭〉、〈藍色的眼睛和金色的頭髮〉、〈布萊尼的叢林〉。只見菸斗裡冒出藍灰色的煙，嫋嫋上升，消散在清新的空氣中。

在布萊克羅克居住的那個夏天，開始一段時間，查理斯舅公常和斯蒂芬在一起。查理斯舅公是個身子骨很硬朗的老人，皮膚晒得黝黑，面容粗獷，蓄著白色的絡腮鬍。平常日子他總在卡里斯福特大街他們的住處，和鎮裡街上經常跟他們家打交道的幾家商店之間跑腿。斯蒂芬很樂意跟他到處跑，因為查理斯舅公常常會非常慷慨地把商店櫃檯外面敞著口的箱子和桶裡盛的東西大把大把地抓給他。他可能會抓一大把沾著鋸末的葡萄，或者三、四顆美國蘋果什麼的，大方地塞進甥孫手裡，而店主也只好尷尬地笑笑了事；要是斯蒂芬假裝不肯接受，他就會皺著眉頭說：

——拿著吧，小少爺。聽見了嗎，小少爺？這些東西對腸胃有好處。

等處理完訂貨單的事之後，他倆就會到公園去，斯蒂芬父親的老朋友邁克·弗林準會坐在長凳上等他們。然後，斯蒂芬就開始繞公園跑步。邁克·弗林站在靠近火車站的那個大門口，手裡拿著錶，斯蒂芬則昂著頭，抬高膝蓋，兩手垂在身體兩側在跑道上跑，這是邁克·弗林喜歡的姿勢。晨練結束後，這位教練便開始講評，有時還一邊講一邊跑上一兩碼作示範。他穿著雙藍色舊帆布鞋，跑起來拖著腳，樣子很滑稽。一群小孩和保母會圍過來驚訝地望著他，甚至在他和查理斯舅公重新坐下開始討論體育和政治問題時還遲遲不肯離去。雖然，他聽爸爸說，邁克・弗林曾經訓練出好幾位當今優秀的賽跑運動員，可是每當他這位教練低頭用被菸熏黃的長手指捲菸的時候，斯蒂芬總忍不住要看看他滿是鬍碴的鬆弛的臉，有時更帶著幾分憐憫之情看著他那雙溫和的沒有神采的藍眼睛。他的眼睛會時不時突然離開手上的工作，抬起來失神地望著遠方的藍天，捲了一半的菸夾在浮腫的長手指裡，任憑菸絲菸梗撒回菸袋裡。

在回家的路上，查理斯舅公常到小教堂去轉轉，聖水池太高，斯蒂芬夠不著，老人便會把手伸進去蘸蘸，然後俐落地把聖水灑在斯蒂芬的衣服上和門廊的地上。禱告的時候，他總是跪在一方紅手絹上，看著那本書角已經被翻黑的禱告書大聲朗讀，每頁書的最下面都印著下一頁的第一個字。斯蒂芬跪在他身旁，雖然沒有他那麼虔誠，卻對他的虔誠滿懷敬意。他時常納悶，他這位舅公究竟為什麼事禱告得那麼認真。也許他在為煉獄裡的靈魂禱告，或者祈求上帝能讓他幸福地解脫，再或者是乞求上帝賜還他一部分他在科克揮霍掉的那一大筆財產。

每逢星期天，斯蒂芬都會和父親還有舅公一起出去散步健身。老人儘管腳上有雞眼，走起路來卻很輕巧，時常一走就是十英里或十二英里。斯蒂洛根那個小村子有個岔路口，他們要麼向左往都柏林山區走，要麼沿戈斯敦路走到鄧德拉姆，然後再經桑狄福德回家去。走在路上或是站在滿是汙垢的路邊酒館裡，兩個大人總是不停地談論他們最感興趣的話題，愛爾蘭政治啦、芒斯特省啦、他們家祖輩的傳奇故事啦，斯蒂芬聽得津津有味。有些話他聽不懂，就一遍一遍地默念，直到背下來：透過這些談話，他開始對周遭的現實世界有了初步瞭解，感到自己必須去參與這個世界現實生活的時刻似乎很快就要來了。他現在正暗自準備著，去迎接他認為遲早會落到他身上的重任，雖然對那重任的性質，他現在還模模糊糊地不能完全理解。

晚上的時間是可以自由支配的，他常常專心致志地讀一本翻破了的《基督山恩仇記》英譯本。他幼年時不論聽到或者遇到什麼奇怪可怕的事，那個陰鬱的復仇者的形象就會浮現在腦海裡。夜裡，他用印花紙、紙花、彩紙和包裝巧克力的金銀糖紙，在客廳的桌子上搭起一個奇異的海島山洞。當他厭倦了這些華而不實的東西把它們全部扯碎的時候，腦海裡總會浮現出馬賽、陽光下的藤架和美蒂絲[1]的鮮明形象。

在布萊克羅克鎮外通往山區的路上，有一幢粉刷成白色的小房子，花園裡種著大片大片的玫瑰：他常對自己說，這幢房子裡住著另外一個美蒂絲。無論是外出還是回家，他都把這幢房子當作計算路程的標誌：在想像中，他已經經歷了重重冒險，跟書中描寫的一樣光怪陸離。在臨近故事結尾的部分則出現了他自己的形象，那時他已經老去，滿臉悲戚地和美蒂絲站在灑滿月光的花園裡，她曾許多年沒有把他對她的愛放在心上，他忍住悲傷，驕傲地做了個婉拒的手勢，說道：

——夫人，我從來不吃麝香葡萄[2]。

他和一個名叫奧布里·米爾斯的男孩聯手在街上拉起一夥人組成了一支冒險隊。奧布里在扣眼裡拴了個口哨，皮帶上掛了個自行車車燈，其他人都在皮帶上插根短棍假裝匕首。斯蒂芬因為從書裡瞭解到拿破崙穿衣儉樸，有意不作任何裝飾，因此在下命令之前與副官商議時，反而平添了幾分樂趣。冒險隊常常突襲老婦人們的花園，或者跑到城堡那邊，在雜草叢生的石灘上打仗，打完仗回家時，一個個都成了疲憊不堪的殘兵敗將，鼻孔裡全是海灘上臭魚爛蝦的腥味，手上和頭髮上黏滿了沉船發臭的油汙。

送牛奶給奧布里家和斯蒂芬家的是同一個人，他們常常坐著他的送奶車上到卡里克明斯村的牧場去。工人們擠奶的時候，他倆就輪流騎上那匹溫順的母馬在牧場裡跑。可是到了秋天，母牛被從牧場趕回牛棚：只要看一眼斯特拉德布魯克那骯髒的牛棚，那一個個發綠的臭水坑，一堆堆稀牛糞，還有冒著熱氣的飼料槽，斯蒂芬就打心眼裡覺得噁心。那些原本在灑滿陽光的牧場上看起來那麼美麗的奶牛現在卻讓他直倒胃口，連從牠們身上擠出的牛奶都不願多看一眼了。

九月分的來臨並沒有讓他覺得煩惱，因為家人決定不再把他送回克隆伍茲。邁克．弗林生病住院，公園裡的跑步訓練也隨之終止了。奧布里已經開學，只在傍晚有一兩個小時的空閒。冒險隊散了夥，晚上的突襲和石灘上的打仗都取消了。斯蒂芬有時會跟著晚上的送奶車四處閒逛，坐在車上，冷風吹散了他對骯髒牛棚的記憶，看到牛毛和送奶人大衣上的草籽也不再感到厭惡了。每當送奶車在一戶人家門前停下來，他便急等著想瞧瞧擦洗得乾乾淨淨的廚房或沐浴著柔和燈光的客廳，想看看那家的女僕抱著奶罐關門的樣子。他想，如果有一副暖和的手套，口袋裡裝著一大包可以隨便吃的薑汁餅乾，每天傍晚趕著馬車沿路送牛奶，那樣的生活一定很愜意。可是，他在公園裡跑步時讓他突然感到噁心、兩腿發軟的那種預感，以及教練低頭用被菸熏黃的長手指捲菸，他用不信任的眼光看著他那滿是鬍碴的鬆弛的臉時的那種直覺，使他對未來感到迷茫。他有一種模模糊糊的感覺，父親遇到了什麼麻煩，這也是他沒有被送回克隆伍茲的原因。一段時間以來，他感到家裡發生了些許變化；這些他原本以為不可能發生的變化一次又一次地輕輕衝擊著他幼小的心靈對世界的理解。有時隱匿於心靈深處的抱負蠢蠢欲動，卻又找不到任何出路。他聽著母馬的蹄子沿羅克路的車道發出嘚嘚的聲響，身後的大奶罐來回搖晃咿嗒作響，一種和外部世界的暮色一樣的昏暗蒙住了他的心。

美蒂絲又時常浮現在他的腦海中，每當他反覆勾勒她的倩影，一種奇怪的騷動就會在血液裡蠕動。有時他感到渾身燥熱，便在黃昏時沿那條安靜的大路獨自遊逛。各家各戶靜悄悄的花園和從窗口透出的柔和的燈光溫情脈脈地安撫著他躁動的心。孩子們嬉戲的吵鬧聲讓他覺得心煩，他們那些蠢話使他感到自己和他們完全不同，此時這種感覺比他在克隆伍茲上學時更為強烈。他不喜歡玩耍，而是想到現實生活中去尋找長期存在於心靈中的那個空幻的倩影。他不知道去哪裡找，也不知道該怎麼找，但是，一種總是引領他前行的預感告訴他，他不需要刻意去做什麼，有一天這個倩影自會來與他相見。他們會悄悄地相見，彷彿早就彼此相識一樣，彷彿早就約定好了這次幽會，或許是在某扇大門外面，或許是在一個什麼更隱祕的地方。他們將在黑暗和寂靜中單獨相見：在那個充滿柔情的時刻，他的模樣也會改變。她會眼睜睜看著他漸漸隱去，變得不可捉摸，一轉眼變成了全新的樣子。在那個魔術般的時刻，軟弱、羞怯和幼稚全都從他身上消失了。

一天早晨，兩輛黃色的大馬車停在大門口，車上的人咕咚咕咚地進到屋裡搬東西。家具被搬出來，經過前花園，搬到門口的大車上，一路上散落著草束和繩頭。東西都安放妥帖之後，兩輛車便吱吱嘎嘎地沿大路駛走了：斯蒂芬和哭紅了眼睛的母親坐在火車車廂裡，透過車廂的窗戶，看到馬車正慢騰騰地沿梅里昂路遠去。

那天晚上，客廳裡的爐火怎麼也燒不旺，代達勒斯先生把爐鉤支在爐柵上想讓火燒得旺一些。查理斯舅公在角落裡打盹，身邊的牆腳立著幾幅先人的畫像。房間裡沒鋪地毯，家具也不全，桌上微弱的燈光照在被車夫們踩髒的木地板上。斯蒂芬坐在父親身邊的一個腳凳上，聽他自言自語，東拉西扯。起先，有些話他只能聽懂一點點，甚至完全聽不懂，後來才漸漸明白，父親遇到了對頭，很快就要發生爭吵了。他還感覺到，自己也必須加入這場爭戰，必須肩負起某種責任。匆匆離開布萊克羅克舒適夢幻的生活，穿過陰沉沉霧濛濛的城市，想到他們就要住在這幢空蕩蕩毫無生氣的房子裡，這一切使他心裡沉甸甸的，一種直覺、一種對未來的預感又一次浮現在心頭。他終於明白了為什麼僕人們常在大廳裡竊竊私語，為什麼父親常背對著爐火站在壁爐前的地毯上，對著一再催促他坐下吃飯的查理斯舅公大聲嚷嚷。

——我還有機會，斯蒂芬，小老弟，代達勒斯先生使勁撥著怎麼也燒不旺的爐火說。我們還沒完蛋，好兒子。耶穌基督作證（上帝原諒我吧），絕對沒完蛋。

都柏林在他心中激起了新的複雜的感覺。查理斯舅公已經老糊塗了，不能再讓他出去跑腿，全家又剛在新住處安頓下來，一切還沒有理出頭緒，因此斯蒂芬的閒置時間比在布萊克羅克時更多了。起初，他還滿足於在鄰近的廣場上怯生生地繞上一圈，最多再往小巷裡走上一段，但到了後來，當他對城市的輪廓有了粗略瞭解後，便大膽地沿某條主路走下去，一直走到海關大樓。他在港區和碼頭上轉來轉去，一路暢行無阻。他好奇地望著滿是黃色泡沫的水面上漂浮不定的大串浮標，望著成群的碼頭工人、轟隆轟隆緩慢駛過的馬車和衣著邋遢鬍子拉碴的員警。堆積在牆邊或從汽輪貨艙裡吊出來的大包貨物使他感到生活廣闊而新奇，並再一次喚起了心中那種曾使他在黃昏時刻從一座花園走到另一座花園尋找美蒂絲的騷動。在全新的繁忙生活中，他幻想自己或許是來到了另一個馬賽，可惜沒趕上晴空萬里，看不到酒館前被陽光照得暖融融的藤蔓。他望著碼頭，望著河面，望著低垂的天空，心裡隱隱感到不滿，可是，他仍然一天又一天四處遊蕩著，彷彿真的在尋找一個一直躲避他的人。

他有一兩次隨母親去拜訪親戚：途中經過一整排為過耶誕節而熱熱鬧鬧裝飾起來的燈火輝煌的店鋪，但落落寡歡的心情依然如影隨形。苦悶的原因有很多，有遠因也有近因。他為自己太年輕、容易因為衝動焦躁做蠢事而生氣，也為際遇的改變使周圍的世界變得骯髒虛偽而憤懣。然而，他的憤怒並不能改變這種境況。他只好耐心地記錄下見到的一切，極力使自己置身事外，偷偷品嘗著屈辱窘迫的滋味。

他坐在舅媽家廚房裡一把沒有靠背的椅子上。壁爐前油漆得十分光潔的牆壁上掛著一盞帶反光罩的燈，舅媽就著燈光把晚報攤在腿上看。她對著報上一個滿臉笑容的人的照片端詳了許久，末了歎道：

——馬貝爾．亨特可真漂亮！

一個滿頭鬈髮的小女孩踮起腳來瞧了瞧照片，輕聲問道：

——她在幹麼，媽媽？

——她在演默劇，小乖乖。

小女孩把鬈髮的腦袋倚在母親的衣袖上，注視著那張照片，入了迷似的念叨著：

——馬貝爾．亨特可真漂亮！

她好像真的入了迷，久久地盯著那雙嫺靜而又略帶嘲諷的眼睛，由衷地小聲誇讚道：

——她可真是個美人呀！

這時，一個男孩扛著一包煤從街上歪歪斜斜地走進來，正好聽到了她的話。他連忙把煤放到地上，匆匆跑到她身邊來想看個究竟。他用凍得通紅、沾著煤灰的手毛毛躁躁地抓住報紙一角，一邊把她擠到旁邊，一邊嚷嚷著看不見。

他坐在房子高處狹小的早餐室裡，這是幢老房子，窗戶很暗。爐火映在牆上，搖曳不定，窗外幽靈般的暮色已經籠罩在河面上。一個老婦人正在爐邊忙著燒茶，她一邊忙著手裡的工作，一邊低聲跟他講神父和大夫說過的話。她還提到他們發現她近來發生了變化，言談舉止都有些反常。他坐在那裡靜靜地聽著，思緒卻踏上了冒險之路，穿過煤井、拱門、墓穴，穿過彎彎曲曲的通道和高低不平的山洞向前飛馳。

忽然，他注意到門口彷彿有什麼東西。一個腦袋從黑幽幽的門洞裡探出來。一個瘦弱得像猴子一樣的人出現了，顯然是循著爐火邊的談話聲跑來的。門口那人哼哼唧唧地問道：

——是約瑟芬嗎？

在爐邊忙碌的老婦人樂呵呵地說：

——不是，埃倫，是斯蒂芬。

——哦……哦，晚上好，斯蒂芬。

他也向她打了聲招呼，看到門口的那張臉綻開了一絲傻笑。

——有什麼事嗎，埃倫？爐邊的老婦人問。

她沒有回答，只是說：

——我以為是約瑟芬來了。我以為你是約瑟芬，斯蒂芬。

她一邊重複著這句話，一邊有氣無力地咯咯笑起來。

他在哈樂德十字街舉行的兒童晚會上枯坐著。他變得愈來愈小心謹慎、沉默寡言了，晚會上的遊戲項目幾乎都沒參加。別的孩子掛著贏來的拉炮[3]裡的小玩意嬉鬧著蹦蹦跳跳，四處亂跑。雖然他也想分享他們的歡樂，卻感到在這群戴著三角帽和寬邊帽的快樂的孩子中，自己是個陰鬱的存在。

不過，在唱完一支歌，退到屋裡一個安靜的角落時，他卻開始品嘗到孤獨的快樂。剛開始他覺得晚會上的歡鬧虛假而無聊，現在卻像一陣心曠神怡的風，歡快地掠過他的感官，掩住其他人的眼睛，不讓他們看到他血液裡火熱的躁動，因為這時她的眼神正越過一對對旋轉的舞伴，伴隨著音樂和笑聲，不時投向他所在的這個角落，裡面包含著欣賞、生氣、好奇，使他激動不已。

在大廳裡待到最後的孩子們也開始穿衣服收拾東西了：晚會結束了。她把披巾蒙在頭上；他們一起朝公共馬車走去，她呼出的溫暖芳香的氣息凝聚在她蒙著披巾的頭邊，歡快地飛舞著，她的鞋踏在光潔的路面上，發出輕快的啪嗒啪嗒的聲響。

這是最後一趟馬車了。連那幾匹瘦長的棗紅馬也知道，牠們正朝著晴朗的夜空搖晃著鈴鐺，提醒人們注意。售票員和車夫在聊天，在綠色的燈光下，兩人不時地點頭。車上的空座上散落著幾張五顏六色的車票。馬路上已經沒有來來往往的腳步聲了。除了那幾匹瘦長的棗紅馬互相蹭著鼻子搖晃幾下鈴鐺外，再沒有其他聲響打破黑夜的寧靜了。

他們似乎在相互傾聽著，他站在高一級的臺階上，她站在低一級的臺階上。談話的時候，她好幾次上到他這一級臺階上來，但很快又下去了，也有一兩次她上來挨在他身邊站了好一會兒，一時竟忘了下去。在她上上下下的時候，他的心像海浪裡的浮標一樣隨著她上上下下地舞動。他可以聽到她的眼睛從眼皮底下對他說的話，模模糊糊地記得以前什麼時候在現實或夢境裡聽到過。他看到她一直在擺弄她的各種飾物、她的漂亮裙子和腰帶，還有黑色的長筒襪，而他知道，在這些東西面前他已經拜倒過不止一次了。然而，在他內心深處卻有一個聲音，壓過嘈雜的心跳聲對他說話，問他是否準備接過一伸手就能接過來的這份禮物。他又想起了那一天，愛琳和他站在一起朝旅館門前的廣場看，看著侍者正往旗桿上升彩旗，一隻獵狐梗在灑滿陽光的草坪上蹦來蹦去，她卻突然咯咯笑著沿那條彎彎的坡路跑開了。這時也和那時一樣，他無精打采地站在那裡，就像一個旁觀者，靜靜地看著眼前這一幕。

——她一定也希望我摟住她，他心裡想。所以她才跟我一起來坐馬車。等她上到我這級臺階的時候，我輕易就能摟住她：沒人在看我們。我可以抱著吻她。

可是他什麼也沒有做：等到獨自坐在空蕩蕩的馬車上的時候，他失神地望著波紋地板，把手裡的車票撕得粉碎。

第二天，他在樓上那間空屋子裡的桌子旁一連坐了幾個小時。他面前放著一枝新鋼筆、一瓶新墨水和一本新的綠色練習本。出於習慣，他在第一頁的最上面寫下了耶穌會座右銘的首字母：A.M.D.G[4]。那一頁的第一行還有一首詩的標題，是他準備要寫的一首詩：獻給E—C—[5]。他知道寫詩可以這樣開頭，因為在拜倫[6]勳爵的詩集裡他就看到過類似的題目。他寫下題目，在下面畫了一道裝飾線後，又開始胡思亂想起來，開始在本子的封面上畫各種各樣的圖形。他看到自己坐在布雷的一張桌子旁，那是在耶誕節晚宴發生爭論的第二天早上，他正拿著父親一張通知單的存根，想在背面寫一首關於帕內爾的詩。可是，腦子就是不肯出力，為了打消寫詩的念頭，他在那張紙上寫滿了同學的名字和地址：

羅德里克·基克漢姆
約翰·勞頓
安東尼·麥克斯威尼
西蒙·穆南

現在看來，他計畫寫的詩似乎又要泡湯了，但回味那晚發生的事，他愈想愈覺得有信心。

想著想著，凡是他覺得平淡和不重要的情節全都從那一幕中消失了。馬車、車夫和馬都不見了蹤影：就連他和她的形象也變得不那麼生動鮮明了。那首詩講的只是那個夜晚，和煦愜意的微風，還有散發著少女光彩的明月。在詩中，一種不可名狀的悲愁深藏在主人公心裡，他們默然地站在光禿禿的樹下，到了離別的時刻，其中一個人雖然有些遲疑，但最後兩人還是熱情地擁吻了。寫完這首詩，他又在詩稿的頁腳寫下了“L.D.S.”[7]幾個字母，然後把本子藏好，跑到母親的臥室裡，對著梳妝臺的鏡子久久地凝望著自己的臉。

但是，這種長時期安閒自由的生活終於要結束了。一天晚上，父親帶著一大堆消息回到家來，吃飯時說個不停。斯蒂芬本來盼著父親回來，因為那天家裡要吃羊肉丁燉馬鈴薯，他知道父親一定會讓他用麵包蘸著肉汁吃。可是，一提到克隆伍茲他就覺得舌頭彷彿糊了一層令人厭惡的垢漬，對羊肉丁也提不起興致了。

——就在廣場邊那個街角上，代達勒斯先生第四次提到這件事，我和他撞了個滿懷。

——那麼我想，代達勒斯太太說，他一定能給安排吧。我是說去貝萊弗迪爾上學的事。

——當然啦，代達勒斯先生說。我不是跟你們說了，他現在已經當上教區大主教啦。

——我可從來不願意把他送到基督教兄弟會去，代達勒斯太太說。

——讓基督教兄弟會走開吧！代達勒斯先生說。你以為我會把他送到臭帕迪和爛米基那裡去嗎？不，既然他一開始上的就是耶穌會學校，還是讓他接著去吧。這對他將來有好處。他們那些人能幫人找到工作。

——他們教會還很有錢，是不是，西蒙？

——相當有錢，告訴你吧，他們那裡的生活相當好。你在克隆伍茲不是看到過他們的伙食嘛。我的天，簡直像是餵鬥雞一樣。

代達勒斯先生把自己的碟子推到斯蒂芬面前，讓他把裡面的東西都吃掉。

——現在，斯蒂芬，他說，你也該開始賣賣力氣了，小老弟。你的假期可算過得又長又自在了。

——哦，我敢說他一定會努力學習的，代達勒斯太太說，再說了，這回還有莫里斯和他一起。

——咳，我的天，我竟然把莫里斯給忘了，代達勒斯先生說。過來，莫里斯！過來，你這個呆頭呆腦的小混蛋！知道嗎？我準備送你去上學了，讓他們教你讀書寫字。我還要給你買塊一便士的漂亮小手絹，好讓你把鼻子擦乾淨。你說好不好玩？

莫里斯咧開嘴衝父親笑笑，又衝哥哥笑笑。

代達勒斯先生把單片眼鏡夾到眼眶裡，然後瞪眼看著兩個兒子。斯蒂芬只管自顧自地嚼著麵包，父親瞧他也不理會。

——還有，代達勒斯先生又說，校長，現在應該叫大主教，還告訴我你和多蘭神父那檔子事。你小子膽子可真夠大的，他說。

——哦，真的嗎，西蒙？

——當然是真的，代達勒斯先生說，他把前前後後整個經過都跟我講了。你知道，我們原不過是閒談，但後來愈說愈多。你們猜，他告訴我誰能得到市政廳那份工作？這事回頭再跟你們說。哦，我剛才說到我們聊得熱火朝天，他問我，我們家這位小朋友是不是還戴眼鏡，接著就把事情的經過一五一十地告訴了我。

——他生氣了嗎，西蒙？

——生氣？他可不！小傢伙是個男子漢！他說。

代達勒斯先生操著大主教拿腔拿調鼻音很重的聲音說道：

——多蘭神父和我，我在餐桌上對他們講起這事，多蘭神父和我大笑了一場。你最好當心點，多蘭神父，我說，要不小代達勒斯會把你送來打十八大板的。我們在一起可笑了個夠，哈！哈！哈！

代達勒斯先生扭過頭來，用正常的聲音對太太說：

——從這一點就可以看出他們是怎樣對待孩子的了。哦，一輩子當耶穌會神父，真夠圓滑的！

他又操著大主教的腔調說道：

——我在餐桌上對他們講起這事，多蘭神父和我還有在場所有人都笑了個夠，哈！哈！哈！

聖靈降臨節遊藝晚會就要開始了，斯蒂芬從化妝室的窗戶向外望去，看到小草坪上拉著許多繩子，上面掛滿了中國式燈籠。他看著觀眾們從主樓前的臺階上下來，向劇場走去。服務人員都是貝萊弗迪爾的老面孔，他們穿著晚禮服，分成小組站在入口處，彬彬有禮地把觀眾領進劇場去。一盞燈突然亮了，他看到了一個神父微笑著的臉。

聖體已經從會幕裡移了出去，前幾排的板凳也往後挪了挪，好讓講臺和聖壇前多空出些地方來。四周的牆邊立著槓鈴和體操棒，啞鈴堆在牆角裡：在堆得像小山一樣的運動鞋和亂七八糟地圍著運動衫、背心的棕色包裹中間，立著一個大皮面鞍馬，等體操表演結束後抬到臺上去放到優勝隊中間。

斯蒂芬文章寫得好已經出了名，所以被選為遊藝晚會的祕書，他不參加第一組節目的表演，但要在第二組節目的話劇裡擔任主角，演一個滑稽可笑的老學究。選他演這個角色是因為他身材合適，舉止嚴肅，這是他在貝萊弗迪爾公學的第二個年頭，已經是中級班的學生了。

二十來個穿著白色燈籠褲和背心的小夥子從舞臺上撲通撲通地跑下來，穿過法衣室跑進小教堂。法衣室和小教堂裡擠滿了老師和學生，一個個躍躍欲試。那個胖乎乎的禿頭准尉副官正在用腳試鞍馬的跳板。一個穿大衣的清瘦的小夥子站在一旁興致勃勃地瞧著，銀白色的體操棒從他大衣兩側的大口袋裡露出來，他要表演令人眼花繚亂的體操棒特技。另一隊人準備上臺的時候，大家聽到木啞鈴發出空洞的梆梆聲：又過了一會兒，舍監招呼著孩子們上臺去，他看上去很興奮，像趕鵝似的把孩子們從聖器室裡趕出來，如同呼搧翅膀一樣緊張兮兮地搧動著他的法衣袖子，嚷嚷著催促落在後面的孩子快跟上去。一小隊那不勒斯農民正在小教堂一頭練習舞步，有的舉起手臂在頭頂環成一圈，有的晃動著用紙花做成的花籃，屈膝行禮。在小教堂聖壇左側陰暗的角落裡，一個穿著寬大黑裙子的胖老婦人正跪在地上。她站起來時，大家看到她身邊還有一個穿著粉紅色衣服的身影，戴著捲曲的金色假髮和一頂舊式草帽，眉毛畫成黑色，臉上淡淡地塗著脂粉。看到這個女孩模樣的身影，小教堂裡立刻響起好奇的私語聲。一位舍監微笑著點點頭，朝那個陰暗的角落走過去，向胖老婦人鞠了一躬，和藹地說道：

——塔隆夫人，您身邊這位究竟是個漂亮的小女孩，還是個洋娃娃？

接著，他彎下腰去仔細瞧了瞧帽檐底下那張塗滿脂粉的微笑的臉，驚歎道：

——不對！我敢保證這一定是小伯蒂．塔隆！

一直在窗邊忙著的斯蒂芬聽到了老婦人和神父的大笑聲，還聽到身後學生們擁上去看那個要單獨登臺跳草帽舞的小男孩時發出的嘖嘖讚歎聲。他忽然感到心煩意亂，放下撩起的百葉窗，從一直站著的長凳上跳下來，走出了小教堂。

他從校舍出來走到花園邊的棚子裡。對面劇場隱隱傳來觀眾們的喧鬧聲，還夾雜著軍樂隊鑼鼓的鏗鏘聲。燈光從玻璃屋頂射向天空，劇場就像節日方舟，停泊在一艘艘小船似的房舍間，吊著燈籠的細繩便是拴著它的纜繩。劇場的側門忽然打開了，一道亮光射向草坪。方舟中驟然傳來一陣音樂聲，是一支華爾滋舞曲的前奏：側門又關上了，他仍能隱約聽到樂曲的旋律。樂曲開頭慵懶、柔和而又略帶哀愁的情調，使他產生了一種難以名狀的情緒，也正是這種情緒使他一整天都心緒不寧，使他剛才感到心煩意亂。這種心緒不寧如同聲浪在他心裡翻滾：方舟在流動的音樂浪潮中前進，後面漂浮著掛燈籠的細繩。接著一陣小炮似的啪啪聲打斷了樂曲的旋律。這是觀眾歡迎啞鈴隊上場的掌聲。

在棚子靠街的那頭，黑暗中有一星粉紅色的亮光；他迎著亮光走過去，聞到了淡淡的香料味道。兩個男孩站在棚口處抽菸，他還沒走到跟前，就聽出了赫倫的聲音。

——高貴的代達勒斯駕臨！一個粗啞的聲音喊道。歡迎我們的鐵哥們！

赫倫一邊嘿嘿乾笑著，一邊行了個額手禮算是打招呼，然後把手杖往地上杵個不停。

——我來了，斯蒂芬停住腳說，他看了看赫倫，又看了看他的朋友。

那個人他不認識，在黑暗中借著香菸發出的亮光，他看到一張蒼白的臉，眉眼長得不錯，面帶微笑。他個子很高，穿著大衣，戴著圓頂高帽。赫倫沒有特意給他們作介紹，只是說：

——我剛才正跟我的朋友沃利斯說今晚你要扮演校長來著，如果你能學學校長那樣，準會把人逗死，讓人笑得肚子疼。

赫倫壓低嗓門學校長那學究氣很重的說話聲給他的朋友沃利斯聽，但學得不像，於是自嘲地笑了笑，要斯蒂芬學一學。

——來吧，代達勒斯，他催促說，你學得呱呱叫。**若是不聽教會，必乃異端酒色之徒**[8]。

他沒再模仿下去，因為沃利斯臉上顯出一絲慍色，原來是菸嘴堵住了。

——這菸嘴真他媽該死，他邊說邊笑著從嘴裡拿出菸嘴來，皺著眉頭瞧了瞧。這玩意動不動就堵了。你抽菸用菸嘴嗎？

——我不抽菸，斯蒂芬回答說。

——那是，赫倫說，代達勒斯是個模範青年。不抽菸，不逛街，不調情，不罵人，他媽的什麼都不做。

斯蒂芬搖搖頭，微笑地望著他這個對頭那張表情豐富的紅撲撲的臉，他的嘴尖得像鳥嘴一樣。他常常納悶，為什麼文森特．赫倫不僅長得像鳥，名字也像鳥[9]。一束濃密的淺色頭髮貼在前額上，像豎著的羽冠：前額窄小凸出，兩隻挨得很近的魚泡眼中間伸出一個細長的鷹勾鼻，眼睛顏色很淡，神色單調。他們這兩個對頭在學校裡是好朋友。他倆在教室裡坐在一起，在小教堂裡跪在一起，禱告完在餐桌上還邊吃邊聊。因為高級班的同學都是些呆頭呆腦的笨孩子，斯蒂芬和赫倫就成了學校裡的孩子頭。一塊去找校長請他給放一天假，或求他饒了某個同學也總是他倆。

——哦，說到這裡，赫倫忽然說，我剛才看見你家老頭進去了。

斯蒂芬臉上的笑容立刻消失了。只要有同學或老師提到他父親，他馬上就沉不住氣了。他沒吭聲，心神不寧地等著赫倫往下說。但赫倫卻頗懷深意地用手肘推推他，說：

——你可真是個小滑頭。

——什麼小滑頭？斯蒂芬問。

——你表面上一本正經，赫倫說。但我敢說你就是個小滑頭。

——我能不能問問你這話是什麼意思？斯蒂芬彬彬有禮地問。

——當然可以，赫倫回答說。我們看見她了，沃利斯，是不是？她可真漂亮。而且對你的事可關心啦！**代達勒斯先生，斯蒂芬扮演什麼角色？代達勒斯先生，斯蒂芬不唱歌嗎？**你家老頭從他那個眼鏡片後面一個勁地盯著她看，所以我想你家老頭也發現你的祕密了。天吶，要是換了我，我可不在乎。她可真是呱呱叫，是不是，沃利斯？

——確實不賴，沃利斯附和著說，又把菸嘴叼到嘴角上。

赫倫當著生人的面含沙射影地說這麼一番令人難堪的話，不免使斯蒂芬心中有幾分惱火。

對他來說，女孩子對他感興趣或是關心，根本不是什麼有趣的事。一整天來，他滿腦都是在哈樂德十字路公共馬車的臺階上和她告別的情景，還有那情景在他心中激起的一連串感情豐富的遐想和他為此寫下的那首詩。一整天下來，他一直想著和她再見一面，因為他知道她一定會來看戲。過去那種騷動憂鬱的情緒又一次充塞在他心中，就像晚會那天一樣，但他並沒有靠寫詩來發洩情緒。少年時代兩年的成長和閱歷使他已和過去不同，他不會再用這種方式發洩情緒：一整天來，流水般陰鬱的柔情在他心中湧起，然後又傾入暗流和漩渦之中，最終讓他倦怠了，直到聽見舍監的玩笑話，看見那個塗脂抹粉的小男孩，他又感到不耐煩起來。

——你最好承認了吧，赫倫接著說，這回我們總算發現你的祕密了。以後別在我面前裝什麼聖人了，這是明擺著的事。

他又輕輕乾笑了幾聲，像剛才那樣彎下腰去，開玩笑似的責怪著用手杖在斯蒂芬小腿肚上輕輕敲了一下。

斯蒂芬剛才的那陣火氣已經過去了。他現在既不感到開心也不感到窘迫，只希望玩笑趕快結束。對於這種在他看來愚不可及的粗話也不惱火，因為他知道這些話對他心中的那些冒險經歷並沒有什麼妨礙：於是，他也像他的對頭那樣假笑起來。

——快承認！赫倫又說，又拿著手杖在他小腿肚上敲了一下。

他打他原是鬧著玩，但這次並不像前一次那麼輕。斯蒂芬感到腿肚子像被針扎了一下，有些微微發熱，不過倒不怎麼疼；他恭恭敬敬地低下頭，開始背誦〈懺悔詞〉，像是配合他這位朋友的調笑興致。赫倫和沃利斯都被他的玩世不恭逗得哈哈大笑，這場戲就這麼圓滿地結束了。

所謂懺悔，斯蒂芬原不過是隨口一說，可說著說著，腦子裡卻像變魔術似的突然閃現出一樁往事，那時他也看到了赫倫微笑著的嘴角邊那對若隱若現的無情的酒窩，感覺到手杖打在小腿肚上，聽到了同樣的逼問：

——快承認！

那是他入學第一個學期期末發生的事，當時他在第六班。他生性敏感，再加上生存境況惡劣，前途未卜，不免感到苦惱。都柏林沉悶的氣氛也使他沮喪不安。他從兩年夢幻般的生活中醒來，發現自己進入了一個新天地。這裡的一切人和事都深刻地影響著他，使他沮喪，給他誘惑，不管是誘惑還是沮喪，都使他心神不定，苦惱煩悶。在學校裡，只要一有閒暇，他就閱讀具有強烈反叛精神的作家的作品，他們的譏誚之語和激烈的言詞總令他心緒沸騰，繼而出現在他自己那些稚嫩的作品中。

每週一篇的作文對他來說是一星期的主要任務，每逢星期二從家裡去上學，他總以路上的見聞來預測自己的運勢，有時會同前面某個人競走，加快腳步要在到達某個目標之前超過他，有時會小心翼翼一步一步踩到人行道的一塊塊方磚上，以此來判斷那一週的作文能不能得第一名。

有一個星期二，他通向勝利的坦途被無情地切斷了。英語老師塔特先生用手指著他毫不客氣地說：

——這位同學在作文裡宣揚了異端邪說。

教室裡頓時鴉雀無聲。塔特先生並沒有打破沉默，只是把一隻手在兩腿間摩挲著，弄得他漿洗得很硬的衣領和袖口唰唰直響。斯蒂芬連頭也不敢抬。這是一個春寒料峭的早晨，他的眼睛還有些刺痛，看不清東西。他意識到了自己的失敗，意識到自己已經被人洞悉，也意識到自己思想和家庭的卑下，感到翻捲著的粗糙不平的衣領正磨著脖子。

塔特先生笑了一聲，教室裡的氣氛頓時輕鬆了許多。

——也許你是無意的，他說。

——哪裡？斯蒂芬問道。

塔特先生抽出在兩腿間摩挲著的手，把他的作文打開。

——這裡。就是關於造物主和靈魂的那幾句。呃……呃……呃……啊！永遠也不可能接近。這就是異端邪說。

斯蒂芬低聲辯解說：

——我的意思是永遠不可能到達。

這是一種屈服的表示，塔特先生的情緒緩和了過來，他把作文摺好，讓同學們傳給他，又說：

——哦……啊！到達。那就是另外一碼事了。

可是，班上的同學並沒有就此甘休。雖說下課以後沒人再提起這事，但他隱約可以感覺到周圍的人都在幸災樂禍。

在當眾受責幾天後的一個晚上，他正拿著一封信沿德拉蒙康得拉路走著，忽然聽到有人喊：

——等一等！

他轉過身去，看到班上三個同學在黑暗中朝他走來。剛才叫他的人是赫倫，他走在他的兩個跟班中間，細長的手杖合著腳步的節奏上下揮舞。他的朋友博蘭跟他並排走著，滿臉堆笑，納什則落後幾步，一邊呼哧呼哧地緊趕慢趕，一邊搖晃著碩大的紅髮腦袋。

這幾個孩子剛轉進克朗里夫路，就開始談起書籍和作家來，談自己正在讀些什麼書，父親的書架上有多少書，等等。斯蒂芬聽他們談這些，覺得有些納悶，因為博蘭是班上出了名的笨蛋，納什是出了名的懶鬼。在談論了一番各自最喜歡的作家後，納什宣稱他最喜歡馬里亞特船長[10]，說他是最偉大的作家。

——胡說八道，赫倫說。你問問代達勒斯。代達勒斯，你說誰是最偉大的作家？

斯蒂芬聽出了他問話裡的譏諷語氣，問道：

——你是說散文作家嗎？

——對。

——我想是紐曼吧。

——你是說紅衣主教紐曼嗎？博蘭問道。

——是的，斯蒂芬回答說。

納什布滿雀斑的臉都笑開了，他轉身對斯蒂芬說：

——這麼說，你喜歡紅衣主教紐曼[11]，代達勒斯？

——哦，很多人都說紐曼的散文風格最好，赫倫對另外兩個人解釋說，當然，他不是詩人。

——那誰是最好的詩人呢，赫倫？博蘭問道。

——當然是丁尼生勳爵[12]嘍，赫倫回答說。

——哦，是的，丁尼生勳爵，納什說。我們家就有一本他的詩集。

聽到這裡，斯蒂芬忘記了自己立下的絕不開口的誓言，脫口而出道：

——丁尼生也算詩人！咳，他那都是些打油詩！

——唷，去你的吧，赫倫說。誰都知道丁尼生是最偉大的詩人。

——那你說誰是最偉大的詩人？博蘭邊問邊用手肘輕推身邊的人。

——當然是拜倫，斯蒂芬說。

先是赫倫，緊接著另外兩個也跟著一起哄笑起來。

——你們笑什麼？斯蒂芬問。

——笑你，赫倫說。拜倫是最偉大的詩人！他的詩只能給沒文化的人看。

——那他一定是個了不起的詩人嘍！博蘭說。

——你最好還是閉嘴吧，斯蒂芬毫不示弱地轉向他說。你所謂的詩不過是你寫在廁所石磚上的那些玩意罷了，只配被叫到樓上挨板子。

事實上，據說博蘭的確曾經在廁所石磚上寫過兩行詩，描寫一個同學騎著小馬駒從學校回家去的情形：

泰森騎著馬兒去耶路撒冷
摔下來弄傷了他的亞歷克·卡弗澤倫。

這幾句尖刻的話噎得那兩個跟班不吭氣了，但赫倫卻繼續說：

——不管怎麼說，拜倫是個異端分子，而且還傷風敗俗。

——我才不在乎他是什麼人呢，斯蒂芬生氣地說。

——你不在乎他是不是個異端分子？納什說。

——你懂什麼？斯蒂芬嚷道。除了小抄，你這輩子連一行字也沒讀過，博蘭也一樣。

——但我知道拜倫是個大壞蛋，博蘭說。

——來呀，把這個異端分子抓起來，赫倫喊道。

斯蒂芬一下成了階下囚。

——那天塔特已經讓你著慌了，赫倫接著說，他指出了你作文裡的異端邪說。

——我明天就去告訴他，博蘭說。

——是嗎？斯蒂芬說，你根本就不敢開口。

——我不敢？

——哼，你會嚇得連小命都沒了。

——老實點！赫倫邊呵斥邊用手杖敲斯蒂芬的腿。

這是發動攻擊的信號。納什把他的手臂扭到身後，博蘭則撿起臭水溝裡的一根長白菜根。

斯蒂芬遭到手杖和粗糙的白菜根的擊打，拳打腳踢地掙扎著，最後被推搡到一個鐵絲網連成的籬笆前。

——快承認拜倫不是好人。

——不。

——快承認。

——不。

——快承認。

——不。不。

最後，經過一番拚命掙扎，他終於掙脫了。打他的幾個孩子朝瓊斯路走去，還不忘大笑著奚落他，他因為眼淚模糊了視線，只能跌跌撞撞地往前走，一邊抽泣，一邊用力攥緊拳頭。

他仍然在兩個同學的大笑聲中背誦著〈懺悔詞〉，腦海裡仍然清晰而迅速地掠過那一幕幕惡意滿滿的場景，但他納悶，為什麼現在對那幾個曾經折磨過他的人已無怨恨。他們仗著人多勢眾欺負他，他一點也沒忘，但是想起這些事，他並不感到憤懣。看來，他從書上讀到的那些愛恨分明的故事都是假的。甚至那天晚上從瓊斯路跌跌撞撞往家走的時候，他也感到有種力量，就像剝去熟透了的果實的果皮一樣，把他排山倒海般的憤怒打消了。

他仍然和兩個同伴站在棚子的一頭，心不在焉地聽他們閒談，偶爾也聽聽劇場裡傳來的陣陣掌聲。她正和別的觀眾坐在一起，等著他登臺演出。他極力回想她的容貌，但怎麼也想不起來。他只記得她頭上像戴風帽似的蒙著披巾，還記得她那雙黑眼睛既吸引著他又使他心慌意亂。他不知道她是否像他惦記她一樣也一直想著他。他在黑暗中背著那兩個人把一隻手的指尖放在另一隻手的手心上，輕輕地觸摸著。可是，她的手指在碰到他手的時候，顯然比這還要輕，還要穩：忽然間，記憶中的觸摸像看不見的波浪一樣輕輕拂過心田，拂過全身。

一個男孩從棚子那頭跑來。他看起來著急忙慌、氣喘吁吁的。

——哦，代達勒斯，他大聲嚷嚷道，多伊爾快要被你氣死了。快回去化妝準備上場吧。你最好快點。

——他這就去，赫倫拉著長音傲慢地對傳口信的男孩說，他想回去自然會回去的。

那男孩又轉身對赫倫說了一遍：

——可是，多伊爾已經大發脾氣了。

——請你向多伊爾轉達我最美好的問候，我看他是瞎了眼，赫倫說。

——好了，我該走了，斯蒂芬說。他對這種非要講個面子的事從不在意。

——換做我，赫倫說，我才他媽的不去呢。對學長就不能這麼隨隨便便派一個人來叫。還發脾氣，哼！你肯在他那個破戲裡演個角色就夠抬舉他了。

斯蒂芬最近留意到他這個對頭喜歡和同伴吵吵鬧鬧的秉性，但這並沒有使斯蒂芬改變他遇事逆來順受的習慣。他不相信那種過分激烈的情緒，也不十分信任這種友情的真實性，在他看來，成年後一切就是這麼可悲。對剛才提到的面子不面子之類的問題，他認為全都微不足道。過去，在心靈極力追逐那些虛無縹緲的東西而後又猶豫退縮的時候，總會時不時聽到父親和老師們的聲音，敦促他一定要做個正人君子，一定要做個好的天主教徒。現在，這些聲音在他聽來都顯得非常空洞。在體育館建成開放時，他聽到另一個聲音，敦促他要強壯，要有男子漢氣魄，要健康；當民族復興運動的浪潮湧入學校時，他又聽到一個聲音，要他忠於自己的國家，為振興民族語言和傳統貢獻力量。在現實生活中，像他預料的那樣，有一個世俗的聲音要他透過自己的努力恢復父親昔日的顯赫地位。與此同時，學校裡夥伴們的聲音又要求他一定要夠朋友，要掩蓋別人的過失，要替人求情，要盡力爭取讓學校多放幾天假。正是這些空洞的聲音使他在追求那些虛無縹緲的東西時變得猶豫不決。他只在某個時期留意過這些聲音，但只有在遠離這些聲音，聽不到這些聲音，獨自一人或是與幻想中志同道合的朋友在一起時，才會感到高興。

在聖器室裡，一個胖乎乎臉色白嫩的耶穌會神父和一個穿著破舊藍衣服的老人正在調色盤裡調顏料和白堊粉。已經化好妝的孩子們看上去都侷促不安，有的走來走去，有的呆呆地站在那裡，不時用手指小心翼翼地在臉上摸一摸，生怕別人看見。聖器室中間站著一個到學校來參觀的年輕耶穌會神父，雙手插在口袋裡，不停地點起腳尖和腳後跟，有節奏地前後搖晃著。他那光亮的紅色鬈髮襯得十分顯眼的小腦袋和新刮過的臉，與一塵不染的法衣和擦得鋥光瓦亮的皮鞋正好相得益彰。

斯蒂芬看著這個前後搖晃的身影，竭力想弄明白神父臉上譏諷的微笑究竟有何深意，看著看著，他忽然記起還沒到克隆伍茲上學前，父親對他講過的一句話，你永遠可以從一個耶穌會神父的穿戴上判斷出他的為人。同時，他感到父親和這位穿著講究、笑容可掬的神父在思想上有些相似：他覺得這裡的氣氛對神父的身分，甚至對聖器室本身都是一種褻瀆。聖器室裡的沉寂被喧譁聲和嬉鬧聲打破了，空氣中彌漫著煤氣燈和油彩的刺鼻味道。

他一邊由著老人在他額頭上畫皺紋，把下巴塗得青一塊紫一塊，一邊心不在焉地聽那個矮胖的年輕耶穌會神父不停地嘮叨，要他把臺詞說得響亮些、清楚些。他聽到樂隊在演奏〈基拉尼的莉莉〉，知道再過一會兒幕布就要拉開了。他並不怯場，但一想到要扮演的角色就覺得很丟人。剛默背了幾句臺詞，他那已經上了妝的臉就立刻羞紅了。他看到她那雙迷人的眼睛正緊張地從觀眾席中望著他，頓時感到疑慮一掃而空，只餘下堅定的信心。他彷彿暫時借來一種性格：周圍的激昂氣氛和青春氣息感染著他，讓他不再鬱鬱寡歡，不再滿懷疑慮。有那麼難得的一剎那，他好像真穿上了童年的服裝：他和其他演員一起站在舞臺邊，和大家一樣盡情歡笑，這時，在歡笑聲中剛剛落下的幕布又被兩個身強力壯的神父急急忙忙歪歪斜斜地拉開了。

不一會兒，他便來到舞臺上，在耀眼的煤氣燈下、在昏暗的布景前表演起來，眼前一片虛空，只看見無數張臉。令他感到驚奇的是，這個在排練時讓他感到毫無意趣東拉西扯的劇本現在竟突然像是有了生命。似乎是劇本在表演，他和同臺的演員只不過透過各自的角色給它幫了把手。在最後一場結束幕布落下的時候，他聽到那片虛空中傳來了掌聲，透過舞臺側面布景的一個小縫，他看到剛才演出時面對的那個渾然一體的觀眾席奇蹟般地變了樣，無數模糊的面孔向四面八方散開了，三五成群地匆匆向外走去。

他快步離開舞臺，扔下戲裝，穿過小教堂一直跑到花園裡。戲已經演完了，但他激動的心情還沒有平復，急切渴望新的冒險。他急匆匆地往前跑，生怕錯過時機。劇場的門都打開了，觀眾已經散盡。在他假想著拴住方舟的纜繩上還有幾只燈籠在夜晚的微風中飄蕩，無精打采地發出微弱的光。他急忙從花園拾級而上，唯恐要找的人在眼皮底下錯過。他費力地擠過大廳擁擠的人群，從兩個耶穌會神父身邊經過，看到他們又是鞠躬，又是與來客握手告別，目送著大家離開。他心神不寧地擠著往前走，裝出十分著急的樣子，隱約察覺到走過去之後，人們望著他撲了粉的頭髮嬉笑，指指點點地議論他。

他從大廳出來走到臺階上，看到家人正站在第一個燈柱下等他。他瞥了一眼，發現那群人裡全是熟面孔，於是怒氣衝衝地跑下臺階。

——我得去喬治街送個信，他匆匆對父親說。你們先回家吧。

不等父親開口問話，他就跑到路那邊快步朝坡下走去。他不知道自己要到哪裡去。自尊心、希望和欲望在心中像是被揉碎的藥草，在心靈之眼的注視下，散發出令人煩亂的氣息。他大步向山下走去，受傷的自尊心、破滅的希望和無法得到滿足的欲望使他驟然心緒翻騰。胸中的悶氣在他滿懷悲傷的眼睛前匯成濃烈刺鼻的濁氣向上飄去，在頭頂飄散，直到最後，眼前的空氣又變得清爽凜冽了。

他的眼睛仍然像蒙著一層薄霧，不過不那麼火燒火燎了。一種力量，類似於過去常常平息他怒火和憤懣的那種力量，使他停住了腳步。他靜靜地站在那裡，抬頭望著停屍房昏暗的門廊，門廊邊上是一條鋪著碎石的幽暗小巷。他看到小巷的牆上寫著「洛茨街」幾個字，慢慢地還聞到一股濁重的臭味。

——是馬尿和爛稻草的味道，他心想。這味道聞起來倒也不錯，能使心情平靜下來。心情已經很平靜了。該回去了。

斯蒂芬又一次在國王橋上了火車，挨著父親坐在車廂的角落裡。他正和父親乘夜裡的郵車到科克去。火車噴著氣開出車站時，他想起了幾年前自己曾有過的那種孩子氣的好奇心，還有在克隆伍茲入學第一天發生的每一件事。但是，現在他對什麼都不感到好奇了。他看到夜色籠罩著的田野迅速從身邊滑過，每隔四秒鐘就有一根沉默無聲的電線桿從窗戶一閃而過，只有幾名一言不發的路警守衛著的燈光閃爍的小車站很快被郵車拋在後面，宛如舉著火把奔跑的人留在身後的火星，在黑暗中閃爍幾下便消失了。

他心不在焉地聽著父親嘮叨科克的情況和年輕時候的往事，一提起故去的老友或是忽然想到這回去科克的目的，他便會停住，歎一口氣或從口袋裡掏出酒瓶來喝上一口。斯蒂芬聽著，心裡沒有絲毫同情。除查理斯舅公外，那些故去的人他全都不認識，最近就連查理斯舅公的音容笑貌也漸漸模糊了。不過，他知道父親的財產馬上就要被拍賣了，一想到自己的一部分所有權將要被剝奪，就感到這個世界殘酷地粉碎了他的夢幻。

火車到達馬里伯勒時他就睡了。醒來已過了馬洛，父親正舒展著身子在另一個座位上酣睡。寒冷的晨光籠罩著鄉村，籠罩著無人的田野和門戶緊閉的農舍。他望著寂靜的鄉野，不時聽到父親低沉的呼吸聲或是睡夢中猛然翻身的響動，睡眠的恐怖深深攫住了他的心。他看不清身邊熟睡的乘客的面容，這使他有種奇怪的恐懼感，彷彿他們會傷害他，他禱告著白天快快到來。因為淒冷的晨風悄悄穿過車廂的門縫直吹到腳邊，所以他那既不是向上帝也不是向聖徒發出的禱告是以一陣寒顫開始的，又以一連串僅僅為了配合火車一成不變的節奏而說的蠢話結束；沉默無聲的電線桿每隔四秒鐘就在節奏急促的音符間均衡地劃分出小節。狂暴的音樂沖淡了他的恐懼，他靠在窗框上，再次合上了眼睛。

他們乘雙輪馬車穿過科克城時還是大清早，斯蒂芬在維多利亞旅館的一個房間裡又睡了一覺。溫暖明媚的陽光從窗戶照進來，外面傳來車來人往的喧鬧聲。父親正站在梳妝臺前，隔著洗臉盆伸長脖子端詳自己的頭髮、臉和八字鬍，為了看得更清楚些，又把頭側仰過來。他一邊照鏡子，一邊輕輕地用一種奇怪而有趣的腔調抑揚頓挫地唱著：

小男孩結婚
只因年少又無知
因此啊，親愛的，我
不能長留此地。
創傷無法醫治，沒錯，
苦痛只能忍受，沒錯，
因此啊，我要
到美洲去遊歷。

親愛的她貌美如花，
親愛的她身姿纖細，
她像新釀的威士忌

芳香濃郁。
但一旦放久了，
變涼了，
就會香消味淡，
如同荒山裡的塵露。

想到窗外陽光明媚的暖融融的城市，聽著父親用輕柔的顫音把離奇的哀怨和歡快的小調串在一起，斯蒂芬前一天夜裡心頭蒙著的迷霧頓時煙消雲散了。他匆匆起床穿好衣服，等父親把歌唱完便說：

——這比你以前唱過的所有民謠都好聽。

——真的？代達勒斯先生問道。

——我喜歡這首歌，斯蒂芬說。

——這民謠很老了，代達勒斯先生用手撚著八字鬍說。啊，你要是能聽聽米克·萊西唱這曲子就好了！可憐的米克·萊西！他唱起來會拐好多小彎，喜歡加裝飾音，我可唱不出來。可以說，那孩子可真是個唱民謠的能手。

代達勒斯先生要了羊腸布丁作早餐，他一邊吃一邊反覆向侍者打聽當地的新聞。每提起一個人的名字，他們說著說著就說岔了，因為侍者心裡想的是現在叫這個名字的人，而代達勒斯先生想的卻是這人的父親甚至是祖父。

——啊，希望女王學院沒移地方，代達勒斯先生說，我想帶這個小傢伙去看看。

馬德克街兩側的樹木都開花了。他們走進女王學院的校園，一個嘴裡老是喋喋不休的勤雜工引著他們穿過四方院。他們在石子路上每走十來步就要停一停，因為那勤雜工總是站住答話。

——啊，你剛才說什麼來著？可憐的波特爾貝利死了？

——是的，先生。死了，先生。

每到這時，斯蒂芬總得尷尬地站在他倆身後等著，他對他們的話題毫無興趣，只覺得百無聊賴，盼著能趕快往前走。穿過四方院以後，他已經煩得快耐不住性子了。他暗自納悶，在他心目中那麼精明老道的父親怎麼會被這個唯唯諾諾的勤雜工唬得團團轉；整個早上一直讓他感到十分悅耳的南方口音，現在竟變得非常刺耳了。

他們走進解剖示範室，代達勒斯先生開始在桌子上找自己名字的縮寫，那個勤雜工也幫著找。斯蒂芬離他們遠遠的，示範室陰暗肅靜的氣氛，再加上那種一本正經、令人膩味的學術氣息，讓他感到從未有過的壓抑。在一張髒兮兮的黑木課桌上，他看到有好幾處刻著「胎兒」字樣。傳奇往事紛至遝來，令他熱血沸騰：他感到周圍彷彿出現了一幫父親過去的同學，他極力想躲開他們。關於他們那時的生活，父親雖然講過很多，但他怎麼也無法領會，現在卻因為桌上刻的這個詞而變得生動鮮活起來。一個寬肩膀、留著八字鬍的學生正認真地用折刀刻那幾個字母。其他學生圍在他身邊，或站或坐，嘻嘻哈哈地嘲弄他的手藝。其中一個碰了一下他的手臂。大個子學生皺著眉頭扭過臉來看了他一眼。他穿著寬大的灰衣服，腳上是雙棕褐色的皮鞋。

斯蒂芬聽到父親叫他的名字。他急忙跑下示範室的臺階，正好遠遠地躲開那幻境。他故意低頭細細端詳父親名字的縮寫，以免讓人看見他漲紅了的臉。

穿過四方院朝學校門口往回走的時候，那個詞和那番景象不時在他的眼前閃現。他感到非常吃驚，竟然在外部世界發現了先前他認為只會隱藏在心裡的那種獸性的病態痕跡。過去那些可怕的幻想又一股腦地湧上心頭。那些幻想也是由隻言片語引發的，躍然閃現在他面前，來得突然，來得凶猛。他很快就屈服了，任憑它們在大腦裡綿延，沖昏理智。他一直感到奇怪，不知那些幻想來自何處，是從哪個藏著駭人幻景的洞穴裡鑽出來的，而且，在它們橫掃而過以後，他在別人面前總顯得軟弱而謙卑，對自己則滿懷厭倦，煩躁不安。

——呵，沒錯！肯定就是那些雜貨鋪[13]！代達勒斯先生喊道。斯蒂芬，還記得我常跟你說起的雜貨鋪嗎？有好多次，等我們的名字被記下來了[14]，我們一群人就跑到那裡去，有哈里·皮爾德、小傑克·蒙頓、鮑勃·戴斯、法國人莫里斯·莫里亞蒂，還有湯姆·奧格雷迪和早晨我跟你提到的米克·萊西，還有喬伊·科貝特和拖拉鬼約翰尼·基弗斯，他可是個好心腸的小可憐啊。

馬德克街兩側樹木上的葉子在陽光下搖曳著竊竊私語。一群板球隊員走了過去，他們年輕活潑，穿著法蘭絨衣服和運動裝，其中一個人提著個綠色的長柳條筐。在旁邊一條僻靜的街道上，有一個五人樂隊，他們都是德國人，穿著褪了色的制服，正用一些破舊的銅管樂器對著幾個街頭流浪兒和幾個沒找著工作的專門替人跑腿的孩子演奏。一個戴著白帽子、繫著圍裙的女僕在給窗臺上擺著的一盆花澆水，窗臺看上去像是用石灰岩打磨成的，在和煦的陽光下閃閃發光。從另一扇開著的窗戶裡傳來了鋼琴聲，音符一個音階一個音階地升上去，直到高音部。

斯蒂芬走在父親身邊，聽著他又一次絮絮叨叨地講著陳年往事，一遍又一遍地提到年輕時曾和他一起尋歡作樂的那些夥伴的名字。如今他們早已各奔東西，有的已經天人兩隔。他心中隱隱感到一絲悲戚，不勝唏噓。他想起自己在貝萊弗迪爾那種難以名狀的處境，全靠助學金生活，處處做帶頭人，卻又畏懼自己的權威，驕傲、敏感、多疑，不停地跟自己卑下的生活和狂亂的思想相抗爭。髒兮兮的木課桌上刻著的字在瞪著他，嘲弄著他羸弱的身體和無用的熱情，使他憎恨自己那些瘋狂下流的放縱行為。唾沫哽在喉中，想要咽下去，卻覺得酸苦噁心。隱隱的悲戚慢慢占據了腦海，有那麼一陣子，他只得閉上眼睛，在黑暗中摸索前行。

他仍然能聽到父親的說話聲：

——等到你自己開始出去闖蕩的時候，斯蒂芬——這是遲早的事——要記住，不管做什麼，一定要和正派人一起做。跟你說，我年輕時很喜歡玩樂，但交往的都是些正派的好人。我們個個都有點本事。有的嗓子好，有的演技好，有的滑稽小調唱得不賴，有的是划船能手或是球場健將，還有會講故事的，總之會什麼的都有。我們總有辦法消遣，會找樂子，見過點世面，也沒學壞。不過，我們都是正人君子，斯蒂芬——至少我希望是這樣——我們還是相當誠懇的愛爾蘭人。我希望你今後交往的也都是這種人，秉性好的人。我是以朋友的身分跟你說這些的，斯蒂芬。我覺得兒子不應該怕老子，絕不應該。我對待你就像我還是個小夥子時你爺爺對待我一樣。我們爺倆更像是兄弟。我永遠忘不了他頭一次撞見我抽菸的那天。當時，我正和幾個年紀差不多的半大小子站在南大街街口，每個人嘴角上都叼著菸斗，自以為很有派頭。忽然老頭從那裡經過。他什麼話也沒說，甚至連腳步都沒停。第二天正好是星期天，我倆一塊出去散步，在回家的路上，他掏出菸盒對我說：——來來來，西蒙，我不知道你也抽個小菸或抽個菸斗什麼的。——當然啦，當時我自然是想方設法要搪塞過去。——如果你真想抽個痛快，他說，來一支這種雪茄吧。昨晚在女王鎮一個美國船長送給我的。

斯蒂芬聽到父親突然大笑起來，那笑聲更像是哭腔。

——那時候，他是科克最帥的男人，上帝作證，千真萬確！走在街上，常有女人停下來回頭看他。

聽到父親帶著哭腔的大笑聲突然卡在喉嚨口裡，他猛地一驚，一下睜開了眼睛。頃刻間進入眼簾的陽光將天空和雲彩變成了一個奇異的世界、一大片陰沉的浮團，其間夾雜著湖泊似的光塊，閃爍著深紅玫瑰色的光。他感到頭暈目眩，大腦一片空白，連店鋪招牌上的字都看不清了。他可怕的生活方式似乎已使他置身於現實的界線之外了。除非在現實世界中聽到發自他內心的怒吼的回聲，否則現實世界的一切都不能使他有所觸動，甚至不能與他交流了。他對凡人俗世的魅力已經無動於衷，對夏日、歡樂和友情的召喚也早已充耳不聞，父親的聲音使他感到疲倦沮喪。他連哪些是自己的所思所想都分辨不出了，只是慢慢地反覆在心裡念叨著：

——我是斯蒂芬．代達勒斯。我在父親身邊走著，他叫西蒙．代達勒斯。我們現在在愛爾蘭的科克。科克是個城市。我們住的房間在維多利亞旅館。維多利亞，斯蒂芬，西蒙。西蒙，斯蒂芬，維多利亞。都是名字。

兒時的記憶突然變得模糊了。他試著回想某些生動的瞬間，卻怎麼也想不起來。他只記起一些名字。丹蒂，帕內爾，克萊恩，克隆伍茲。一個小男孩曾經跟著一個衣櫃裡放著兩把刷子的老婦人學過地理，後來他被送到離家很遠的學校裡，在那裡他第一次領受了聖餐，拿著板球帽吃「瘦吉姆」[15]，躺在醫務室的小床上看著牆上搖曳不定的火光，幻想著自己已經死去，幻想著校長穿著黑金兩色的法衣為他望彌撒，幻想著自己被埋在離椴樹大道不遠的教區的小墓地裡。可是，他那時候並沒有死。帕內爾死了。沒有人在小教堂為死者望彌撒，也沒有送葬的隊伍。他雖然沒有死，卻像陽光下膠卷上的影像一樣消失了。他已經消失了，或者正在存在之外徘徊，因為他已經不存在了。想來真是奇怪，他竟然就這樣逃離於存在之外，並非因為死亡，而是因為在陽光下消失了，或者在宇宙的某個地方消失了，被人遺忘了。同樣奇怪的是，他看到自己小小的身軀又一次短暫地出現在眼前：一個穿灰色衣服的小男孩，腰間束著皮帶，雙手插在側袋裡，褲腿膝蓋以下打著綁腿。

在父親的財產結束拍賣的那天晚上，斯蒂芬順從地跟著他一個酒館接著一個酒館地滿城轉。對市場上的商販，對酒館裡的男女招待，對纏著要錢的乞丐，代達勒斯先生總是重複著同一套話——他可是個老科克人，三十年來在都柏林一直想盡力改掉他的科克口音，他身邊這個彼得．皮卡克法克斯是他的大兒子，只是個都柏林的小市民而已。

第二天一大早他們就從紐科姆咖啡店動身了。在咖啡店裡，代達勒斯先生的咖啡杯總是叮叮噹噹地碰到杯碟，斯蒂芬只好故意挪挪椅子或是咳嗽幾聲來掩蓋父親頭天晚上酩酊大醉的窘態。可是，丟臉的事一件接一件——市場的商販們笑得虛情假意，跟父親打情罵俏的女招待們媚眼橫飛、搔首弄姿，父親的朋友們一個勁說著鼓勵和恭維的話。他們誇他頗有他祖父那股帥氣勁，代達勒斯先生表示同意，說他確實隨他祖父，不過沒他祖父長得好看。他們指出他說話時不經意流露出的科克口音，還要他承認利河比利菲河漂亮得多。其中一個要試試他的拉丁語水準到底怎麼樣，讓他翻譯幾句《拉丁語選編》上的話，問他正確的說法應該是“*Tempora mutantur nos et mutamur in illis*"還是"*Tempora mutantur et nos mutamur in illis*"[16]。還有個精神頭十足的老頭，代達勒斯先生叫他約翰尼·卡什曼，硬要他說到底是都柏林的妞漂亮，還是科克的妞漂亮，弄得他很難為情。

——他天生不是那塊料，代達勒斯先生說。別難為他了。這孩子性子穩，愛琢磨，這種無聊的事是進不了他腦袋瓜的。

——那他可不像他老子生的啊，小老頭說。

——這話說的，肯定是他老子生的，代達勒斯先生得意地笑著說。

——你知道嗎？小老頭對斯蒂芬說，你爸爸年輕時候可是科克膽子最大的調情高手。

斯蒂芬低下頭盯著酒館的瓷磚地，他們剛才不知不覺就進來了。

——嘿，可別往他腦袋瓜裡灌輸這些亂七八糟的念頭，代達勒斯先生說。天生是什麼就是什麼吧。

——哎呀，我當然不會往他腦袋瓜裡灌輸什麼念頭，我這把年紀夠當他爺爺了。我的確已經當爺爺了，小老頭對斯蒂芬說。你知道嗎？

——你真當爺爺了？斯蒂芬問道。

——當然啦，小老頭說。我有兩個活蹦亂跳的小孫子，在禮拜日井[17]那邊吶。啊，我問你，你看我有多大歲數了？我還記得見過你爺爺穿著紅色騎裝騎馬去打獵，那時你還沒出生呢。

——沒錯，大概在夢裡見過吧，代達勒斯先生說。

——肯定見過，小老頭又說。還有吶，我甚至記得你太爺爺老約翰·斯蒂芬·代達勒斯的樣子，他可是個脾氣火爆的厲害老頭。怎麼樣，你說我記得多少事吧！

——加起來是三代人——哦，四代了，在場的另一個人說。這麼說，約翰尼·卡什曼，你肯定快一百歲啦。

——嘿，跟你實話說了吧，小老頭說。我今年才二十七。

——我們覺得自己多大歲數就多大歲數，約翰尼，你說是吧？代達勒斯先生說。把杯子裡的酒都喝光吧，我們再來一杯。我說，蒂姆還是湯姆，隨便你叫什麼姆，給我們每人都照原樣來一杯。天吶，我覺得自己現在頂多十八。我這個兒子年齡還沒有我一半大，不管怎麼說我都比他強吧。

——別吹牛啦，代達勒斯。我想現在你該靠邊站了，先前說話的那個先生說。

——不對，上帝作證！代達勒斯先生肯定地說。我可以和他比賽唱男高音，比賽跨五柵門[18]，或者追著獵狗滿鄉間跑，三十年前我就跟克里的一個年輕人比過，當時誰也跑不過我。

——但現在他肯定能贏你，小老頭說著，拍了拍自己的額頭，然後舉起酒杯一飲而盡。

——是啊，我只希望他能和他老子一樣做個好人。我能說的就是這些了，代達勒斯先生說。

——骨子裡是個好人就必定能做個好人，小老頭說。

——感謝上帝，約翰尼，代達勒斯先生說。我們活了這麼久也沒做過什麼傷天害理的事。

——反倒做了不少好事吶，西蒙，小老頭嚴肅地說。感謝上帝，我們活了這麼久，還做了這麼多好事。

斯蒂芬看到吧檯上的三個酒杯被舉起來，看到父親和他的兩個老友為記憶中的往事乾杯。命運的鴻溝或是性格的差異，使他和他們格格不入。他的思想似乎比他們還要老成：就像殘月俯瞰著年輕的大地，對他們的爭吵、歡樂和惆悵冷眼旁觀。曾經激盪過他們的生活和青春無法在他心中激起漣漪。他不懂得什麼是與人交往的樂趣，不懂得什麼是粗獷男性的健康活力，更不懂得什麼是父子之道。在他的心靈中，除了冷漠、殘酷、毫無愛意的情欲之外，沒有什麼能使他心潮澎湃了。他的童年已經死去，已經消失，隨之而去的是能夠體驗到尋常樂事的心靈，他就像不毛的月亮般在人生的海洋上漂蕩。

你為何如此蒼白
莫非是厭倦了攀越蒼穹，俯瞰大地，
整日形單影隻地徘徊？

他反覆默誦著雪萊的這幾行詩。廣闊無垠的非人類的循環活動和人類無能為力的悲慘境遇交織在一起，使他不寒而慄，竟全然忘記了個人徒勞的自憐自傷。

斯蒂芬的母親、弟弟和表妹都在靜悄悄的福斯特大街的街角等著，只有他和父親登上臺階，穿過有幾個蘇格蘭衛兵站崗的柱廊。他們走進大廳來到櫃檯前，斯蒂芬掏出一張委託愛爾蘭銀行行長支付的三十三鎊的匯票；這筆錢是他在考試和作文比賽中表現優異獲得的獎金，出納員很快就用紙幣和硬幣兌付給他了。他故作鎮定地把錢塞進口袋裡。出納員很友好，一邊和他父親閒聊，一邊隔著寬大的櫃檯伸過手來祝他前途無量。他彆彆扭扭地和出納員握了握手，不耐煩地聽著他們談話，兩腳不安地移來挪去。但出納員還是遲遲不肯去接待其他顧客，只顧絮絮叨叨地說時代不同了，沒有什麼比出錢讓孩子受到最好的教育更重要的了。代達勒斯先生在大廳裡四下張望，一直細看到屋頂，遲遲不肯離開，還對催促他走的斯蒂芬說，他們正站在昔日愛爾蘭國會的下議院裡。

——上帝保佑！他虔誠地說，斯蒂芬，想想那個時代的人吧，希利·哈欽森、佛勒德、亨利·格拉頓、查理斯·肯德爾·布希[19]，如今我們愛爾蘭國內外的人民領袖呢，卻都是些貴人大老爺。唉，上帝作證，他們絕不肯和那些人死在同一塊四公頃大的土地上。不會的，斯蒂芬，小夥計，我很遺憾地說，他們這幫人啊，就像是在歡樂甜蜜的七月，非要找一個晴朗的五月的早晨去遊逛[20]。

銀行外面，十月的寒風呼呼地刮著。站在泥濘小路邊的那三個人已經凍得滿臉通紅眼淚直流了。斯蒂芬看到母親穿得單薄，想起了幾天前在巴納多皮貨店的櫥窗裡看到的那件標價二十基尼的斗篷。

——好了，辦妥了，代達勒斯先生說。

——我們最好去吃頓飯吧，斯蒂芬說。你們說去哪裡？

——吃飯？代達勒斯先生說。嗯，我想我們最好……叫什麼名來著？

——找個不太貴的地方吧，代達勒斯太太說。

——半生不熟飯店[21]？

——對。找個安靜點的地方。

——走吧，斯蒂芬性急地說。貴一點沒關係。

他激動地邁著碎步走在前面，臉上掛著微笑。他們在後面緊跟著，笑瞇瞇地看著他那急切的樣子。

——別那麼性急，有點出息好不好，父親說，我們可不是出來賽跑的，你說呢？

接下來是一段歡天喜地而又轉瞬即逝的日子，斯蒂芬把那筆獎金輕而易舉地揮霍掉了。大包大包的食品、珍饈和乾果從城裡紛至遝來。每天他都要給家裡開出一個清單，晚上再領上三、四個人到劇院去看《英戈馬爾》或《里昂夫人》。他的大衣口袋裡總是裝著維也納巧克力塊招待客人，褲袋裡還鼓鼓囊囊地裝著大把大把的銀幣和銅幣。他給每個人都買了禮物，把自己的房間大修了一遍，制訂了各種計畫，把書架上的書徹底整理了一番，仔細研究各種價目表，起草了一個由全家人組成的共和國名單，給每個成員都指派了職務，還開設了一個家庭貸款銀行，勸說願意借款的人接受他的貸款，這樣他就有機會享受開收據和算利息的樂趣了。實在沒事可做了，他就坐上公共馬車滿城閒逛。後來，這段歡天喜地的日子結束了。那桶粉紅色的瓷漆已經用光，但他臥室的壁板還沒有漆完，而且油漆也塗得亂七八糟。

家裡的生活又恢復到了先前的狀況。母親再也沒有機會責備他亂花錢了。學校生活一如往昔，他雄心勃勃的新奇計畫全部落空。共和國徹底瓦解，貸款銀行關門大吉，帳目明顯虧空，他為自己制訂的生活規章也全部廢止。

他的願望是多麼愚蠢啊！他曾想築起一道秩序和高雅的堤壩，藉以阻擋身外骯髒生活的浪潮，並透過約束自己的行為、主動為他人著想、建立新的父子關係來阻擋內心不時翻騰的巨浪。然而，毫無用處。內心和外界的潮水很快漫過了他構築的堤壩。兩股潮水又開始在被沖垮的堤壩上猛烈地拍擊。

他也清楚地看到自己與外界隔絕的生活毫無意義。他既沒能向夢寐以求的生活邁近一步，也沒能消除將他和母親、弟弟、妹妹分隔開的那種令人永無安寧的羞辱和怨恨。他覺得他和他們似乎不是一個血統，而只是一種神祕的收養關係，收養的孩子、收養的哥哥。

他又開始設法平復心中那使世上的一切都顯得毫無意義、格格不入的強烈欲望。他不在乎自己會犯下不可饒恕的罪孽，也不在乎生活變得謊話連篇、一錯再錯。除了心中蟄伏已久的去犯滔天大罪的野性的欲望之外，世上已沒有任何神聖事物可言。他毫無顧忌地回味著自己隱祕的放蕩生活的可恥細節，不慌不忙興高采烈地去玷汙所有對他具有誘惑力的形象。他日日夜夜地遊走於外在世界那些歪曲的形象之中。一個白天在他看來端莊無邪的身影，到了晚上透過曲折幽暗的睡夢向他走來的時候，面容就會變得狡黠而淫蕩，眼睛裡閃爍著獸性的歡樂。只有早晨模模糊糊地回憶起夜裡的縱欲狂歡繼而產生強烈的可恥的犯罪感時，他才多少感到痛苦。

他又開始到處遊逛。含情不露的秋日黃昏引著他從一條街走到另一條街，正像多年前的黃昏引著他遊遍布萊克羅克幽靜的大街小巷一樣。但現在再也沒有整潔的前院花園或者從窗戶透出的柔和的燈光能撩撥起他的無限柔情了。只是偶爾幾次，在情欲暫時平息、使他耗神費力的激烈情緒暫時被慵懶的柔情代替的時候，美蒂絲的形象才會從記憶的幕後冉冉顯現。他又看到了通往山區的路旁那白色的小房子和盛放著玫瑰的花園，想起了他和她在多年分離並歷經世事後再次在灑滿月光的花園中相會，他忍住悲傷，驕傲地做了個婉拒的手勢。每到此時，克勞德·梅爾羅特[22]的柔情蜜語就會跳到唇邊，安撫著他躁動的心。一種充滿柔情的預感使他聯想到他一直期待的那次幽會，儘管殘酷的現實橫亙在當下和往昔的希望之間，他也仍然無法忘懷那次神聖的會面，屆時他的軟弱、羞怯和無知將一掃而光。

這樣的時刻過去之後，使他耗神費力的欲火又一次燃燒起來。那些詩句從他唇邊消失了，難以言喻的叫喊聲和無法出口的汙言穢語卻從腦海裡冒出來，硬要闖出一條路來。血液在沸騰。他在陰暗泥濘的街道上徘徊，不時朝陰森的小巷和門洞裡窺望，急切地想聽到點聲音。他像籠中的困獸一樣來回走動，低聲呻吟。他急切地想和另一個同類一起犯下罪孽，想強迫另一個同類和他一起犯下罪孽，和她一起在罪孽中尋歡作樂。他感到一個誘人的黑影從黑暗中向他走來，那柔和的喃喃低語著的黑影像洪流般湧入了他的身體。喃喃聲縈繞耳際，像許多人睡覺時發出的夢囈一樣；柔和的水流滲透到全身上下。他忍受著水流滲透帶來的痛苦，雙手顫抖著握成拳頭，牙齒也緊緊地咬在一起。他當街張開兩臂，緊緊抱住那個半推半就令他神魂顛倒的柔弱的倩影：一直哽在喉頭的吶喊終於從唇間傾吐出來。先是像地獄裡受難者發出的絕望的慟哭，末了又像聲嘶力竭苦苦乞求的哀嚎，那是邪惡縱情的吶喊，是他在小便池旁滲著汙水的牆上看到過的那些糊塗亂抹的下流話的回聲。

他走進了一個由許多狹窄骯髒的街道組成的迷宮中。從髒兮兮臭烘烘的巷子裡傳來一陣陣嘶啞的狂歡聲、吵鬧聲和醉鬼拖長了調的唱歌聲。他繼續朝前走，一點也不害怕，心裡嘀咕著是不是走岔了路來到了猶太區。身穿鮮豔長裙的婦女和女孩在街頭走來走去，相互串門。她們悠閒自在，香氣撩人。他突然渾身發抖，眼前開始模糊起來。他朦朦朧朧地看見聖壇燭火似的黃色煤氣燈光向著霧茫茫的天空冉冉升起。在各家門前和燈火通明的大廳中聚集著一群群男男女女，彷彿在舉行什麼儀式。他來到了另外一個天地裡：他從幾個世紀的昏睡中突然醒了過來。

他一動不動地當街站著，心狂亂地跳個不停，撲通撲通地捶打著胸膛。一個穿粉紅色長裙的女孩伸手拽住他的手臂，仔細端詳他的臉。她興高采烈地說：

——晚上好，親愛的威利！

她的房間又暖和又明亮。一個很大的玩偶叉開兩腿仰臥在床邊一張很大的搖椅上。他看著她脫掉衣裙，還扭捏作態地甩了甩散發著香味的長髮，他想說點什麼，好使自己顯得不那麼緊張。

他默默地站在房間中央，她朝他走過來，歡喜而又莊重地把他拉進懷裡。她滾圓的臂膀緊緊摟著他，而他看著她仰起的嚴肅而嫻靜的面龐，感受著她平靜起伏著的溫暖的胸脯，忽然歇斯底里地大哭起來。歡樂和慰藉的淚水在他滿懷喜悅的眼睛裡閃爍，他張開雙唇，卻什麼也說不出來。

她珠環叮噹的手拂過他的頭髮，她叫他小壞蛋。

——吻我一下，她說。

他的雙唇不肯俯下去吻她。他想讓她緊緊摟著他，慢慢、慢慢、慢慢地撫摸他。窩在她懷裡，他感到自己突然變得強壯、膽大而自信了。但他的雙唇怎麼也不肯俯下去吻她。

她突然一揚手把他的頭扳下來，把嘴唇迎上去，和他的嘴唇緊緊地貼到一起，他從她抬起的坦率的眼睛中讀懂了她的用意。他再也按捺不住了。他閉上眼睛，把自己的身心全部交付給她，除了那溫柔的微張的雙唇使他感到某種幽暗的壓力外，世界上的一切都不復存在了。壓在他嘴唇上的嘴唇彷彿也壓在他腦海裡，彷彿在含含糊糊地說著什麼；他感到雙唇之間有一種神祕而羞怯的壓力，比犯下罪孽時那種令人神魂顛倒的感覺還要幽暗，比嬌語芳香還要輕柔。

1 馬賽（Marseille）是《基督山恩仇記》的主人公唐泰斯（Dantes）的故鄉，美蒂絲（Mercedes）曾是他的未婚妻，後嫁給陷害他的仇敵。

2 此為歸來復仇的基督山伯爵對美蒂絲說的話，當然只是藉口，真實原因是他不願在仇敵家吃任何東西。

3 拉炮（crackers）是耶誕節傳統的裝飾品，是由彩色皺紋紙製成的一個筒。兩人每人拉一頭，使勁一拉，會發出「啪」的爆裂聲。拿到大頭的人獲得裡面藏著的小禮物，一般是一頂皇冠狀的紙帽，一個小飾物，一張寫著笑話、謎語或腦筋急轉彎的小紙條等。

4 拉丁語"*Ad Majorem Dei Gloriam*"的縮寫，意為「愈顯主榮」。

5 應為獻給愛琳（Eileen）。在本作品中這位女孩的形象十分模糊，但在該小說的前身《斯蒂芬英雄》中，她被稱為艾瑪・克萊瑞（Emma Clery）。E—C—應為Emma Clery的縮寫。

6 喬治・高登・拜倫（George Gordon Byron, 1788-1824），英國十九世紀初偉大的浪漫主義詩人，代表作品有《恰爾德・哈洛爾德遊記》（*Childe Harold's Pilgrimage*）、《唐璜》（*Don Juan*）等。其個性放蕩不羈，憤世嫉俗，詩歌激越昂揚，長於諷刺。

7 拉丁語"*Laus Deo Semper*"的縮寫，耶穌會座右銘，意為「榮耀永遠歸於上帝」。

8 參見《新約・馬太福音》第十八章第十七節：「若是不聽他們，就告訴教會；若是不聽教會，就看他像外邦人和稅吏一樣。」

9 「赫倫」的英文是Heron，與「鷺」的英文heron同音同形。

10 佛雷德里克・馬里亞特（Frederick Marryat, 1792-1848），英國國家海軍軍官，創作了大量航海冒險小說。

11 約翰・亨利・紐曼（John Henry Newman, 1801-1890），早年隸屬英國聖公會（the Anglican Church），一八四五年改信天主教，後升任紅衣主教，其散文風格以高雅雄辯著稱。

12 阿爾佛雷德・丁尼生（Alfred Tennyson, 1809-1892），英國著名詩人，一八五〇年被授予桂冠詩人頭銜，代表作品為挽歌集《悼念》（*In Memoriam*）。其詩歌音韻優美，格律整齊，但也曾因作品中濃縮的維多利亞時代英國中產階級的道德主張而遭受詬病。

13 除是雜貨鋪外，還是酒館。

14 指學校裡的餐前簽到。

15 「瘦吉姆」（slim jim）是一種經典肉乾零嘴。

16 這兩句話都是正確的，只是意義略有不同。第一句意為「境況可以改變我們，我們在境況中改變」，第二句意為「境況改變，我們也隨之改變」。

17 禮拜日井（Sunday's Well）為科克郡一時髦街區。

18 用五根橫木條釘成的寬柵門，再角對角斜釘上一兩根木條。

19 希利・哈欽森（John Hely-Hutchinson, 1724-1794）、佛勒德（Henry Flood, 1732-1791）、亨利・格拉頓（Henry Grattan, 1746-1820）、查理斯・肯德爾・布希（Charles Kendal Bushe, 1767-1843）均為愛爾蘭政治家，在推動天

主教徒解放、愛爾蘭立法獨立等方面有重要貢獻。

20 指上文提到的「如今我們愛爾蘭國內外的人民領袖」德不配位，不值得信賴。

21 「半生不熟飯店」（Underdone's）是喬伊斯一家對都柏林一家高級法國飯店——傑米特飯店（Jammet's）——的戲稱。

22 克勞德・梅爾羅特（Claude Melnotte）為上文提到的《里昂夫人》中的人物，與基督山伯爵一樣成為斯蒂芬在文學中的自我投射對象。克勞德・梅爾羅特為園丁之子，愛上了富家小姐波琳・德夏貝爾斯（Pauline Deschapelles），在利用假身分與之相愛後深感良心不安，便離家參軍，因英勇善戰而擢升為上校。他榮歸故里後替波琳即將破產的父親還了債，揭露了對手狡詐偽善的面目，重新贏得了波琳的愛。

第三章

十二月的一個索然無味的白天過去之後，黃昏邁著小丑似的步伐踉踉蹌蹌地匆匆趕來。他透過教室昏暗的方形窗向外望去，肚子餓得咕咕直叫。他盼著晚飯能吃到燉菜，裡面有蕪菁、胡蘿蔔、馬鈴薯泥和肥羊肉，和著撒了胡椒粉的濃濃的芡汁往外那麼一舀。盡往嘴裡填吧，肚皮跟他商量說。

那將是一個陰暗而神祕的夜晚。夜幕會很快降臨，骯髒的妓院區四處都會亮起黃色的燈光。他會在街上迂迴穿行，又害怕又興奮地戰慄著，愈繞愈近，直到雙腳引領著他猛然閃進一個黑暗的角落。那時候，妓女們都已為夜裡接客打扮妥當，她們從屋裡走出來，睡眼矇矓，邊懶洋洋地打著哈欠邊把髮夾別到頭髮裡。他將從容地從她們身邊走過，只等自己的意願突然有所行動，或者等待她們芳香而柔軟的肉體突然對他耽於罪孽的靈魂發出召喚。然而，在他狂躁地尋求這種召喚的時候，他的感官——只有情欲才能使之遲鈍——會十分敏銳地去留意刺傷或羞辱他的一切：眼睛會看到沒鋪臺布的桌子上殘留的一圈啤酒的泡沫，或是一張兩個士兵立正站著的照片，或是一張花花綠綠的節目單；耳朵會聽到拖長了調子拉客的行話：

——嗨，伯蒂，找到合意的人了嗎？

——是你嗎，小鴿子？

——十號房。鮮嫩內莉正等著你呢。

——晚上好啊，老公！進來玩會吧？

草稿本上的那個方程式開始慢慢展開，變成一條愈來愈寬的尾巴，像孔雀的尾巴一樣滿是眼睛和星星；等到眼睛和星星似的指數消失之後，它又慢慢縮回去了。忽隱忽現的指數是忽睜忽閉的眼睛；忽睜忽閉的眼睛是忽明忽暗的星星。星辰生命的廣袤循環把他疲憊的心靈時而推向邊緣，時而轉向中心，遠處傳來一陣音樂，伴隨著他心靈的旋轉。那是什麼音樂？樂聲愈來愈近，他記起了那些詞句，是雪萊寫的「蒼白的月亮厭倦了形單影隻地徘徊」那幾行詩。星星開始散落，雲團似的細微星塵從天空飄墜下來。

光線照在紙張的另一個方程式上，顏色愈發暗淡了，這個方程式也開始慢慢展開，露出一條愈來愈寬的尾巴。這是他的靈魂在準備迎接新的體驗，一個罪孽接著一個罪孽地自我展開，向外擴展它燃星四射的烈焰，然後再收攏回來，慢慢消泯，直至光和火全部熄滅。光和火熄滅之後，只餘下一片寒冷的黑暗充斥著混沌的世界。

一種寒涼而清醒的冷漠統攝著他的靈魂。在第一次瘋狂犯下罪孽的時候，他曾感到一股生命的熱浪從身體裡湧出，他也曾擔心如此沒有節制會損傷身體和靈魂。然而，那股生命的熱浪將他從身體裡帶出來，退潮時又把他帶回去，他的身體和靈魂都毫髮無損，兩者之間反而實現了一種幽祕的平靜。他的熱情已經消融在那個混沌的世界中了，而那個混沌的世界就是他對自己冷淡而漠然的認知。他已經不止一次犯下不可饒恕的罪孽，而且一犯再犯，他知道，單是第一次罪孽就足以使他永受天譴，而接下去每一次犯下的罪孽都會成倍地加重他的罪過和上天對他的懲罰。無論他以後怎樣苦行度日、孜孜不倦、潛心思過，聖化恩寵的泉水都無法洗淨他的靈魂了。他向乞丐施捨，卻慌忙避開他們的祝福，最多也不過指望以此來求得上帝的一點點寬恕。對上帝的虔誠已經被拋到九霄雲外。他明知自己的靈魂追求的是自身的毀滅，那禱告還有什麼用呢？某種驕傲、某種畏懼使他一次也不願在夜裡向上帝禱告，儘管他知道，上帝的偉力完全可以在他睡著時取走他的生命，不等他祈求寬宥就把他的靈魂拋向地獄。他對自己罪孽的自鳴得意、對上帝毫無愛意的畏懼，使他深知他對神靈的冒犯已經過於深重，僅靠對無所不見無所不知的上帝的假惺惺的崇敬來全部或部分地贖罪已經毫無可能了。

——好吧，恩尼斯，我看你是長了個榆木腦袋！你是說你根本不知道什麼是不盡根？

只要有同學回答不上問題，他就打心眼裡瞧不起他們。在別人面前，他既不感到羞恥，也不感到害怕。每到星期天早晨，路過教堂門口，他都會對那些摘掉帽子、裡三層外三層站在教堂外頭的信徒冷眼相看，他們精神上是在望彌撒，實際上卻什麼也看不見，什麼也聽不著。他們麻木的虔誠和廉價髮油的難聞氣味，都使他不願走近他們對著禱告的那個聖壇。他和別人一樣屈服於邪惡的偽善，但對他們是否真的清白卻十分懷疑，不過要讓別人認為他是清白的卻是輕而易舉。

臥室的牆上貼著一張發亮的紙，那是他在聖母瑪利亞教會學校擔任班長的證書。每到星期六早晨，學校的人都會聚集在小教堂裡誦念禱告經文，他被安排在聖壇右側一個鋪著軟墊的跪榻上，領著這一側的同學應答禱詞。他自知德不配位，但並不感到內疚。有幾次他確曾一時衝動想從那個光榮的位置上站起來，當著眾人的面坦承自己根本不配，然後離開小教堂，可是只要抬頭看一眼他們的臉，他便打消了這個念頭。讚美先知的那些詩篇中的形象撫慰了他空虛的自尊心。他的靈魂拜倒在聖母瑪利亞的榮光之下：甘松油、沒藥和乳香象徵著她高貴的血統，晚開花的植物和晚發芽的樹木象徵著千百年來愈來愈多的人對她的膜拜。日課臨近結束時，輪到他誦念一段經文，他用含含糊糊的聲音吟誦著，想靠伴奏的音樂來撫慰自己的良知。

> 我就像黎巴嫩的雪松和錫安山的香柏樹一樣崇美。我就像加迪斯的棕櫚和傑里科的玫瑰一樣典雅。我就像田野裡的橄欖樹和街頭清泉邊的懸鈴木一樣高貴。我散發出玉桂和香脂的芳澤，吐露出沒藥的馨香。[1]

他的罪孽已經使他無緣上帝的垂顧，還推著他一步步走向罪人的淵藪。她彷彿正懷著溫柔的憐憫望著他；她的聖潔散發出奇異的光，在她柔弱的玉體上微微閃爍著，不會羞辱向她走近的罪人。如果說有種動力在激勵他洗刷罪孽、誠心悔過，那麼這動力也不過是想成為她身邊的騎士而已。如果說他的靈魂在他的身體瘋狂發洩過情欲之後，還會再次羞答答地踏進她的聖殿，再次轉向她這顆賞心悅目、「給人帶來天堂福音和內心安寧」的晨星，那也只是在雙唇間喃喃念出她的名字而已，而雙唇上還同時殘留著汙言穢語的餘音和淫蕩的親吻的甜味。

實在太奇怪了，他竭力想琢磨出個所以然來。但教室裡愈來愈濃的暮色卻漸漸籠住了他的思緒。下課鈴響了。老師布置好下節課要講的幾何題便出了教室。坐在斯蒂芬鄰座的赫倫開始哼起不成調的小曲來：

我傑出的朋友邦巴多斯。

剛去上廁所的恩尼斯跑回來說：

——從主樓來的那個傢伙把校長叫走了。

坐在斯蒂芬後面的一個高個子男孩搓著手說：

——太好了！我們可以偷整整一個小時的懶。他一小時之內肯定回不來。代達勒斯，到時候你再問他幾個教義問答上的問題就完事了。

斯蒂芬靠在椅背上，一邊懶洋洋地在草稿本上亂畫，一邊聽著周圍的人說話。赫倫不時打斷他們說：

——閉嘴吧你們。這麼大聲嚷嚷幹麼。

奇怪的是，當把嚴厲的教會教義宣講貫徹到底，深入到隱晦難解的寂靜中，他無比真切地聽到、感覺到對自己的譴責，但他卻也發現自己心中竟有一種乏味的喜悅。聖雅各曾經說過，觸犯了戒律中的一條，就是觸犯了所有[2]。直到開始在自己漆黑一團的孽窟裡摸索之前，他一直認為這是誇大之詞。情欲就是萬惡之源，一切不可饒恕的罪孽都可能從中滋生出來：自命不凡、目中無人；貪得無厭，妄圖用錢財滿足非分之想；恨自己不及他人墮落，惡意中傷上帝信徒；好食貪吃；因欲望受挫而生怒；陷入身心懶散的泥沼無法自拔。

當他端坐在板凳上平靜地望著校長那張睿智而嚴肅的臉時，心裡卻在不停地琢磨一些稀奇古怪的問題。如果一個人年輕時偷了別人一英鎊，後來用這一英鎊錢聚斂了一大筆財產，那他應該歸還失主多少錢呢？只還偷來的一英鎊，還是加上累計的利息，還是將一大筆財產悉數奉上？如果一個在俗教徒給孩子行洗禮，還沒禱告就灑水，那麼這個孩子算受過洗禮了嗎？用礦泉水行洗禮是否有效？為什麼「真福八端」[3]第一條說神貧的人可以進入天國，而第二條又說溫良的人將擁有土地？如果耶穌基督的聖體和聖血、神靈和神性只存在於麵包中或只存在於酒中，那為什麼聖餐儀式上卻要用兩片麵包外加酒呢？一小塊聖化的麵包是包含著耶穌基督全部的聖體和聖血呢，還是只包含了一部分？如果聖化過的酒變酸了，麵包變質了，那麼耶穌基督是否還會作為神、作為人存在於其中呢？

——他回來了！他回來了！

一個坐在窗戶邊的學生看到校長從主樓走過來。所有人都翻開了教義問答手冊，一聲不吭地低下頭盯著書。校長走進來，在講臺的位子上坐下。坐在斯蒂芬後座的那個高個子男孩輕輕踢了他一下，催他問個難點的問題。

校長沒有讓大家討論教義問答手冊上的問題。他把兩手扣緊放在桌上，說道：

——聖方濟．沙勿略的紀念日是星期六，避靜節從星期三下午開始。這次避靜節將從星期三持續到星期五，星期五禱告完之後，整個下午都用來聽大家懺悔。如果你有比較固定的懺悔神父，最好就不要更換了。彌撒從星期六上午九點開始，屆時還要舉行全校的聖餐儀式。星期六放假。因為星期六和星期天都放假，所以有些人也許會以為星期一也放假。注意不要犯這種錯誤。我看你，無法無天的勞利斯，就可能犯這種錯誤。

——我，先生？為什麼是我呢，先生？

看到校長嚴肅的臉上泛起一絲笑容，一陣竊笑聲像微波一樣在班裡蕩漾開來。斯蒂芬的心嚇得像枯萎的花一樣縮成一團，慢慢地凋謝了。

校長接著嚴肅地說：

——我想大家對於自己學校的守護神聖方濟．沙勿略的生平都很熟悉了。他出身於西班牙的名門望族，你們一定記得他是聖依納爵最初的信徒之一。他們是在巴黎相識的，當時聖方濟．沙勿略是巴黎大學的哲學教授。這位年輕有為的貴族青年學者全心全意地接受了我們光榮的締造者的全部思想，而且你們也知道，遵循他自己的意願，他被聖依納爵派遣到印度去傳教。你們知道，這就是他被稱作印度使徒的原因。他走過一個又一個東方國家，從非洲到印度，從印度到日本，給人們施洗禮。據說，他曾在一個月裡給多達一萬名皈依者施了洗禮。據說，由於要不停地把手臂舉過受洗人的頭頂，他的右臂都累得抬不起來了。他當時很希望到中國去為上帝爭得更多的靈魂，但不幸在上川島上害熱病去世了。聖方濟．沙勿略不愧是偉大的聖徒！上帝的偉大戰士！

校長停頓了一下，又晃動著緊扣的雙手繼續說道：

——他對上帝的虔誠可以移山。僅僅一個月就為上帝爭得了一萬個靈魂！這才是真正的征服者，完全忠於教會的箴言：**愈顯主榮！**[4]他是在天堂享有偉力的聖徒，記住：我們悲傷的時候，他有力量為我們求得上帝的護佑；有力量幫我們獲得我們祈求的一切，只要那祈求對我們的靈魂有益；更重要的是，如果我們犯了罪，他有力量幫我們獲得聖恩，允許我們懺悔。聖方濟．沙勿略不愧是偉大的聖徒！不愧是靈魂的拯救者！

他不再搖晃緊扣的雙手，而是把手放在前額上，瞪著嚴厲的黑眼睛從左到右掃視著所有聽眾。

在一片寂靜中，暮色被他眼睛裡黑色的火焰所點燃，釋放出茶色的火光。斯蒂芬的心，宛如沙漠裡一朵感覺到遠處熱風撲面而來的小花，已經完全枯萎了。

——只要記住這最後幾件事，你就永遠不會犯罪。[5]這句話，我親愛的信仰耶穌基督的小兄弟們，引自《訓道篇》第七章第四十節。以聖父、聖子和聖靈的名義。阿們。

斯蒂芬坐在小教堂前排的板凳上。阿納爾神父坐在聖壇左邊的桌子旁。他披著一件很重的斗篷，蒼白的臉拉得很長，因為感冒，說話時有些氣喘吁吁。這位他從前的老師不可思議地出現在這裡，使斯蒂芬不由地回想起在克隆伍茲的那段日子：孩子們到處瘋跑的大操場；那個方形水坑；那個離椴樹大道不遠的教區的小墓地，他曾幻想自己被埋在那裡；生病躺在醫務室時牆上的火光；還有邁克爾兄弟悲傷的臉。就在往事一幕幕展現在腦海中時，他的心似乎又重新變成了孩子的心靈。

——今天，我親愛的信仰耶穌基督的小兄弟們，我們相聚在這裡，暫時拋開紛繁喧囂的塵世，來紀念和讚美最偉大的聖徒之一，也是貴校的守護神，人稱印度使徒的聖方濟．沙勿略。年復一年，親愛的孩子們，在比你們當中的任何人所能記得的，也比我所能記得的還要久遠的過去，這所學校的孩子就開始每年在他們的守護神的紀念日之前在這個小教堂裡避靜。歲月如流，逝者如斯。即便是近幾年發生的變化，你們大多數人又能記得多少呢？幾年前坐在這裡前面幾排的孩子們，有許多現在或許去了很遠的地方，去了酷熱的熱帶地區，或許正擔任著什麼重要的專業職務，或許在學校裡任教，或許正航行在浩瀚無際的大海上，再或許受到偉大上帝的呼喚已進入另一個世界，把在人世的責任全部交卸了。儘管時光如梭，變化莫測，這所學校的孩子卻始終沒有忘記紀念這位偉大的聖徒，他們每年都要在聖母教堂所規定的他的紀念日的前幾天避靜，將天主教這位偉大的西班牙兒子的名字和聲譽世世代代傳誦下去。

——*避靜*這個詞是什麼意思？為什麼從各方面來講，它都被看作對所有希望在上帝面前和世人眼中過真正基督徒生活的人最有教益的活動呢？親愛的孩子們，避靜意味著我們將暫時忘卻生活的煩惱，忘卻塵世的羈絆，去認真審視我們的良知，深入思考神聖的宗教的奧祕，進而更好地理解我們為什麼生活在這個世界上。在這幾天裡，我想讓你們想想有關人生最後四件事的問題。這四件事，你們在教義問答手冊中已經瞭解到，就是死亡、審判、地獄和天堂。在這幾天裡，我們一定要力求透澈理解這四件事，對這四件事的透澈理解讓我們的靈魂可以永遠受益。記住，親愛的孩子們，我們誕生在這個世界上是為了做一件事，只為了做一件事，那就是實現上帝神聖的旨意，去拯救我們永生的靈魂。其他的一切都毫無意義。只有一件事必須辦到，就是拯救自己的靈魂。如果一個人最後將失去永生的靈魂，那他即使得到了整個世界，又有什麼用？啊，親愛的孩子們，請相信我，在這個悲慘的人世間，沒有任何東西能夠彌補如此重大的損失。

——因此，親愛的孩子們，我要你們這幾天把塵世間的一切雜念，不管是學習也好，享樂也好，個人抱負也好，統統從頭腦中摒除，集中精力檢視自己的靈魂。也許我已經無須提醒你們，在避靜的這幾天裡，所有人都必須肅靜、虔誠，禁止一切喧鬧和不當的娛樂活動。當然，高年級的同學更應當注意不要違反規定，我還特別希望我們聖母教會和其他聖潔天使教會的舍監和神職人員能夠為學生做出榜樣。

——因此，讓我們全心全意盡力過好這個紀念聖方濟的避靜節。在今年的學習中，上帝將賜福給你們。但最最重要的是，要讓這次避靜節變成一個多年後依然可以回味無窮的避靜節，那時也許你們已經遠離母校，生活在迥然不同的環境中，但希望到時你們還會懷著歡喜和感激的心情回想這次避靜節，感謝上帝賜予你們這次機會，為自己奠定虔誠、光榮、熱忱的基督教生活的基礎。如果在座的哪個可憐的靈魂——這是有可能的——由於難言的不幸已經失去了上帝的恩澤，失足墮入了可悲的罪孽之中，我堅信並向上帝祈求，這次避靜節將成為那個靈魂生活的轉捩點。我以上帝忠實的僕人聖方濟・沙勿略的功德向上帝祈求，引領這個靈魂踏上真誠的懺悔之路，使今年聖方濟紀念日這次聖餐儀式成為上帝和那個靈魂立下永久契約的日子。對於義人和不義人，對於聖徒和罪人都一樣，希望這次避靜節讓我們永遠難忘。

——幫助我吧，我親愛的信仰耶穌基督的小兄弟們。用你們的虔誠、信仰和實際行動來幫助我吧。從你們的頭腦中摒除塵世間的一切雜念，只去思考人生最後幾件事：死亡、審判、地獄和天堂。《傳道篇》上說，只要記住這幾件事，就永遠不會犯罪。誰要是記住最後這幾件事，無論想什麼做什麼，這幾件事都會永遠浮現在他眼前。他將生活美滿，死得其所，他相信並且知道如果在塵世做出犧牲，那在另一個世界，在永恆的天國裡將得到百倍千倍的回報——親愛的孩子們，這是我以聖父、聖子和聖靈的名義對你們所有人的衷心祝福。阿們。

他和幾個同學一起回家，一路上大家都沉默不語，他的心頭好像蒙上了一層迷霧。他茫然地等待著迷霧散開，好顯露出後面潛藏的一切。晚飯時他狼吞虎嚥，吃完後把油膩的盤子往桌上一推就不管了。他站起來走到窗邊，用舌頭清理著嘴裡厚厚的飯渣，又把嘴唇舔得一乾二淨。看來他已經墮落到了畜生的地步，吃過東西之後還不忘舔舔嘴皮。這下可完了，一絲隱隱的恐懼開始穿透他心裡的迷霧。他把臉貼在窗玻璃上，望著窗外逐漸被暮色籠罩的街道。透過幽暗的暮靄，他看到許多身影來來往往。這就是生活。都柏林這個名字的一筆一畫都沉重地壓在他心頭，彼此蠻橫地擠來擠去，粗野地互不相讓，僵持不下。他的靈魂變得愈來愈肥厚，凝成一大團油脂，在隱隱的恐懼中愈陷愈深，最後墜入了陰森可怕的黑暗之中，而此時，肉體卻無精打采、丟人現眼地站在那裡，透過黯淡無光的眼睛向外望著，在牛神[6]的注視下顯得無能為力、煩躁不安，流露出人性的弱點。

第二天帶來了死亡和審判，慢慢折磨著他已經陷入絕望的頹喪的靈魂。在傳道人用沙啞的嗓音將死亡吹進他的靈魂時，原來隱隱的恐懼變成了巨大的惶恐。他體會到了死亡的痛苦，感到死亡的寒氣已滲入四肢，正慢慢向心臟蔓延，死亡的黑幕漸漸蒙住了眼睛，大腦中心光亮的細胞也像油燈一樣，一盞一盞地熄滅了，臨終前皮膚上最後一次滲出了汗水，瀕死時四肢疲軟無力，說話含糊不清、斷斷續續，最後完全發不出聲來，心臟的跳動也愈來愈弱，直至消失。呼吸，那微弱的呼吸，那可憐的無助的魂魄，正抽泣著、歎息著，在喉嚨中發出咕嚕咕嚕的聲響。完了！完了！他，他自己，他曾經屈服於其欲望的肉體正奄奄一息。把它埋進墳墓裡吧。把它，把屍體釘進木箱裡吧。雇幾個人用肩膀把它抬出去吧。把它丟進任何人都看不到的地下長坑裡吧，把它埋進墳墓裡任它去腐爛，去餵成堆蠕動的蛆蟲，去讓那些到處亂竄的大肚皮老鼠大快朵頤一番吧。

朋友們還流著淚站在床邊，罪人的靈魂就已經受到審判了。在最後一絲意識尚存的時候，靈魂眼前又閃現出塵世生活的一幕一幕，還沒來得及細想，肉體便死亡了，靈魂卻誠惶誠恐地站到了審判席前。上帝一向仁慈寬厚，此時卻要公正嚴明了。他一直誨人不倦，規勸罪惡的靈魂改邪歸正，給它時間悔罪，一而再再而三地寬恕它。可是現在，那段時間已經一去不復返了。在那段時間裡，靈魂胡作非為、尋歡作樂；在那段時間裡，他們譏笑上帝，無視上帝神聖的教堂對他們的一再警告；在那段時間裡，他們藐視上帝，不服從祂的旨意，欺騙自己的同伴，一次又一次地犯下罪孽，還向別人隱瞞自己的罪惡。但是現在，那段時間已經一去不復返了。現在該輪到上帝來審判了，祂是不會上當受騙的。每一樁罪孽都將從藏身之處暴露出來，不論是最忤逆上帝神聖旨意的罪孽，還是令我們可憐墮落的靈魂顏面掃地的罪行，不論是微不足道的過失，還是十惡不赦的暴行，毫無例外都將暴露出來。到了這時候，即使你曾經是偉大的帝王、神武的將軍、了不起的發明家或是學界泰斗，又有什麼用呢？在上帝的審判席前人人平等。祂將獎賞好人，懲罰惡人。審判一個人的靈魂，一剎那就足夠了。肉體死亡之後，只需一眨眼的工夫，靈魂便已在天平上稱過。這個人的審判就此結束，他的靈魂或被送到極樂無邊的天國，或被投入煉獄，或是鬼哭狼嚎地被拋進地獄之中。

這並不是結局。上帝的公正還必須在世人面前昭顯：在個人受審之後，還有一次最後審判。世界末日來臨之際，便是最後審判之時。天上的星辰像無花果樹上被風吹落的無花果一樣墜落於地。太陽這個宇宙巨大的發光體變得像頭上纏的粗麻布一樣昏暗黝黑。月亮變成了血紅色。天空像書卷一樣被捲起來。天軍的統帥、天使長米迦勒出現在空中，金光燦燦，威風凜凜。他一腳踏海，一腳踏地，吹響天使長的號角，悍然宣告時間的終結。天使的三聲號角響徹宇宙。時間現在存在，過去存在，但將來便不復存在了。在最後一聲號角吹過之後，宇宙間所有人的靈魂，無論是富有的還是貧窮的、高貴的還是低賤的、聰明的還是愚笨的、善良的還是邪惡的，都向約沙法谷蜂擁而去。所有曾經存在過的靈魂，所有尚未誕生的靈魂，所有亞當的兒女，都在這個至高無上的日子裡聚集在一起。看呀，至高無上的審判者來啦！從此以後不再是謙卑的上帝的羔羊，不再是溫和的拿撒勒的耶穌，不再是悲愁之人，不再是好牧人，上帝騰雲駕霧而來，無比強大，無比威嚴，九級天使簇擁著全能的上帝、永恆的上帝，依次是天使、大天使、權天使、能天使、力天使、主天使、座天使、智天使、熾天使。上帝講話了：祂的聲音傳至太空的邊緣，傳到無底的深淵。祂是至高無上的審判者，祂的審判就是最後的審判，叫人無從申訴。祂把正義之人叫到身邊，讓他們進入天國，進入為他們預備好的永恆的樂園中去。祂把不義之人拋到一邊，用威嚴的聲音怒吼道：**你們這被詛咒的人，離開我！進入那為魔鬼和牠的使者所預備的永火裡去！**啊，對那些可悲的罪人來說，這是何等的痛苦啊！朋友被從朋友身邊拖走，孩子被從父母身邊拖走，丈夫被從妻子身邊拖走。可悲的罪人們把手伸向塵世裡他們曾經愛過的人，伸向遭受過他們愚弄的淳樸虔誠的人，伸向曾經規勸過他們、試圖把他們引到正路上的人，伸向善良的兄弟，伸向可愛的姊妹，伸向深愛他們的父母。可是已經太晚了：他們的靈魂在所有人面前露出了邪惡敗壞的本性，正義之人都把臉扭到一邊，不肯直視這遭受詛咒的可悲靈魂。哦，你們這些偽君子，哦，你們這些粉飾的墳墓[7]，哦，你們這些對世人擺出一副溫和的笑臉內心卻是一片骯髒的罪孽泥沼的人，在這個可怕的日子，你們會落到何種下場？

這一天，死亡和最後審判的一天，終將會到來，肯定會到來，也必然會到來。人都要死，死後要接受審判，這是早已注定的。死是一定的。但死的時間和方式卻是不定的，可能久病不起與世長辭，也可能猝然長逝死於非命：上帝的兒子會在你完全沒有想到的時候突然出現在你面前。因此，時刻做好準備吧，要知道人隨時都可能死去。死亡是我們所有人的歸宿。自從人類的始祖犯下罪孽，便給人世帶來了死亡和審判，那是兩道陰森森的大門，通向未知未見的世界，塵世生活被關在門外，每個靈魂都要單獨通過那道門，除了功德之外無所依傍，沒有兄弟朋友、沒有父母師長能伸手相助，只能孤零零戰兢兢地走進去。讓我們永遠記住這件事吧，這樣我們就不會犯罪了。死亡對罪人來說是恐怖的，但對那些始終走在正道上、盡了人生職責、早晚不忘做禱告、經常參加聖餐會、樂善好施的人來說，卻是一個幸福的時刻。對於內心虔誠信仰堅定的天主教徒、對於正義之人，死亡並不可怕。英國偉大的作家艾狄生[8]在臨死前，不就讓人把邪惡無知的瓦立克伯爵叫來，讓他看看基督徒是如何安詳地面對死亡的嗎？只有像他這樣內心虔誠信仰堅定的基督徒才能在心裡對自己說：

死啊，你得勝的權勢在哪裡？
死啊，你的毒鉤在哪裡？[9]

每一個字都是對他講的。上帝的全部憤怒都衝著他骯髒隱祕的罪孽而來。傳道人的刀已經深深探入他撕裂的良心，他現在感覺自己的靈魂正在罪孽中慢慢潰爛。是的，傳道人的話沒有錯。輪到上帝來審判了。他的靈魂就像是穴中的野獸，躺在自己汙穢的罪孽裡，天使的號角聲將他從罪孽的黑暗驅趕到光明裡來。天使宣告世界末日來臨的吼聲剎那間粉碎了他狂妄的平靜。末日的狂風穿透了他的心；他的罪孽，浮現在他想像中目如寶石的娼妓，都在這狂風中倉皇逃竄，像驚恐的老鼠一樣吱吱亂叫，鑽到鬃毛下面縮作一團。

穿過廣場往家走時，一個女孩輕快的笑聲傳進了他發燙的耳朵。那輕柔歡樂的聲音撞擊著他的心，比天使的號角還要猛烈。他不敢抬眼，只得把臉扭到一邊，邊望著雜亂的灌木叢的陰影邊往前走。羞愧從他受到撞擊的心中溢出來，漫及全身。艾瑪的身影出現在他眼前，在她的注視下，羞愧的浪潮又一次從他心裡奔湧而出。萬一讓她知道他在心裡如何羞辱她，他野獸般的情欲如何蹂躪、踐踏她的清白之身，那該如何是好！這是孩子氣的愛情嗎？這是騎士風度嗎？這是詩嗎？他極情縱欲的下流細節簡直臭不可當。他常常拿出那疊藏在菸道裡弄得滿是菸灰的圖片把玩，躺在床上盯著上面那些或恬不知恥或扭扭捏捏的淫蕩畫面一看就是幾個小時，還一邊想入非非一邊動手實踐；他怪異荒謬的夢中充斥著猿形人影和目如寶石秋波流轉的娼妓；他懷著竊喜寫下坦白自己罪孽、滿是汙言穢語的長信，接連許多天偷偷帶在身邊，只為在夜幕的掩護下找機會丟到廣場角落的草地上，扔到沒鉸鏈的門邊，塞到籬笆上的小窩裡，等著某個偶然路過的少女無意中發現它們，撿去偷偷閱讀。真是瘋了！真是瘋了！這些事當真是他做的嗎？醜事一樁樁一件件湧上心頭，他的額頭不禁冒出一陣冷汗。

羞愧帶來的痛苦過去之後，他又試圖讓自己怯懦無力的靈魂重新站起來。上帝和聖母實在離他太遠了：上帝太偉大太嚴厲，聖母又太純潔太神聖。他想像著自己緊挨著艾瑪站在一片遼闊的土地上，一臉謙恭，噙著淚水，彎下腰去親吻她的衣袖。

在清朗柔和的暮色籠罩的那片遼闊的土地上，他們倆，兩個犯了錯的孩子，正並肩而立，一朵白雲在淡碧色的大海般的天空中向西飄去。他們的過錯，雖然只是兩個孩子的過錯，卻嚴重冒犯了上帝的威嚴；但祂沒有生氣，祂的美「**絕非那種看一眼便會招來橫禍的塵世之美，而是賞心悅目宛若晨星之美。**」祂轉過臉來望著他，眼神裡沒有一絲怒氣，沒有一絲責備。祂把他們兩個人的手牽在一起，手拉著手，對他們的心靈說：

——攜起手來吧，斯蒂芬和艾瑪。現在天堂裡正值美麗的黃昏。你們雖然犯了錯，但永遠是我的孩子。這是一顆心對另一顆心的愛。攜起手來吧，親愛的孩子們，你們將永遠幸福地生活在一起，你們的心將永遠彼此相愛。

暗淡的紅光透過拉下的百葉窗射進來，灑滿整座小教堂；在最後一扇窗的百葉窗和窗櫺的縫隙間，一道微弱的光像一桿長矛直刺到聖壇銅製的雕花燭臺上，銅光閃爍，宛如天使們披掛上陣的鎧甲。

雨水落在小教堂的屋頂上、花園中、校園裡。這場雨將永遠悄無聲息地下下去。地上的水會一英寸一英寸地漲起來，淹沒草地和灌木，淹沒大樹和房屋，淹沒紀念碑和山頂。一切生命，飛鳥、人、大象、豬、兒童，都會被悄無聲息地溺死：屍體將悄無聲息地漂浮在世界七零八落的殘骸中。這雨將會下四十個晝夜，直到整個地球表面都被洪水淹沒。

這是可能的。為什麼不可能呢？

——**陰間擴張其欲，開了無限量的口**——這句話，我親愛的信仰耶穌基督的小兄弟們，引自《以賽亞書》第五章第十四節。以聖父、聖子和聖靈的名義。阿們。

傳道人從法衣口袋裡掏出一只沒有鏈條的錶，默默看了眼錶盤，又輕輕把錶放到自己面前的桌上。

他開始降低音調接著說：

——亞當和夏娃，親愛的孩子們，你們知道，是我們的始祖，你們應當記得，上帝之所以創造他們，是為了有人能夠填補路西法和追隨他的反叛天使們墮落以後在天堂留下的空位。我們知道，路西法是晨曦之子，是光芒萬丈、威力無比的天使；但是他墮落了：他墮落了，天堂裡三分之一的天使軍也跟著他一起墮落了；他墮落了，和追隨他的反叛天使們一同被拋進地獄裡了。他究竟犯了什麼罪，我們沒法說清楚。神學家認為他犯的是驕縱之罪，是剎那間產生的罪惡念頭：non serviam——**我不事奉**。這一剎那便是毀滅。他一時的罪惡念頭冒犯了上帝的威嚴，於是上帝把他趕出天堂，永遠拋進了地獄。

——上帝創造了亞當和夏娃，把他們安置在大馬士革平原上的伊甸園裡，那是一個陽光普照、姹紫嫣紅、長林豐草的美麗花園。豐饒的大地對他們慷慨相贈；飛禽走獸心甘情願地服侍他們；他們對我們芸芸眾生世代相傳的不幸一無所知，不知病痛，不知貧窮，也不知死亡；偉大仁慈的上帝把能夠為他們做的一切都做到了。但是，上帝對他們提出了一個條件：永遠遵從祂的旨意。他們絕不能去偷吃禁樹上的果實。

——哎，親愛的孩子們，他們後來也墮落了。那個魔鬼來了，他曾經是光芒四射的天使，是晨曦之子，現在卻化身成所有動物裡最狡詐的毒蛇，淪為了口蜜腹劍的魔鬼。他妒意大發。他這個墮落的神，絕不能容忍人這種用泥土捏成的生物占據他因為自己的罪孽而被褫奪的遺產。他來到兩人中意志比較薄弱的女人跟前，將花言巧語的毒汁灌進她的耳朵，向她許諾說——啊，這對上帝是何等的褻瀆啊！——如果她和亞當吃了禁果，他們就可以變成神，不，變成上帝。夏娃中了這個頭號騙子的陰謀詭計，吃了蘋果，還拿給亞當吃，而亞當沒有足夠的道德勇氣來拒絕她。撒旦惡毒的舌頭得了逞。他們也墮落了。

——接著，上帝的聲音傳到花園裡，詰問祂創造的人：天軍的統帥米迦勒手持火焰神劍出現在這對罪人面前，把他們趕出伊甸園，趕到塵世上靠自己的血汗掙麵包養活自己，塵世裡疾病蔓延、紛爭不斷、風瀟雨晦、荊棘滿途、不如意事常八九。然而，即便他們犯了如此罪孽，上帝還是那麼仁慈！祂依然憐憫我們那對可憐的墮落的始祖，答應他們，到時候祂將從天堂派下一個神來救贖他們，重新使他們成為上帝的子女和天國的繼承人：而那個神，那個墮落人類的救贖者，便是上帝的獨子，那至高無上的永恆的三位一體的第二位。

——他來了。他由純潔的處女聖母瑪利亞生在猶太地一處破舊的馬槽裡，在去執行自己的使命前當了三十年貧苦的木匠。他心中充滿了對人類的愛，四處奔走，呼喚人們傾聽新的福音。

——他們聽到沒有？是的，他們聽到了，但沒有人理會。他們把他像罪犯一樣抓住綁起來，嘲笑他是個傻瓜，寧可折磨他也不去處置一個臭名昭著的強盜，他們抽了他五千皮鞭，給他戴上用荊棘做的王冠，讓一群猶太暴民和羅馬士兵推搡著他遊街，扒光他的衣服吊在絞刑架上，用長矛刺他的兩肋，血水從我們主的傷口裡汩汩流出。

——即便在那時候，在遭受巨大痛苦的時刻，我們仁慈的救贖者仍然對人類心懷憐憫。就在那裡，在骷髏地，他建造了神聖的天主教教堂，保證地獄之門占不了上風。他把教堂建在古老的岩石上，賜予它上帝的恩澤，賜予它聖餐和祭品，並且應允只要世人肯聽從上帝教堂裡的教誨，他們仍然可以得到永生；但是，如果在祂為他們做了這一切之後，他們仍然執迷不悟，那麼等待他們的就只有永恆的折磨了：地獄。

傳道人的聲音低沉了下來。他停了一會兒，把雙手交叉在一起又分開，接著說道：

——現在，讓我們花點時間，盡我們所能來瞭解一下被激怒的上帝在審判過後給那些遭天譴的罪人們預備下什麼樣的住所。地獄是一個狹窄、幽暗、臭氣熏天的牢獄，是魔鬼和被上帝拋棄的靈魂的住處，裡面烈焰熊熊，煙霧彌漫。上帝有意將牢獄設計得如此狹窄，為的是嚴懲那些不肯受祂律法約束的人。在塵世的牢獄裡，那些可憐的犯人儘管只能在牢房或牢獄陰森森的院子裡活動，但至少還有活動的空間。地獄裡可不是這樣。在那裡，由於遭天譴的罪人眾多，他們都是一個壓一個地堆在可怕的牢房裡，牢房的牆壁據說有六千公里厚：罪人們被結結實實地捆住，絲毫沒法動彈，正如蒙神賜福的聖徒聖安塞姆在一本關於類比的書裡所說，就算蛆蟲啃咬罪人的眼睛，他們也沒法把牠弄掉。

——他們躺在那裡，周遭一片漆黑。記住，地獄之火是不發光的。按照上帝的誡命，巴比倫火窯不發熱只發光，同樣，按照上帝的誡命，地獄之火熾熱無比，卻永遠在黑暗中燃燒。這是永不停息的黑暗風暴，熊熊燃燒的硫黃發出黑暗的火焰和黑暗的濃煙，在火焰和濃煙的燻烤中，罪人們的身體一個壓一個地堆在一起，連一絲空氣都不透。在法老的國度所遭受的所有災禍中，只有一種被他們描述為最可怕的，那就是黑暗之災。地獄裡的黑暗可不是三天就會過去的，而是永不消逝的，那麼，我們該怎樣稱呼這種黑暗呢？

——這牢獄又窄又黑，加上臭氣熏天，恐怖程度更加一等。我們知道，在世界末日可怕的烈火把世界淨化以後，世界上所有的汙物、所有的雜碎和渣滓都像流進臭水溝一樣流進了地獄。大量燃燒著的硫黃使地獄彌漫著臭不可聞的氣息，遭天譴的罪人身上也散發著令人厭惡的臭味，那臭味，聖文德曾說，單是從一個人身上散發出來便足以使整個世界臭氣熏天了。這個世界純淨的空氣本身，如果長時間不流通，也會變得奇臭無比，令人無法呼吸。那麼可想而知，地獄裡的惡臭是多麼難聞了。你們可以想像一下屍體在墳墓裡腐爛、分解，化為一團黏糊糊的稀漿濁水，腐臭難聞。想像一下這樣的屍體又被放到烈火裡焚燒，被燃燒著的硫黃的火焰吞噬，散發出濃烈的令人窒息、令人作嘔的惡臭。再想像一下，在那臭氣熏天的黑暗中，成百萬成百萬地堆積著發臭的屍體，令人噁心的臭味也就百萬倍千萬倍地加重，地獄成了一個巨大的腐屍黴菌團。想到這些，對地獄裡那可怕的惡臭就略知一二了。

——但是，這種惡臭雖然可怕，卻並不是地獄裡遭天譴的罪人們在肉體上受到的最大折磨。暴君對他的同胞們最殘忍的折磨莫過於施加火刑。把手指頭放在燭火上烤一會兒，你們就能體會到火燒的疼痛滋味。我們塵世上的火是上帝為了造福人類創造出來的，是維持人類生命的火花，是為了幫助人類做些有用的事，而地獄之火則完全是另外一回事，上帝創造它是為了折磨和懲罰那些不知悔改的罪人。我們塵世上的火可以根據物體的可燃性燃燒得快一些或慢一些，人類甚至已經利用自己的聰明才智成功發明出一些化學製劑來控火滅火。但是，地獄裡燃燒的硫黃是一種特別設計的物質，永遠燃燒著熊熊的烈焰。另外，我們塵世上的火邊燃燒邊消耗，因此火勢愈烈燃燒的時間就愈短；可是地獄之火卻具有一種特性，那就是可以保存燃燒的物體，儘管以難以想像的勢頭熊熊燃燒，卻可以永遠熊熊燃燒下去。

——再說說我們塵世上的火，不管燒得多麼凶猛，範圍多麼廣大，也總有個限度；但地獄的火海卻是無邊無際、深不見底。據記載，魔鬼本人——當一個士兵問他這個問題的時候——也不得不承認，如果把一座大山扔進地獄的火海裡去，山也只會像一小塊蠟燭那樣，頃刻間就燒光了。而且，這種可怕的火焰還不只是從外面來灼燒罪人們的身體，而是使每個被上帝拋棄的靈魂本身都變成地獄，那無邊的火焰在它五臟六腑裡熊熊燃燒。哦，那些可憐的罪人的命運是何等可怕啊！血液在血管裡翻湧著，腦髓在頭骨裡沸騰著，心臟在胸腔裡燃燒爆裂，腸子在肚子裡燒成一團熾熱的肉漿，刺痛的雙眼像融化了的鐵球一般噴射著火焰。

——然而，我剛才談到的地獄之火的力量、特性和無邊無際，要是和它的強度比起來又不算什麼了，這種強度，是神靈特意創造出來同時懲罰靈魂和肉體的工具。這是上帝的憤怒直接噴發出的火焰，不是其本身在燃燒，而是神復仇的工具。正如洗禮用的聖水可以在淨化身體的同時淨化靈魂，這懲罰的火焰也可以在折磨肉體的同時折磨精神。肉體的所有感官都將受到折磨，靈魂的所有官能也不例外：眼睛看到的是一片無法穿透的絕對黑暗，鼻子聞到的是噁心的臭味，耳朵聽到的是呼喊、嚎叫和咒罵，嘴裡嘗到的是汙泥濁水、痲瘋病人的腐肉和難以名狀的令人窒息的汙穢，皮膚接觸到的是熾熱的棍棒刀叉，上面吞吐著殘忍的火舌。透過感官遭受的種種折磨，不死的靈魂本身也將在深淵裡、在無邊無際的火海中遭受永恆的折磨。地獄之火正是無所不能的上帝因威嚴受損而點燃的，上帝呼出的怒氣使它愈燒愈烈，而且永不熄滅。

——最後，還有一點應該想到，在地獄這個牢獄裡遭受的折磨會因為無數遭天譴的罪人擠在一起而變得更加劇烈。在塵世上，惡物聚合生發惡氣，就連植物好像都有一種本能，如果旁邊有致命或者有害的東西，也會避之唯恐不及。在地獄裡，一切法則都顛倒過來：沒有誰會想到家庭、國家、朋友或是親人。遭天譴的罪人們不停地對著彼此嘶吼尖叫，看到別人和自己一樣備受折磨、怒不可遏，他們會感到更痛苦、更憤怒。所有人類的感覺全被拋到了腦後。受難罪人的吼叫充斥在巨大深淵的每一個角落。遭天譴的罪人不停地褻瀆上帝，憎恨那些和他一樣受難的罪人，詛咒他們的犯罪同夥。以前，懲罰弒父的罪人，也就是舉起殘暴的手謀殺自己父親的人，通常是把他與公雞、猴子和毒蛇裝進口袋扔到深海裡去。那些立法者之所以制定這樣一條現今看起來十分殘酷的法令，目的就是要懲治罪人，讓他與凶惡可憎的畜生為伍。但是，要說狂怒，那幾隻不會說話的畜生比起地獄裡那些遭天譴的罪人可是望塵莫及。一旦在一同受難的罪人中發現曾經教唆或是幫助他們犯罪的人，曾經說過一些話在他們心裡播下罪惡念頭和罪惡生活第一粒種子的人，曾經指手畫腳慫恿他們走上犯罪道路的人，曾經用輕佻的眼神蠱惑或引誘他們走上背德之路的人，他們就會立即張開乾裂的嘴唇，從疼痛的喉嚨裡發出瘋狂的咒罵！他們會衝著這些共犯不停地唾罵詛咒，但早已窮途末路，束手無策：懺悔已經太遲了。

——最後，讓我們再想像一下那些遭天譴的靈魂在魔鬼的魔爪裡受到的折磨吧，不管他們是蠱惑者還是受蠱惑者都一樣。魔鬼會用兩種方法折磨那些遭天譴的罪人，一是親手折磨，二是辱罵詛咒。我們根本沒法想像這些魔鬼是多麼可怕。錫耶納的聖加大利納有一次遇到過一個魔鬼，她寫道，自己寧願沿著燒紅的炭火鋪成的路走到生命的盡頭，也不願再朝可怕的魔鬼看上一眼。這些魔鬼，過去都是無比美麗的天使，現在卻變得無比可怕和醜陋。他們揶揄、奚落那些被他們拖下毀滅的深淵而又被上帝拋棄了的靈魂。正是他們這些可怕的魔鬼，在地獄裡被變成了良心的傳聲筒。你為什麼犯罪？你為什麼聽信了朋友的花言巧語？你為什麼棄善從惡？你為什麼在犯罪前沒把持住自己？你為什麼沒與惡友斷交？你為什麼沒有改掉淫行惡習？你為什麼沒有聽從傾聽你懺悔的神父的勸告？你為什麼沒有在一而再再而三甚至第一百次犯罪之後懺悔自己的惡行，去求助一直在等你懺悔並幫你洗刷罪孽的上帝？現在，懺悔的時機已經過去了。時間現在存在，過去存在，但將來便不復存在了！過去，你可以偷偷地犯罪，可以一味懶散驕縱，貪求不義之財，屈從於卑劣天性的教唆，像荒原裡的野獸一樣生活，不，甚至比荒原裡的野獸還要壞，因為牠們畢竟只是沒有理性的畜生。時間過去存在，但將來便不復存在了。上帝曾用各種各樣的聲音規勸你，但你就是不肯聽。你不肯清除心中的驕縱和怒氣，不肯歸還不義之財，不肯服從神聖的教會的訓誡，不肯履行宗教義務，不肯跟惡友斷交，不肯避開危險的誘惑。這便是那些折磨受難靈魂的魔鬼的話，話裡充滿了嘲笑和責備，憎恨和厭惡。厭惡，是的！因為就連這些魔鬼在犯罪的時候，犯的也是唯一能與天使的本性相符合的罪行，那就是對理性的反叛：牠們，就連牠們這些可惡的魔鬼，看到墮落之人犯下褻瀆冒犯聖靈的神殿、褻瀆玷汙他自己這樣不堪言狀的罪行，都會側目而視、深惡痛絕，唯恐避之不及。

——哦，我親愛的信仰耶穌基督的小兄弟們，但願我們永遠沒有機會聽到這些話！是的，但願我們永遠沒有這樣的機會！在可怕的最後審判來臨的時候，我將熱誠地向上帝禱告，今天在這個小教堂裡坐著的每一個人都不會像那群受難的罪人一樣被至高無上的審判者命令永遠從祂眼前消失，我們中沒有人會聽到祂那意味著拋棄的可怕判決：**你們這被詛咒的人，離開我！進入那為魔鬼和牠的使者所預備的永火裡去！**

他沿著小教堂中間的過道走過去，兩腿不停地發抖，頭皮也在打戰，好像被幽靈的手指摸了一下。他爬上樓梯進到走廊裡，兩邊牆上掛著的大衣和雨衣像絞刑架上吊著的罪犯，沒有頭，濕淋淋的，七扭八歪。每走一步他都膽戰心驚，生怕自己已經死了，靈魂已被從皮囊中拖走，生怕自己正一頭栽進無底的深淵。

他差點沒站住，一屁股坐到座位上，胡亂打開一本書，腦子裡還在想著剛才的事。每一句話都是對他講的。沒錯。上帝是萬能的。上帝現在就可以把他喚去，不等他明白是怎麼回事，就把他從課桌邊喚走。上帝已經喚他了。叫我？什麼？是叫我嗎？他感到凶猛的火舌正在逼近，渾身的肉開始收緊，還感到周遭的熱氣在翻騰，抽乾了身體的水分，讓他喘不過氣。他已經死了。是的。是的。他已經接受了審判。火焰的熱浪席捲了全身：這是第一股熱浪。接著又是一股熱浪。他的腦漿開始發熱。然後又是一股熱浪。腦漿在劈啪欲裂的腦殼中咕嘟咕嘟地冒起泡來。火焰從腦殼裡躥出來，狀如花冠，彷彿還在尖聲嘶喊著：——地獄！地獄！地獄！地獄！

他聽到耳旁有聲音說道：

——說的全是地獄。

——我想這回可夠刻骨銘心的了。

——說得沒錯。他把我們嚇得夠嗆。

——對你們這些傢伙就得這樣：講多了你們才能學乖。

他渾身無力地趴在課桌上。他沒有死。上帝寬宥了他。他仍然生活在學校這個熟悉的環境裡。塔特先生和文森特．赫倫正站在窗口聊著天，有說有笑，還不時扭頭朝窗外淒涼的雨景望去。

——真希望天趕快放晴。我已經跟幾個學生說好，騎車到馬拉海德去轉轉。但現在路上的水恐怕要漫過膝蓋了。

——天會放晴的，先生。

這是他非常熟悉的說話聲，都是些尋常閒話，說話間歇，教室裡還如往常那般寧靜，他聽到其他同學在安靜地吃午餐，宛如牛兒在慢慢地嚼青草，這對他痛苦的靈魂是一種撫慰。

現在還來得及。哦，聖母瑪利亞，罪人的救星，請替他說說情吧！哦，聖潔的貞女，請從死亡的深淵裡把他拯救出來吧！

英文課第一項內容是讓大家聽一段歷史故事。那些王公貴族、朝廷寵臣、奸賊佞人和大主教們，都藏在名字的面紗後面，像無聲的幽靈一樣從他面前飄過。他們全都死了：全都受到了審判。如果一個人失去了靈魂，那即使得到了整個世界，又有什麼用？現在他終於明白了：他生活在人世間，人像螻蟻一樣在這片祥和的土地上辛勤勞動，情同手足，死去之後，就長眠在寂靜的土丘之下。這時，一個同學用手肘碰了他一下，他心下一緊：回答問題的時候，他聽到自己的聲音充滿了謙恭和悔恨帶來的沉靜。

他的靈魂又一次陷入了悔恨的深淵，愈陷愈深，一片沉靜，再也無法忍受恐懼帶來的痛苦了，一邊下沉著，一邊輕聲禱告。啊，是的，上帝會寬宥他的；他將在心裡悔罪，以求獲得寬宥；那些上面的神靈，天國的神靈一定會看到他為彌補以前的過失將要做出的努力：一生不渝，每時每刻都不放鬆。等著瞧吧。

——一生，上帝！一生，一生！

一個人跑到門口送信說，小教堂裡已經開始接受懺悔了。有四個同學離開了教室，他還聽到走廊裡有其他人走動的聲音。一陣令人戰慄的寒風從他心頭掠過，雖然只是一絲微風。他靜靜地傾聽著，忍受著，好像把耳朵貼到了心臟上，感到它害怕地縮緊了，聽到心房在不停地顫抖。

逃避是不行的。他必須去懺悔，去和盤托出他的所思所想、所作所為，把罪孽一件一件都說出來。該怎麼說呢？該怎麼說呢？

——神父，我……

——想到懺悔，他就覺得有一把寒光閃閃的匕首刺進了他嬌嫩的皮肉。不，不能在學校的小教堂裡懺悔。他可以誠懇地把全部罪孽，思想上、行為上的罪孽都一五一十地坦白講出來，但不能當著同學們的面。他會找一個離學校很遠的黑暗的地方，低聲說出自己的醜事；他謙卑地祈求上帝，不要因為他不敢在學校的小教堂裡懺悔而生氣，還心事重重地默默請求周圍同學的寬恕。

時間一刻一刻地過去了。

他又一次坐到了小教堂前排的板凳上。窗外，天色漸漸暗淡下來，緩緩透過暗紅色的百葉窗滲進屋裡，好似世界末日的太陽正落下山來，所有的靈魂都聚集一起等待最後審判了。

——我從你眼前雖被被驅離，這句話，我親愛的信仰耶穌基督的小兄弟們，引自《詩篇》第三十章第二十三節。奉聖父、聖子和聖靈的名。阿們。（編注：應出自《約拿書》2：4）

傳道人開始用輕柔和藹的語氣講話。他的臉很慈祥，他把兩手的手指輕輕地放到一塊，指尖對在一起，看上去像個歪歪斜斜的籠子。

——今天上午，我們在講地獄裡的情形時，曾極力想弄清楚我們神聖的造物主在祂的屬操練書中所說的地獄的構成是什麼意思。也就是說，我們盡力想在我們的想像中，用心智去想像那個可怕地方的物質特性，去想像所有在地獄裡受罪的人所遭受的肉體折磨。今天晚上，我們將花一點時間來想像一下地獄裡的精神折磨是什麼情況。

——必須記住，罪孽是一種雙重罪行。一方面，它縱容我們在卑劣天性的鼓動下屈服於低下的本能，屈服於粗鄙的獸性；另一方面，又使我們背離了高尚天性的教導，背離了所有純潔和神聖的東西，背離了神聖的上帝。因此，人在世間犯下罪孽，就要到地獄接受懲罰，懲罰的形式有肉體和精神兩種。

在一切精神痛苦中，最大的痛苦莫過於失去上帝的至愛，這種痛苦巨大無比，事實上它本身就比其他一切折磨加在一起還要更令人痛苦。天主教最偉大的博士，人稱天使博士的聖多瑪斯曾經說過，最嚴厲的天譴就是人的理智完全失去了聖光的指引，情感固執地背離了上帝的善念。記住，上帝是至善的神靈，因此失去這樣一個神靈的愛，就會陷入永無止境的痛苦深淵。在塵世裡，我們還無法清楚地理解這種損失意味著什麼，可是地獄裡遭天譴的罪人，因為遭受了更大的折磨，所以完全能夠理解這種損失的重要性，明白這種損失是他們自己的罪孽所致，再也無法挽回。在死亡的一瞬間，靈魂和肉體的紐帶就被割斷，靈魂立刻飛向上帝，就像飛向存在的中心一樣。記住，親愛的孩子們，我們的靈魂永遠都渴望與上帝同在。我們從上帝那裡來，我們依靠上帝活著，我們屬於上帝：我們是祂的子民，永遠是祂的子民。上帝以祂的神聖之愛愛著每一個人的靈魂，每一個人的靈魂都被祂的愛呵護著。怎麼可能不是這樣呢！我們的每一次呼吸，我們頭腦中的每一個念頭，我們生命中的每一刻都來自上帝無盡的至善。骨肉分離、家人失散、友人遠別已足以讓人痛不欲生，那麼設想一下，一個可憐的靈魂被棄絕於至善至仁的造物主的福蔭之外，該是怎樣的肝腸寸斷！上帝從無到有創造了這個靈魂，延續著他的生命，以無限的愛呵護他。可是現在，無奈他要永遠離開上帝和他的至善，去舔舐分離的痛苦，而且清楚地知道這一切都無法改變，這是上帝創造的靈魂所能承受的最痛苦的折磨：*poena damni*[10]——失苦。

地獄裡遭天譴的靈魂遭受的第二種痛苦是良心上的痛苦。就像腐爛的屍體會生蛆一樣，被上帝拋棄的靈魂也會因罪孽而腐爛，生出無休無止的悔恨，那是良心上的刺痛，正如教宗英諾森三世所說，這蛆蟲有三根刺。這種殘忍的蛆蟲使靈魂遭受痛苦的第一根刺，是對往昔歡樂的記憶。哦，那將是一種多麼可怕的記憶啊！在吞噬一切的火海中，驕縱的帝王會記得宮廷裡盛大無比的排場，邪惡的學者會記得他的圖書館和研究設備，藝術愛好者會記得他的大理石雕像、畫卷和其他藝術珍品，饕餮之徒會記得他豐盛的筵席、名酒美饌，守財奴會記得他藏匿的金銀財寶，盜匪會記得他的不義之財，窮凶極惡、睚眥必報的殺人犯會記得他引以為樂的血腥暴行，放蕩荒淫之人會記得那難以言表的淫亂之樂。他們會記得這一切，因而憎恨自己和自己的罪孽。對於那些被罰在地獄之火中千年萬載受折磨的靈魂來說，撫今追昔必然肝腸寸斷。他們想到自己只因貪戀塵世那點賤如糞土的糟粕、貪戀幾塊破銅爛鐵、貪戀過眼雲煙般的虛榮、貪戀一時的肉欲、貪戀精神上的短暫刺激而失去了天堂的福祉，不禁怒火中燒。他們悔恨交加。這是良心蛆蟲的第二根刺：對所犯罪孽追悔莫及。根據上帝的審判，那些可鄙的罪人永遠忘不了他們所犯的罪孽，而且正如聖奧古斯丁所說，上帝還會把自己對罪孽的看法傳給他們，因此罪孽在他們眼裡也會像在上帝眼裡那樣可恨可憎。他們會看清自己罪孽的醜陋面目，想誠心悔過卻為時已晚，他們將為自己錯失良機而痛哭流涕。然後就是良心蛆蟲扎得最深也是最殘忍的一根刺了。良心會對他們說：你們原本有時間有機會懺悔，但你們就是不肯。你們在父母宗教信仰的薰陶中長大成人，教會透過聖禮、恩典和大赦來幫助你們，神父向你們佈道，在你們走上迷途時把你們召喚回來，寬恕你們的罪孽，不管那罪孽是多麼惡劣，數量是多麼龐大，只要你們肯坦白、肯懺悔就行。可是你們不，你們就是不肯懺悔。你們藐視神聖的宗教和神父，你們拒絕懺悔，你們在罪孽的泥沼中愈陷愈深。上帝曾召喚你們，告誡你們，懇求你們回到祂身邊。哦，多麼可恥，多麼可悲啊！宇宙的主宰懇求你們這些泥土捏出來的生靈，要你們愛創造你們的主，遵循祂的律法。可是你們不，你們就是不肯懺悔。當初你們活在人世的時候，只要能流下一滴真誠懺悔的淚水就能得到主的寬宥，可是現在，就算你們還能哭泣，即使淚流成河，淹沒整個地獄，也無濟於事。你們現在再想乞求回到塵世片刻，好讓自己有機會懺悔，已是不可能的了。時機已經錯過，永遠錯過了。

——這就是良心的三根刺，是咬噬地獄裡可憐罪人們心窩的毒蛇，罪人們怒不可遏，為自己的蠢行咒罵自己，咒罵把他們引向毀滅的狐朋狗友，咒罵在塵世裡誘惑他們而又在永恆的折磨中譏諷他們的魔鬼，甚至咒罵上帝。儘管他們可以嘲笑上帝的仁慈，無視上帝的寬容，卻無法逃脫上帝的審判和偉力。

——遭天譴的罪人遭受的另外一種精神上的痛苦是無限擴張的痛苦。人在塵世間會犯下許多罪孽，但不能同時犯下所有罪孽，而且正像我們常常可以以毒攻毒一樣，一種罪孽也可以改正或抵銷另一種罪孽。但地獄裡的情況就完全不同了，一種折磨並不會抵銷另一種折磨，反倒會加劇這種折磨。而且因為內在官能比外在感官更為完善，所以感受到的折磨更強烈。正如每種感官都要承受相應的折磨一樣，每種精神官能也同樣會受到相應的折磨；想像力承受的是各種可怕的景象，感知力承受的是渴望和憤怒，內心和頭腦承受的是比籠罩著可怕的地獄的外在黑暗更為可怕的內在黑暗。雖然那些猙獰靈魂的滿腔怨憤本身並沒有多大力量，卻是永久無邊的禍根，若非我們知道他們曾犯下滔天罪孽而且上帝對他們的罪孽無比痛恨，我們就無法想像這禍根有多麼可怕。

——和這種無限擴張的痛苦相對，但又與之並存的另一種痛苦是不斷加劇的痛苦。地獄是邪惡的中心，大家知道，任何東西愈靠近中心愈強烈。沒有任何東西可以抵銷或緩解地獄裡的痛苦。不，原本好的東西到了地獄裡也都變成邪惡的了。陪伴原本可以使苦惱之人得到安慰，在地獄裡卻變成了無休止的折磨；知識原本是學人最渴求的東西，在地獄裡卻變得比無知更可恨；光明原本是人類甚至是森林裡最不起眼的小花小草都渴望得到的，在地獄裡卻讓人深惡痛絕。塵世的痛苦要麼不長久，要麼程度不深，人們或可習以為常，或可自我了斷。但地獄裡的折磨卻不是靠習以為常可以克服的，因為它不僅可怕至極，而且總在不斷地衍生，也就是說，一種痛苦會引發另一種痛苦，而引發的痛苦又會使先前的痛苦更強烈。想要透過屈服來逃避五花八門、痛心切骨的折磨是不可能的，因為靈魂遭受邪惡之困，遭受的痛苦遠比在塵世更深重。無邊的苦海、徹骨的痛苦和無盡的磨難——罪人們活該遭受這一切，因為他們觸怒了上帝，因為他們沉溺於淫蕩下流的肉欲、輕視甚至無視神聖的上天，因為他們褻瀆了為救贖世人而無辜流血且遭惡人踐踏的神的羔羊[11]。

——在地獄這個可怕的地方，最殘酷的終極折磨是永久被囚於此。永久！哦，多麼可怕而糟糕的字眼。永久！世人難以理解！請記住，這是永久的痛苦。就算地獄裡的痛苦沒有實際上那麼可怕，但它們是無限的，注定永遠存在。況且，你們知道，那痛苦的程度令人難以忍受，而且還在不可思議地無限擴張。永久忍受即使是一隻小蟲的叮咬，也是一種可怕的痛苦。因此可想而知，永久忍受地獄裡無窮無盡的折磨會是什麼滋味。永遠！永無休止！不是忍受一年或一個世紀，而是永遠。你們想想這意味著什麼，該是多麼可怕吧。你們常常可以看到海灘上的沙子。那沙粒是多麼細呀！要多少這樣細小的沙粒才能匯聚成孩子們玩耍時抓在手裡的一把沙子呢？現在試想一下，有一座用沙粒堆成的山，有一百萬英里高，拔地而起，聳入雲霄，有一百萬英里寬，一直綿延到天涯海角，還有一百萬英里那麼厚；再試想一下，這座由無數細小沙粒堆成的大山，還像森林裡的樹葉、大海裡的水滴、鳥身上的羽毛、魚身上的鱗片、動物身上的毛髮、漫無邊際的空氣中的原子一樣不停地成倍增加；然後再試想一下，每隔一百萬年才有一隻小鳥飛到山上銜走一粒沙。那麼要經過多少百萬個世紀這隻小鳥才能銜走一平方英尺的沙粒？要經過多少千萬個世紀才能銜走整座山？然而，在這麼長的時間過去以後，就永恆而言，卻是片刻也不曾減少。即使過去數十億年、數萬億年，永恆也幾乎沒有開始。假設那座山在被完全銜走之後又重新聳立起來，假設那隻鳥又飛來一粒一粒把它全部銜走，如此周而復始，繁如天上的星星、空氣中的原子、大海裡的水滴、森林裡的樹葉、鳥身上的羽毛、魚身上的鱗片、動物身上的毛髮，而這巨大無比的高山經過無數次消長之後，就永恆而言，仍是片刻也不曾減少；就是到了那時候，經過了如此長久的歲月，經過了只要想一想就會讓人頭昏腦脹的無數萬億年之後，永恆也幾乎沒有開始。

——一位聖人（我相信他是我們的一位前輩）曾有機會一睹地獄裡的慘狀。他覺得自己好像站在一個很大的廳堂裡，周遭一片幽黑寂靜，只聽到一只大鐘的滴答聲。那聲音不停地響著，聽來彷彿是在無休無止地重複幾個字——永遠，永不；永遠，永不。永遠囚在地獄裡，永不能進入天堂；永遠得不到上帝的庇佑，永不能蒙受福蔭；永遠在烈火中煎熬，被蛆蟲嚙咬，被燒紅的鐵棍刺扎，永不能脫離苦海；永遠遭受良心的折磨，追悔莫及，怒火中燒，心裡充斥著黑暗和絕望，永不能擺脫；永遠辱罵詛咒那些誘人上當受苦而又幸災樂禍的邪魔，永不能目睹聖靈的光輝；永遠在地獄之火的深淵裡向上帝呼喊，乞求痛苦能有哪怕片刻的緩解，永不能獲得上帝的寬恕，一點點也得不到；永遠忍受痛苦，永不能享樂；永遠遭受天譴，永不能得救；永遠，永不；永遠，永不。哦，這是多麼可怕的懲罰！這是無邊的苦海，無盡的身體和精神折磨，沒有一線希望，沒有片刻停歇，是撕心裂肺的苦痛，變幻莫測的折磨，是吞噬著一切又使這一切永存的苦難，是撕裂肉體摧殘精神的劇痛，這恆久的地獄之災，每一刻都是恆久的不幸。這就是無所不能公允無比的上帝的判決，那些犯下不可饒恕的罪孽而死去的人必將受到嚴厲的懲罰。

——是的，上帝是公正的！人只能按照凡人的方式思考問題，所以會對上帝讓一個僅犯過一次深重罪孽的人在地獄之火中遭受無休無止的懲罰感到震驚。他們之所以這樣想，是因為被肉體的幻覺和凡夫俗子的愚鈍蒙蔽了雙眼，認識不到一種不可饒恕的罪孽那醜陋邪惡的本質。他們之所以這樣想，是因為認識不到即使是微不足道的罪行也具有醜陋邪惡的本質。即使萬能的造物主只要容許一種微不足道的罪行，如一句謊言、一個怒容、一時的懶惰得到寬恕，不受懲罰，就可以結束塵世上所有的邪惡和苦難，如戰爭、疾病、搶劫、犯罪、死亡、謀殺等，祂，偉大全能的上帝也不能這麼做，因為罪孽，不論是思想上還是行為上的，都是對上帝律法的僭越，如果不懲罰僭越者，上帝就不是上帝了。

——僅僅是一個罪孽，僅僅是一時的恃才傲物、辜恩背義，就使路西法和三分之一的天使墮落了，失去了昔日的榮光。也僅僅是一個罪孽，僅僅是一時頭腦糊塗、意志薄弱，就使亞當和夏娃被逐出了伊甸園，給人間帶來了死亡和苦難。為了挽回這一罪孽造成的後果，上帝派祂的獨子來到人間，過凡人的生活，受凡人的苦難，被釘在十字架上三個小時，在極度痛苦中死去。

——哦，我親愛的信仰耶穌基督的小兄弟們，我們還忍心冒犯仁慈的救世主，惹祂生氣嗎？我們還忍心踐踏那已經被撕扯得四分五裂的軀體嗎？我們還忍心向那滿是悲傷和慈愛的臉上啐唾沫嗎？救世主為救贖我們而發烈怒獨自踹酒醡[12]，我們還忍心像殘忍的猶太人和野蠻的士兵那樣嘲弄仁慈悲憫的主嗎？每一句罪惡的話都會在祂柔嫩的肋上劃出一道傷痕。每一項罪行，都是扎進祂頭裡的一根刺。每一個明知故犯的邪念，都是刺穿祂神聖博愛之心的一桿鋒利長矛。不，不能。這種嚴重冒犯上帝的事，這種被罰永囚於無邊苦海的事，這種讓上帝的兒子再次被釘上十字架使上帝受辱的事，是任何一個人都不可能做的。

——我祈求上帝，讓我這個不善言詞之人今天說的話能夠使那些蒙受上帝恩澤的人堅定對至聖的信念，能夠使信念不堅的人變得虔誠，能夠使迷途的可憐靈魂——如果你們當中有這樣的人的話——重新蒙受上帝的恩澤。我祈求上帝，你們也和我一同祈求吧，讓我們能夠懺悔自己的罪孽。現在，我要求你們所有人，跪在這簡陋的小教堂裡，在上帝面前，跟著我背誦痛悔經。上帝就在那個神龕裡，心懷對人類的愛，隨時準備撫慰受傷的靈魂。不要害怕。無論犯下多少罪孽，無論罪孽有多深重，只要誠心懺悔，就定能得到寬恕。不要顧忌塵世的廉恥而閉口不言。上帝仍是我們仁慈的主，祂不希望犯罪之人永受死亡之苦，而是希望他們誠心皈依，繼續活下去。

——上帝正召喚你們到祂懷抱中去。你們都屬於祂。祂從無到有把你們創造出來。祂以上帝特有的愛呵護你們。就算你們已經對祂犯下罪孽，祂仍然張開雙臂來接納你們。可憐的罪人啊，可憐的虛榮的作奸犯科的罪人啊，快回到祂身邊去吧。現在還不晚。現在正是時候。

神父站起來，轉身面向聖壇，在昏暗的光線中跪到神龕前的臺階上。等到小教堂裡所有人都跪下來屏息以待時，他抬起頭來，滿懷深情地一句一句背誦痛悔經。孩子們跟著一句一句地念。斯蒂芬感到舌頭黏在上顎上，只好低下頭在心裡禱告。

——哦，我的上帝！

——哦，我的上帝！

——我因冒犯了祢——

——我因冒犯了祢——
——感到由衷的抱歉——
——感到由衷的抱歉——
——我痛恨自己的罪孽——
——我痛恨自己的罪孽——
——比對任何其他罪惡都痛恨——
——比對任何其他罪惡都痛恨——
——因為我的罪孽令祢不悅，我的上帝——
——因為我的罪孽令祢不悅，我的上帝——
——我對祢所有的愛——
——我對祢所有的愛——
——祢當之無愧——
——祢當之無愧——
——我已下定決心——
——我已下定決心——
——在祢聖恩的庇蔭下——

——在祢聖恩的庇蔭下——

——絕不再冒犯祢——

——絕不再冒犯祢——

——從此改過自新——

——從此改過自新——

晚飯後，他便上樓回到房間，要和自己的靈魂單獨待一會兒，每上一個臺階，靈魂彷彿都會歎一口氣；每上一個臺階，靈魂都會隨著腳步抬起，邊往上走邊歎氣，穿過那幽暗潮濕的地界。

他在樓梯口的房間門前站住，抓住陶瓷門把匆匆把門打開，滿懷憂懼地等待著，體內的靈魂變得委頓不堪。他默默地禱告，祈求跨過門檻時死亡不要降臨到自己頭上，祈求寓於黑暗中的魔鬼並未獲旨緝拿他。他一動不動地站在門口等待著，彷彿眼前是個黑黝黝的洞口。那裡有許多張臉，許多隻眼睛，全都翹首以待，虎視眈眈。

——我們當然很清楚，雖然事情終究會敗露，但要他下決心勸自己去面對懺悔神父這個上帝的全權代表是很困難的，這一點我們當然很清楚。

那一張張臉一邊竊竊私語，一邊翹首以待，虎視眈眈；黑黝黝的洞裡到處都是竊竊私語聲。他的精神和肉體都感到不寒而慄，但他還是勇敢地抬起頭，堅定地大步跨進房間裡。不就是一道門、一個房間嘛，還是那個房間，那扇窗戶。他鎮定地告訴自己，那些彷彿從黑暗中傳來的竊竊私語聲根本就不存在。他告訴自己，這不過就是自己敞著門的房間罷了。

他關上門，匆匆走到床邊跪下，用手捂住臉。他的手冷冰冰、潮乎乎的，四肢冷得發麻。肉體上的不安、寒冷和疲勞攪得他心緒不寧。他為什麼要像個小孩子似的跪在那裡念晚禱詞呢？是為了和自己的靈魂單獨待一會兒，是為了檢視自己的良心，是為了面對面正視自己的罪孽，回憶犯罪的時間、方式和當時的情形，為自己犯下的罪孽痛哭流涕。但他哭不出來。他怎麼也想不起那一切，只感到靈魂和肉體都疼痛不已。他的整個生命，他的記憶、意志、理智、肉體都已經疲憊不堪、麻木不仁了。

都是魔鬼在作祟，魔鬼打亂了他的思緒，蒙蔽了他的良心，猛烈攻擊他怯懦的已被罪孽腐蝕的肉體閘門：他一邊怯生生地祈求上帝寬恕他的軟弱，一邊爬到床上，用毯子把自己緊緊裹住，用手捂住臉。他犯下罪孽了。他忤逆上天的旨意，在上帝面前犯下了深重的罪孽，已經不配被稱為上帝的孩子了。

這種事真是他斯蒂芬・代達勒斯做的嗎？他的良心歎息著做出回答。是的，是他做的，他祕密而又下流地做了一次又一次。他犯了罪卻執迷不悟、痲木不仁，身體裡的靈魂已變得腐爛不堪，竟還膽敢在神龕前裝出一副聖潔的樣子。為什麼上帝沒有把他當場杖斃？那幫和他一起犯罪的混帳傢伙圍在他身邊，從四面八方向他俯下身來，呼出的氣吹到他身上。他蜷成一團，緊緊閉上眼睛，忙不迭地禱告，極力想把他們忘掉。但是，靈魂的感知是無法阻隔的，儘管他緊閉著雙眼，卻還依然看得見曾經犯罪的地方，儘管他使勁捂著耳朵，卻還依然聽得到各種聲響。他多希望自己什麼也看不見什麼也聽不著呀。他熱切地渴盼著，渴盼得全身發抖，靈魂的感知也暫時被阻隔了。但被阻隔了一剎那又立即敞開，他又能看見了。

眼前是一片荒野，雜草挺立，刺薊遍地，蕁麻叢生。蕪生蔓長的野草叢裡滿是癟癟歪歪的瓶瓶罐罐和成團成塊的乾糞便。一絲微弱的沼氣光透過濃密的灰綠色雜草叢從糞便上緩緩升騰起來。和光一樣微弱而汙濁的臭氣，也從那些瓶瓶罐罐和結了硬殼的糞便上冒出來，慢騰騰地繚繞上升。

荒野上有些怪物：一個，三個，六個，在荒野上四處溜達。那些怪物形似山羊[13]，卻長著人的面孔，眉梢色瞇瞇地向上挑著，下巴上有幾根稀疏的鬍鬚，周身橡膠灰色。祂們在荒野上四處溜達，無情的眼睛裡閃爍著邪惡的凶光，身後還拖著長長的尾巴。凶巴巴惡狠狠的嘴不懷好意地咧著，顯得瘦骨嶙峋老氣橫秋的臉格外灰暗。其中一個揪緊了裹在肋上的破法蘭絨坎肩，另一個鬍鬚鉤在了草叢上，一直嘟嘟囔囔地抱怨著。牠們在荒原上緩緩地圍著圈，在野草叢中走來走去，長尾巴拖在地上，弄得那些瓶瓶罐罐叮咚作響，乾裂的嘴唇還不停地說著汙言穢語。牠們緩緩地圍著圈，愈轉圈子愈小，慢慢圍上來，圍上來，嘴裡不停地說著汙言穢語，來回搖擺的長尾巴黏滿了乾糞便，令人膽戰心驚的臉使勁向上仰著……

救命！

他發瘋似的掀開毯子，露出臉和脖子。這就是他的地獄。上帝已經讓他看到了為他預備的地獄，這是對他罪孽的報應：臭氣熏天、曠野荒蠻、邪惡歹毒，十足一個奸邪淫蕩的羊魔的地獄。這是為他預備的！為他預備的！

他從床上跳下來，刺鼻的臭味直嗆進喉嚨口，在五臟六腑裡堵塞著、翻騰著。空氣！天上的空氣！他跟蹌著向窗前跑去，呻吟著，噁心得幾乎要暈過去。剛跑到臉盆架前，胃裡便一陣抽搐，他用手使勁擠壓著冰冷的額頭，痛苦地大口大口吐起來。

吐完後，他有氣無力地走到窗前，推開吊窗，坐到窗邊一角，把手臂靠在窗沿上。雨已經停了；點點燈火間飄逸著霧靄，城市正用淡黃色的薄霧在四周編織起柔軟的繭殼。天空一片寧靜，閃爍著微光，空氣聞起來甜絲絲的，像是被雨水浸濕的灌木叢的氣味，在這寧靜、微光閃爍、一片幽香的夜幕中，他與自己的心靈立下了盟約。

他開始禱告：

——祂本想給塵世帶來天堂的榮光，但我們卻犯下罪孽；為安全起見，祂來看我們時只得掩住祂的威嚴，斂起祂的神光，因為祂是上帝。所以祂以柔弱面目出現，而非以強權示人，祂派遣祢作為祂的代表，賦予祢平易近人的清麗和光彩。親愛的聖母，祂的容姿讓我們不能不想到上帝，祢的美絕非那種看一眼便會招來橫禍的塵世之美，而是賞心悅目宛若晨星之美，散發著純潔的氣息，傳遞的是上天的福音，帶來的是世間的寧靜。哦，白晝的先驅！哦，朝聖者的燈塔！像過去一樣引領我們吧。在漆黑的夜晚，穿過荒涼的曠野，引領我們走向我主耶穌，引領我們回到我們的家園。

淚水模糊了雙眼，他虔誠地抬頭望著天空，為自己失去的天真默然流淚。

夜幕降臨後，他離開了家，一呼吸到夜晚潮濕的空氣，聽到身後的關門聲，剛剛被禱告和眼淚撫慰的良心又感到一陣痛楚。懺悔！懺悔！光是用眼淚和禱告來撫慰良心是不夠的。他必須跪到聖靈的使者面前，誠心悔過，一五一十地講述自己一直隱瞞的罪孽。他要趕在下次家門打開、聽到門踏板和門檻摩擦的聲音之前，趕在下次看到廚房裡擺好晚飯的餐桌之前，跪下來懺悔。就這麼簡單。

良心的痛楚已經止息，他穿過幽暗的街道快步向前走去。街邊人行道上有那麼多鋪路的石板，城市裡又有那麼多街道，世界上又有那麼多城市。但永恆是沒有止境的。他已經犯下了不可饒恕的罪孽。就算只有一次，也是不可饒恕的罪孽。犯罪只是一瞬間的事。怎麼會這麼快呢？只要看一眼或者想看一眼就犯罪了。眼睛看到了不期看到的東西。一瞬間就犯下罪孽了。是身體那個部位有領悟力還是怎麼回事？蛇是田野中最狡猾的動物。準是它在產生欲望的一瞬間就領悟了，然後又一分鐘一分鐘地延長這種罪惡的欲望。它有感覺，有領悟力，還有欲望。多麼可怕呀！是誰使人的身體有近於禽獸的那個部位，能夠像禽獸那樣領悟，有禽獸那種欲望？那時他到底是自己還是被一個下流靈魂驅使的非人的東西？一想到有個像蛇一樣懶散的生靈靠吸吮他生命嬌嫩的骨髓維持生命，靠性欲的黏液肥胖起來，他的靈魂就感到無比噁心。哦，為什麼會這樣？哦，為什麼？

他蜷縮在思想的陰暗角落裡，在創造萬物和人類的上帝的威儀面前自慚形穢。瘋了。哪有人會這麼想？他自慚形穢地在黑暗中蜷縮著，默默地向守護神禱告，祈求他用寶劍趕走對他低聲耳語的魔鬼。

耳語聲停止了，此時，他已清楚地知道，他思想、言論和行動上的罪孽，都是靈魂故意透過肉體犯下的。去懺悔！他必須懺悔所有的罪孽。他怎麼能跟神父把那種事講出來？但他必須去，必須去。他怎麼能把那種事講出來而不至於羞愧至死？他做那種事的時候怎麼就不感到羞恥？簡直是瘋了！去懺悔！哦，他一定能得到解脫，重獲清白！也許神父知道。哦，親愛的上帝！

他穿過一條條燈光昏暗的街道向前走去，一刻也不敢停留，唯恐顯得在故意拖延，不肯面對正在等待他的事物，害怕到達他正急切想去的地方。當上帝滿懷憐愛地看著一個靈魂沐浴著祂的恩澤，那是多麼美妙呀！

街邊的路沿石上坐著幾個邋裡邋遢的女孩，面前放著籮筐，微濕的頭髮垂下來遮住了額頭。她們蹲在泥地裡，看起來一點也不美。但是她們的靈魂卻受到了上帝的眷顧。如果她們的靈魂沐浴著上帝的恩澤，那她們就顯得光彩四溢：上帝愛她們，眷顧著她們。

想到自己墮落的經過，感到她們的靈魂比他更受上帝的眷顧，他立刻覺得一陣摧人的羞辱的風淒涼地掠過了靈魂。風從他身上吹過，吹向無數其他的靈魂，那些靈魂時多時少受到上帝的恩寵，如同時明時暗的繁星，或經久不衰，或漸漸隱去。那些閃爍著的靈魂在微風中混雜在一起，有的經久不衰，有的漸漸隱去，有的已經消失。其中有個靈魂已經被上帝拋棄了，一個很小的靈魂：那就是他的靈魂。它閃爍了一下，熄滅了，被遺忘了，被拋棄了。結局：黑暗、寒冷、虛空、無用。

在越過一大片沒有光亮、沒有知覺、沒有生氣的時間荒原之後，他又慢慢恢復了對周圍環境的認知。周圍還是一派髒亂不堪的景象：下等人的口音、店鋪裡燃著的煤氣燈、來來往往的男男女女，還有臭魚爛蝦、烈酒、鋸末的氣味。一個老婦人手裡提著油罐正要過馬路，他彎下腰向她打聽附近有沒有教堂。

——小教堂，先生？有的，先生。教堂街就有座小教堂。

——教堂街？

她把油罐換了隻手，騰出右手給他指路。他朝她跟前湊了湊，順著她從披巾下伸出的沾著油的枯瘦的手向前望去。她的聲音使他既感到悲傷又感到安慰。

——謝謝。

——不客氣，先生。

高處聖壇上的燭火已經熄滅，但昏暗的正廳裡依然繚繞著香火的馨香。留著鬍子、滿臉虔誠的工人正把蒙著篷罩的聖器從偏門抬出去，教堂司事在旁用手勢引導他們往外搬，偶爾說上幾句話。幾個虔誠的教徒還留在教堂裡，有的在正廳一側的聖壇前禱告，有的在告解室旁邊的板凳前跪著。他怯生生地走過去，在最後一條板凳邊跪下來，教堂裡安寧肅靜，光線幽暗，香氣繚繞，讓他不禁銘感五內。他膝下的跪板又窄又舊，旁邊跪著的都是些耶穌的窮信徒。耶穌本人也出身貧寒，曾在木匠鋪裡做過活，鋸木板、刨木板的工作都做過。祂第一次講述上帝的天國，教導眾人要溫和謙恭，面對的也正是貧苦的漁民。

他低下頭，用雙手抵著，命令自己的心要溫和謙恭，這樣他就可以和跪在旁邊的人一樣，他的禱告也就會和他們的一樣被上帝接受了。他想和他們一同禱告，卻又覺得很難。他的靈魂罪孽深重、汙穢不堪，不敢像他們一樣懷著樸實的信賴祈求上帝寬宥。他們這些人都是以上帝那高深莫測的方式行事的耶穌首先召喚到身邊的人，是些木匠、漁民，從事著低下的職業，一貧如洗，生性樸實，整天跟木頭打交道，或是不厭其煩地修補著漁網。

一個高大的身影沿過道走過來，等候懺悔的人群騷動起來。眼看神父就要走進告解室了，他才匆匆抬頭望了一眼，卻只看到長長的灰鬍鬚和一身聖方濟會托缽僧穿的棕色修道服。神父走進告解室，外面就看不到他了。兩個懺悔的人起身從兩邊走進告解室。木頭滑動門被拉上後，裡面隱隱傳來低語聲，打破了教堂的寧靜。

他的血液也開始在血管裡低語，宛如將罪孽深重的城市[14]從睡夢中喚醒，讓它去接受最後審判時的低語。細小的火花從天而降，粉末狀的灰燼緩緩落下，飄落在各家各戶的屋頂上。人們從睡夢中驚醒，灼熱的空氣讓他們惶恐萬分。

滑動門被拉開了。懺悔的人從告解室的一側走出來。稍遠一側的門也被拉開了。一個女人輕輕地快步走到先前那個懺悔的人跪下的地方。又隱隱傳來低語聲。

現在離開小教堂還來得及。他可以站起來，把一隻腳邁到另一隻腳前面，輕手輕腳地走出去，然後飛快地跑過一條條黑暗的街道，跑啊跑啊。現在想要保住臉面還來得及。什麼可怕的罪行都比犯下這種罪孽好！即便是殺了人！細小的火花從天而降，落得他滿身都是，可恥的念頭、可恥的言語、可恥的行為。一件件醜事就像燃燒的灰燼，不停地落下來，把他蓋得嚴嚴實實。要他都講出來！他苟延殘喘孤獨無依的靈魂恐怕再也無法存活下去了。

滑動門又被拉開了，那個懺悔的人從告解室稍遠一側的門裡走出來。近處的滑動門也被拉開了，另一個懺悔的人隨後走了進去。輕柔的低語聲像浮雲薄霧似的從告解室裡飄出來，這是那個女人的聲音：輕柔的低語的浮雲，輕柔的低語的薄霧，細語喃喃，雲消霧散。

他偷偷地在木扶手的遮掩下用拳頭捶打著胸口。很快就輪到他和別人一樣覲見上帝了。他將會愛他的鄰人。他將會愛創造他、愛他的上帝。他將和別人一起跪下禱告，並感到無比幸福。上帝將會看著他，看著其他人，愛他們每一個人。

改邪歸正並不難。上帝的軛是輕巧而甜蜜的[15]。但人最好還是永遠別犯罪，永遠做一個孩子，因為上帝愛小孩子，願意讓他們到他身邊去[16]。犯罪實在是一件既可怕又可悲的事。但上帝對那些誠心悔過的可憐的罪人是仁慈的。一點也沒錯！這才是真正的仁慈。

滑動門忽然拉開了，先前懺悔的人走了出來。輪到他了。他提心吊膽地站起來向告解室走去，眼前心下一片茫然。

這一刻終究來到了。告解室裡靜謐昏暗，他跪下來，抬頭望著面前懸掛著的白色十字架。上帝一定能看出他誠心悔過。他準備把自己所有的罪孽都講出來。他的懺悔會很長很長，到時候小教堂裡每個人都會知道他是個怎樣的罪人了。就讓他們知道吧，這是事實。不過上帝已經答應只要他誠心悔過就寬恕他。他是真的誠心悔過。他十指交叉，朝白色的十字架舉起來，開始禱告。他兩眼發黑，渾身顫抖，像被上帝拋棄的生靈一樣不停地搖晃著腦袋，一邊嗚咽一邊禱告：

——對不起！對不起！哦，對不起！

滑動門嘩啦一聲被拉開了，他的心怦怦亂跳起來。一張老神父的臉出現在格柵那邊，用一隻手撐著，沒有正對他。他用手畫了個十字，請求神父為他祝福，因為他犯了罪。然後，他低下頭，開始戰戰兢兢地背《**懺悔詞**》。在背到**我的重罪**的時候，他停住了，幾乎透不過氣來。

——你上次懺悔是什麼時候，我的孩子？

——很久以前了，神父。

——一個月前嗎，我的孩子？

——還要長些，神父。

——三個月，我的孩子？

——還要長些，神父。

——六個月？

——八個月，神父。

他就這樣開始了。神父問：

——從那以後你都記得些什麼？

他開始懺悔自己的罪孽：沒去望彌撒，不做禱告，撒謊。

——還有別的嗎，我的孩子？

——還犯過發脾氣、嫉妒別人、貪吃、虛榮、不聽話之類的罪過。

——還有別的嗎，我的孩子？

沒法再隱瞞了。他支支吾吾地說：

——我……犯過姦淫罪，神父。

神父並沒有轉過頭來。

——你自己嗎，我的孩子？

——還有……和別人。

——和女人嗎，我的孩子？

——是的，神父。

——她們是結過婚的女人嗎，我的孩子？

他不知道。他把罪孽一樁一樁從嘴裡吐露出來，就像一滴一滴可恥的膿血從他潰爛發臭的靈魂深處流淌出來，匯成一條骯髒罪惡的河流。最後一樁骯髒的罪孽也慢慢流了出來。他終於講完了。他垂著腦袋，完全癱軟了。

神父沉默了一會兒，問道：

——你多大了，我的孩子？

——十六歲，神父。

神父伸手抹了好幾次臉，接著用手撐住額頭，倚在格柵上，眼睛仍然沒看他，開始慢慢說話。他的聲音疲憊而蒼老。

——你還很年輕，我的孩子，他說，我請求你不要再犯那種罪孽了。那是一種非常可怕的罪孽，既戕害身體，又損毀靈魂，是諸多罪惡和不幸的根源。為了上帝，我的孩子，別再犯了。非常可恥，不是男子漢應該做的。你無法想像這種惡習會把你引向何處，也沒法知道會讓你在什麼地方栽個跟頭。如果還不知悔改，我可憐的孩子，你將在上帝面前永遠一文不值。快向我們的聖母瑪利亞禱告，祈求祂幫助你吧。祂會幫助你的，我的孩子。一旦產生那種罪惡的念頭，就向我們的聖母禱告吧。我相信你一定會這樣做的，對不對？你對自己所犯的一切罪孽都痛心疾首。我相信你一定會這樣做的。現在你要向上帝起誓，承蒙聖恩，你絕不會再犯那種可恥的罪孽來冒犯上帝了。你會向上帝鄭重地起誓，對不對？

——對的，神父。

那蒼老而疲憊的聲音宛如甘露，灑在他顫抖乾涸的心田裡，多麼甜蜜而憂傷啊！

——起誓吧，我可憐的孩子，魔鬼已經把你引上了歧途。如果牠再來誘惑你去那樣玷汙你的身體，你就把牠趕回地獄去——牠是仇恨我們的主的惡毒幽靈。現在向上帝起誓，你絕不會再犯那種非常非常可恥的罪孽。

淚水和上帝仁慈的光輝使他眼前一片迷濛，他低下頭，聽見神父莊嚴地宣告他的罪孽已經得到赦免，看到神父抬起手放到他頭頂上表示寬恕。

——願上帝保佑你，我的孩子。為我禱告吧。

他在昏暗的正廳的一個角落裡跪下來禱告，訴說自己的悔恨之情；禱詞像潔白的玫瑰花心嫋嫋的清香一樣，從他得到淨化的心中扶搖而上，向天堂飄去。

街上泥濘不堪，灰濛濛一片。他大步往家走著，感到上帝的恩澤在無形中滲透到全身，四肢都變得輕盈了。不管怎樣，他終於去懺悔了。他已經向上帝懺悔了，上帝也已經寬恕了他。他的靈魂重新變得清白聖潔了，既聖潔又幸福。

即使上帝讓他現在去死也是好的。在上帝的恩澤中和大家一起過著寧靜、高尚、寬容的生活，真是太好了。

他坐在廚房的火爐旁，興奮得連話都不敢說了。直到現在他才知道，生活可以如此美好、如此安寧。燈上圍著的一方綠紙投下柔和的光影。碗櫥上放著一盤香腸和白色的布丁，架子上還有雞蛋。這些是明早在學校小教堂參加完聖餐儀式後的早餐。白色的布丁、雞蛋、香腸，還有茶水。生活就是這麼簡單、這麼美好！新生活正在等著他。

在夢幻中他睡著了。在夢幻中他起身，看到清晨已經來臨。在清醒的夢幻中，他迎著晨光走向學校。

所有孩子都在那裡，跪在各自的位子上。他跪在他們當中，既幸福又羞怯。聖壇上擺滿了一束束白色的鮮花，散發出陣陣清香；白色花叢裡的蠟燭燃著淡淡的火苗，在晨光中顯得清澈而寧靜，就像他的靈魂一樣。

他和同學們一起跪在聖壇前，和他們一起捧著聖壇帷幔，看上去像是用手組成的活動的欄杆。他的手抖個不停，在聽到神父托著聖體盒從一個個領受聖餐的人面前走過的時候，他的靈魂也不禁顫抖起來。

——我主基督奧體。[17]

這是真的嗎？他跪在那裡，清白無瑕，滿懷羞怯；他將用舌頭接住聖餅，上帝會進入他得到淨化的身體裡去。

——我信永恆的生命。[18]

完全是另一種生活！一種蒙恩的高尚幸福的生活！這一切都是真的，不是將會醒來的夢。過去的已經過去了。

——我主基督奥體。

聖體盤送到了他面前。

1 原文為拉丁語：*Quasi cedrus exaltata sum in Libanon et quasi Cupressus in monte Sion. Quasi palma exaltata sum in Gades et quasi plantatio rosae in Jericho. Quasi uliva speciosa in campis et quasi platanus exaltata sum juxta aquam in plateis. Sicut cinnamomum et balsamum aromatizans odorem dedi et quasi myrrha electa dedi suavitatem odoris.*

2 參見《新約・雅各書》第二章第十節：「因為凡遵守全律法的，只在一條上跌倒，他就是犯了眾條。」

3 真福八端（the beatitudes），也稱「天國八福」，是耶穌早期傳福音時登山寶訓（參見《新約・馬太福音》第五章至第七章）中最著名的一段話，被認為是基督徒言行的準則。

4 原文為拉丁語"Ad Majorem Dei Gloriam"。

5 這句話實則引自《舊約・德訓篇》（*Ecclesiasticus*）第七章第三十六節，而非下文所說的《傳道書》（*Ecclesiastes*）。喬伊斯是否故意讓阿納爾神父說錯，不得而知。

6 金牛被尊為領以色列人出埃及的神。參見《舊約・出埃及記》第三十二章第三至四節：「百姓就都摘下他們耳上的金環，拿來給亞倫。亞倫從他們手裡接過來，鑄了一隻牛犢，用雕刻的器具做成。他們就說：『以色列啊，這是領你出埃及地的神！』」

7 「粉飾的墳墓」出自《新約・馬太福音》第二十三章第二十七節：「因為你們好像粉飾的墳墓，外面好看，裡面卻裝滿了死人的骨頭和一切的汙穢。」

8 喬瑟夫・艾狄生（Joseph Addison, 1672-1719），英國散文家、詩人、政治家，與理查・蒂爾（Richard Steele）合辦《閒談者》（*Tatler*）和《旁觀者》（*Spectator*）雜誌。其文風清新秀雅、輕捷流暢，為後人效仿之典範。

9 出自《新約・哥林多前書》第十五章第五十五節，後兩句為「死的毒鉤就是罪，罪的權勢就是律法」。

10 拉丁語，失去的痛苦，即與天主永遠的分離。

11 指耶穌基督。參見《新約・約翰福音》第一章第二十九節：「次日，約翰看見耶穌來到他那裡，就說：『看哪，神的羔羊，除去（或作「背負」）世人罪孽的！』」

12 參見《舊約・以賽亞書》第六十三章第三節：「我獨自踹酒醡；眾民中無一人與我同在。我發怒將他們踹下，發烈怒將他們踐踏。」另可參見《新約・啟示錄》第十九章第十五節：「他必用鐵杖轄管他們，並要踹全能神烈怒的酒醡。」

13 文為"goat"，除「山羊」之意外，還可指「色鬼」、「淫蕩的人」。古希臘神話中半人半獸的森林之神薩堤爾（Satyr）即為長著公羊角、腿和尾巴的怪物，性喜歡樂，耽於淫欲。

14 指所多瑪（Sodom）和蛾摩拉（Gomorrah）。參見《舊約・創世紀》第十九章第十三節：「因為城內罪惡的聲音在耶和華面前甚大，耶和華差我們來，要毀滅這地方。」另參見同章第二十四至二十五節：「當時，耶和華將硫黃與火從天上耶和華那裡降與所多瑪和蛾摩拉，把那些城和全平原，並城裡所有的居民，連地上生長的，都毀滅了。」

15 參見《新約・馬太福音》第十一章第二十九至三十節：「我心裡柔和謙卑，你們當負我的軛，學我的樣式，這樣，你們心裡就必得享安息。因為我的軛是容易的，我的擔子是輕省的。」

16 參見《新約・馬可福音》第十章第十三至十五節：「有人帶著小孩子來見耶穌，要耶穌摸他們，門徒便責備那些人。耶穌看見就惱怒，對門徒說：『讓小孩子到我這裡來，不要禁止他們；因為在神國的，正是這樣的人。我實在告訴你們，凡要承受神國的，若不像小孩子，斷不能進去。』」

17 原文為拉丁語"*Corpus Domini nostri*"。

18 原文為拉丁語"*In vitam eternam. Amen*"。

第四章

星期天奉獻給聖三位一體的奧跡，星期一奉獻聖靈，星期二奉獻守護天使，星期三奉獻聖約瑟夫，星期四舉行神聖的聖餐聖事，星期五奉獻受難的耶穌，星期六奉獻聖母瑪利亞。

每天早晨，他都以全新的聖潔面貌出現在某個神靈或聖禮前。每天伊始，他都會滿懷豪情地許諾自己每時每刻的思想和行為都要符合教宗的旨意，而且一大早就趕去望彌撒。早晨清冷的空氣更增強了他虔誠的信念。此時，常常只有他和少數幾個信徒在做禮拜，他們跪在正廳一側的聖壇前，翻開插著卡片的禱告書，跟著神父低聲誦讀禱告詞，他偶爾會抬頭看看穿著法衣的神父，神父站在代表著《新約》和《舊約》的兩支蠟燭間的陰影中，這讓他感到自己彷彿正跪在地下墓穴[1]裡望彌撒。

他每天的生活都是在宗教氣氛濃厚的地方度過的。透過一次次的禱告，他慷慨地為煉獄中的靈魂爭取了許多天、許多月、許多年悔罪的時間，這些時間加起來都夠好幾百年了。然而，他輕而易舉爭取到的長達數百年的悔罪期對他精神上的慰藉，並不足以回報他禱告時所付出的熱情，因為他永遠也不知道，這樣為那些受難的靈魂禱告，究竟能為他們免除多少懲罰。雖說煉獄之火不像地獄之火那樣永不熄滅，但他還是擔心如今的補贖不過是杯水車薪而已。因此，他每天都強迫自己的靈魂去做更多額外的善事。

他審視了自己在塵世生活中的義務，據此將每天劃分成若干部分，每一部分都以自己的精神力量為中心。他的生活似乎愈來愈接近永恆了。每一個思想、每一句言語、每一種行為、每一刻的意識，似乎都可以在天堂裡引起回響，閃耀生輝。有時這種感覺是那麼真切，他彷彿能夠感受到他虔誠的靈魂像手指一樣敲擊著巨大的現金出納機的鍵盤，看到他的購買記錄立刻出現在天上，但他看到的不是數字，而是香火嫋嫋上升的遊絲和一朵朵嬌嫩的鮮花。

他還經常念《玫瑰經》——他總把念珠拆散了放在褲袋裡，這樣走在街上也可以念經文——這些念珠變幻成了非塵世所有的花冠，似乎無名無色無臭。他每天都要掐著念珠念三次經文，以求靈魂在神學三德[2]的每個方面都能得到加強，對創造他的天父有信，對為他贖罪的聖子有望，對為他犧牲的聖靈有愛。透過聖母瑪利亞，以祂歡樂、悲愁、光榮的聖禮之名，他每天三次每次三遍向三位一體的神禱告。

在每週的七天中，他還輪番祈求聖靈的七種神恩[3]能夠降福於他的靈魂，從靈魂中驅走曾經致使他墮落的七種可怕的罪孽[4]。他祈求每一種神恩在他選定的那天降福於他，並且相信一定會降福於他，雖然有時也覺得奇怪，為什麼智慧、聰明、知識在性質上要區分得如此清楚，每一種都要單獨祈求。不過，他相信等到將來他的精神層次發展到一定階段，這個難題便會迎刃而解了，到時他罪孽的靈魂將不再愚鈍，還會得到三位一體中的聖靈的啟示。一想到看不見的聖靈居住的地方是那樣幽深寧靜，他就感到惶恐不安，對此更加深信不疑。聖靈的象徵是鴿子和狂風，對聖靈犯下罪孽是不可饒恕的。聖靈是深邃莫測的永恆的神，神父們每年都要穿上火舌般鮮紅的法衣為祂獻上一次彌撒。

在他看過的靈修書籍中有一些圖像，透過這些畫面大體可以領略三位一體的三位神靈的神性和密切關係：聖父凝視著鏡子般的永恆裡自己至善至美的聖容，於是在永恆中產生了聖子，接著聖父和聖子又在永恆中產生了聖靈。這些畫面雖說威嚴無比，晦澀難懂，但是對他而言，反倒比單純的事實——在他降生到這個世界的許多許多年前，在這個世界本身誕生的許多許多年前，上帝就在永恆中挨著他的靈魂——更容易理解。

他曾在舞臺和佈道壇前聽到過各種關乎愛與恨的名詞，也曾在書中看到過這些名詞，這些詞聽起來、看起來都很莊嚴，但不知怎的，他的靈魂總也無法懷有這樣的激情，也無法強迫自己言之鑿鑿地說出這些名詞。他常常會突然感到憤怒，但這種激烈的情緒並不長久，總是轉瞬即逝，就像身體輕而易舉地脫去了一層外殼或外皮。他也曾感到某種微妙、幽暗、嬌聲細語著的東西穿過身體，一時間令他欲火中燒，但這種激情同樣轉瞬即逝，心靈很快又會回歸到先前的清醒和冷漠中去。這恐怕就是他的靈魂唯一能懷有的愛和恨了。

但是，因為上帝一直在永恆中以神聖的愛愛著他的靈魂，他再也不懷疑愛的真實性了。

漸漸地，隨著靈魂對宗教的認識愈來愈深刻，他感到整個龐大的世界就是上帝的偉力和愛勻稱結合的體現。生命是神的恩賜，為了生命中的每一刻和每一種感受，即使只是看到樹枝上掛著的一片葉子，他的靈魂都應當對造物主表示讚頌和感謝。對於他的靈魂來說，大千世界不過是神的偉力、愛和無所不在的神性的表徵，其間的萬象百態已經不復存在。整個自然界就是神的旨意的體現，他的靈魂對此深以為然、堅信不疑，以至於開始疑惑自己還有什麼必要繼續活下去。然而，要他活下去也是神的旨意之一，至於目的何在，像他這樣一個對神的旨意犯下無比深重無比骯髒罪孽的人，又怎麼敢提出疑問呢。他變得溫順而謙恭，因為深切地意識到上帝是永恆的、無所不在的、至善至美的，他的靈魂重新開始履行一個虔誠的教徒應盡的義務，望彌撒，做禱告，參加聖餐儀式，克己苦修。他一直試圖洞悉愛的奧義玄機，但直到現在，才第一次感到體內有股暖流在湧動，像是嶄新的生命，或是靈魂本身的善力。宗教藝術中欣喜若狂的神態，向上伸展的雙臂，微微開啟的嘴唇，癲狂迷離的眼神，在他眼中都化為禱告著的靈魂的形象，在造物者面前顯得那麼卑微，那麼渺小。

不過，精神上的快樂是危險的，這一點他早已得到預警，因此，他不容許自己對上帝的虔誠有絲毫減弱，之所以孜孜不倦地克己苦修，倒不是想成就荊棘滿途的聖徒偉業，而是想努力洗刷過去的罪孽。他嚴格約束自己的感官。為了抵制視覺的誘惑，他定下一個規矩，在街上走路時總是低著頭，絕不左顧右盼、瞻前顧後。他的眼睛不與任何一個女人的眼睛對視。他還時常依靠意志來迫使視線中斷，比如在一句話還沒看完的時候就突然抬起頭來把書合上。為了抵制聽覺的誘惑，他對自己當時變得嘶啞的嗓音完全聽之任之，既不唱歌也不吹口哨，對於那些令他煩躁不安的噪音，比如用磨刀石磨刀、用火鏟鏟煤渣、用硬掃帚掃地毯，也不刻意躲避。抵制嗅覺的誘惑比較困難，因為他發現自己天生對各種難聞的氣味都不太反感，不管是外界像糞便或是焦油之類的臭味，還是自己身上的各種氣味，他甚至對自己身上的氣味也做過許多離奇的比較和實驗。最後，他發現唯一使他反感的氣味是像放了很久的尿一樣的腐爛的魚臭味，因此一有可能，他就讓自己去聞這種難聞的氣味。為了抵制味覺的誘惑，他迫使自己在飯桌上養成嚴格的習慣，不折不扣地執行教堂裡齋戒的規定，盡可能讓自己心猿意馬，不去注意飯菜的味道。然而，他抵制觸覺誘惑的做法才真可謂別出心裁。他躺在床上時絕不有意識地改變姿勢；坐著時怎麼難受就怎麼坐；心平氣和地忍受著各種瘙癢和疼痛；冬天遠離火爐；望彌撒時除了宣講福音外始終堅持雙膝跪地；擦臉時有意不把臉和脖子全部擦乾，這樣冷風一吹就會刺疼；在不數念珠時，將雙臂像跑步的人那樣僵硬地放在身體兩側，既不插到口袋裡，也不背到身後。

他並沒有受到重犯不可饒恕的罪孽的誘惑。然而，意想不到的是，在繁複而虔誠的克己苦修過程中，他卻動輒就犯下毫無意義的孩子氣的過失。禱告和齋戒對於平息怒氣並不奏效，只要母親一打噴嚏或是禱告時有人打擾，他就忍不住想要發火，每次都需要很大的毅力才能按捺住衝動，不至於大發雷霆。他以前也常看到老師們為瑣事發怒，直到現在他們抽搐的嘴、緊閉的雙唇和漲紅的臉還時常出現在他眼前，儘管他克己苦修，但這樣一比較，心裡仍感到萬分沮喪。對他來說，把自己的生活融入芸芸眾生生活的洪流中，要比齋戒和禱告更難，他常常難以做到，覺得很不滿意，到頭來弄得靈魂筋疲力盡，越發遲疑不定，良心不安。他的靈魂經歷過一段孤寂淒涼的日子，那時候，似乎連聖餐儀式都無濟於事。他屢屢犯下過失，心有不安，懺悔成了逃避過失的通道。他一心向聖的心靈本應在領受聖餐時豁然開朗，卻反倒不如他有時獨自在教堂與神靈交流之後更清明。他獨自在教堂時使用的是一本由聖雅風．力奎里撰寫的久已無人閱讀的舊書，字跡模糊，紙張枯黃，破舊不堪。每當他誦讀這本書，書頁裡聖歌讚美的神靈和領受聖餐者的禱告便會交織在一起，在靈魂中朦朦朧朧展現出一個充滿熾熱的愛和純真應答聲的世界。一個聽不見的聲音彷彿在愛撫著她的靈魂，向她講述神靈的聖名和榮耀，命她站起來嫁為人婦並遠走他鄉，告訴她作為人妻從亞瑪拿，從有豹子的山上向下觀望[5]。靈魂似乎也在用聽不見的聲音應答，忘情地說道：讓他安臥於我的雙乳之間吧。[6]

這種以身相許的念頭對他的心靈有一種危險的誘惑力，因為他感到靈魂又開始不斷受到汙言穢語的干擾，那聲音在他禱告和冥思時一直縈繞在耳邊。他知道，只要有一絲鬆懈，先前的一切努力都會在一念之間前功盡棄。每到此時，他就會強烈感受到意志的力量。他似乎感到潮水正慢慢朝他光著的腳奔湧過來，他期待著第一朵纖弱、羞怯、無聲的浪花拂過灼熱的肌膚。然而，就在浪花拂上來的一剎那，眼看就要鬆懈、犯罪，他卻被突如其來的意志力或者說脫口而出的禱告所拯救，發現自己已經站在了遠離潮水的乾燥的沙岸上；看到遠處銀色的潮水又開始慢慢朝他光著的腳奔湧過來，他知道自己抵制住了誘惑，沒有前功盡棄，意志的力量和油然而生的滿足感令他興奮不已，靈魂也跟著顫抖起來。

就這樣，他一次又一次抵住了潮水般的誘惑，但心裡卻愈來愈不踏實，不知道自己竭力想保住的聖恩是不是正一點一點地喪失。他原本堅信自己可以抵住誘惑，現在卻心生狐疑，還隱隱感到恐懼，擔心靈魂已經在不知不覺中墮落了。為了重新找回蒙受聖恩眷顧的信念，他費心勞力，一遍又一遍地告慰自己，說自己每次遇到誘惑都會向上帝禱告，而所祈求的恩澤，既然上帝是要賜予他的，那就一定會賜予他。誘惑頻頻出現，且來勢洶洶，不過是向他表明聖徒們都曾飽經考驗的那些傳說的真實性。誘惑頻頻出現，且來勢洶洶，足以證明他靈魂的堡壘還沒有陷落，因此魔鬼才會瘋狂地試圖攻陷它。

每當在禱告中走了神，或因一時惱怒靈魂不靜，抑或在言語、行為上固執己見，他都會滿腹疑慮，心生不安，於是便去向神父懺悔。但神父卻總要讓他說幾樁過去的罪孽，然後再赦免他。他不得不懷著謙卑羞愧之心重新述說一遍，並再次請求寬恕。看來無論現在過著何等聖潔的生活，無論多麼高尚完美，也永遠不可能完全洗刷掉過去的罪孽了。一想到這些，他就感到屈辱羞愧。負罪感將永遠如影隨形，讓他不得安寧：他得沒完沒了地認罪、懺悔、得到赦免，再認罪、再懺悔、再得到赦免。也許是因為第一次匆匆去懺悔僅僅是出於對地獄的恐懼而非出自真心？也許是因為當時只是擔心即將到來的厄運，並沒有誠心悔罪？但是，在生活上改過自新才是他誠意懺悔、誠心悔罪的最好證明。

——在生活上我已經改過自新了，不是嗎？他捫心自問。

校長背著光站在窗邊，手肘倚在棕色的百葉窗上，一邊笑吟吟地說著話，一邊把玩著另一扇百葉窗的繩子，斯蒂芬站在他面前，眼睛時而望向窗外屋頂上漸漸暗下去的長夏的陽光，時而看著神父慢悠悠擺弄著窗簾繩的靈巧的手指。神父的臉完全隱沒在陰影裡，夕陽餘暉從背後照過來，映出了他深陷的太陽穴和頭顱的輪廓。斯蒂芬仔細聽著神父說話，他的聲音抑揚頓挫，低沉和藹，中間夾雜著些許停頓，此時正談著些無關緊要的話題，剛剛結束的假期啦，國外的教會學校啦，老師們的工作調動情況啦。他一直用低沉和藹的聲音講著些輕鬆的事，每當停下來的時候，斯蒂芬總覺得自己應當恭恭敬敬地提一兩個問題，好讓他繼續講下去。他知道這些話題不過是引子，故而一直在等待隨後的正題。自從校長讓人捎話要見他，他便開始琢磨校長的用意。他早早就來到了學校的會客室，忐忑不安地坐在那裡等校長，眼睛來回望著四周牆上那一幅幅顏色素淨的畫，心裡作著種種猜測，直到自己覺得把這次會面的意圖猜了個八九不離十才靜下來。接著，就在他希望校長臨時有事脫不開身時，聽到了門把手轉動的聲音和法衣擺動時發出的唰唰聲。

校長開始談起道明會和方濟會的情況，還有聖多瑪斯和聖文德之間的友誼。他覺得嘉布遣會修士的服裝未免太⋯⋯

校長的臉上露出慈祥的微笑，斯蒂芬也笑了笑，他不想貿然發表意見，便不置可否地輕輕動了動嘴唇。

——我相信，嘉布遣會的修士們也在討論不穿那種衣服了，校長接著說，他們要像方濟會其他修士那樣穿。

——我想，他們在修道院裡還會那麼穿吧？斯蒂芬說。

——哦，那當然，校長說。在修道院裡穿自然沒問題，但我覺得在街上最好還是不要穿了，你說呢？

——可以想像穿那身衣服有多麻煩。

——說得對，確實麻煩。當初我在比利時的時候，就常常看到他們一年四季不分冬夏總穿著那種齊膝的衣服騎腳踏車到處逛！樣子實在滑稽。比利時人管它叫"Les jupes"[7]。

他把母音弱化，發得模糊不清。

——管它叫什麼？

——Les jupes。

——哦！

斯蒂芬又衝神父微笑的臉笑了笑。其實，神父的臉背著光，他根本看不見他笑沒笑，只是神父低沉審慎的說話聲傳到他耳朵裡時，那微笑的形象或影子便驟然掠過他的心田。他平靜地望著眼前漸漸暗淡的天色，傍晚的涼風徐徐吹來，淺黃色的暮靄掩住了他臉上燃起的那抹灼熱的淡淡的紅暈，讓他感到無比慶幸。

一提到女人穿的衣服，或是她們用來做衣服的纖柔的面料，他就會聯想到清淡的浮動著罪孽的香味。小時候，他曾想像駕馭馬匹的韁繩都是柔軟的絲帶，因而在斯特拉德布魯克頭一回摸到光滑的皮馬具時，竟感到驚愕不已。他第一次用顫抖的手指觸摸女人緊繃的長襪的時候，也同樣感到驚愕不已。當時，除了反映或預言他處境的那部分外，先前讀到過的一切他都忘記了，只有在嬌聲細語中，在玫瑰花般柔軟的床榻上，他才敢想像搖曳生姿的女人的靈魂或身體。

神父提到那個詞顯然是別有用意的，因為他知道作為神父不應該輕易談論這樣的話題。顯然神父是假裝不經意地提到那個詞，他還感到陰影中的那雙眼睛正打量著他的臉。以前他曾讀到或聽說過耶穌會神父都很狡猾，但從來都是一笑置之，因為那不是他的親身感受。儘管有時候他並不喜歡他的老師們，但一直覺得他們都是些聰敏嚴謹的神父，都是些身強力壯、精力充沛的舍監。在他的想像中，他們這群人總是敏捷地用冷水洗澡，總是穿著乾淨冰涼的亞麻布衣服。在克隆伍茲和貝萊弗迪爾與他們生活的這些年裡，他只挨過兩次打，雖然兩次都是被冤枉的，但他心裡明白，自己也經常僥倖逃過懲罰。在這些年裡，他從未聽過任何一位老師講過一句輕率的話：正是他們教導他學習基督教教義，督促他去過高尚的生活，在他墮入可悲的罪孽的時候，引導他重新蒙受聖恩眷顧。在克隆伍茲時，他愚鈍無知，在他們面前顯得很不自信，在貝萊弗迪爾，他處境尷尬[8]，在他們面前依然感到不自信。這種感覺直到學校生活的最後一年始終伴隨著他。他對老師一向服從，無論那些不安分的同學如何引誘他，他也從未改變過默默服從的習性；即使有時對某位老師的話心生疑竇，也從來沒有表現出來。近來，他開始覺得他們的一些觀點聽起來很幼稚，這反倒使他感到傷心遺憾，彷彿正慢慢遠離自己熟悉的天地，以後再也聽不到這樣的言語了。一天，在小教堂旁邊的棚子裡，幾個學生圍著一位神父閒談，他聽到神父說：

——我相信麥考利勳爵一生中從來沒犯過什麼大錯，或者說從來沒存心犯過大錯。

一個學生問神父，維克多·雨果是不是法國最偉大的作家。神父回答說，維克多·雨果叛教之後寫得不及他還是個天主教徒時的一半好。

——許多傑出的法國評論家認為，神父說，雖然維克多‧雨果的確是位偉大的作家，但並不具備路易斯‧維耶[9]那種純正的法國風格。

神父的弦外之音在斯蒂芬臉上燃起的那抹灼熱的淡淡的紅暈慢慢退了下去，他望著窗外暗淡的天色，臉上波瀾不驚，心裡卻開始七上八下，感到困惑不安。遮蔽的回憶在眼前閃過：那些情景和人物他都還記得，但也清楚地知道，自己當時並沒有意識到命運深刻的暗示。他看到自己在克隆伍茲的操場邊走來走去，一邊看別人嬉戲，一邊從板球帽裡拿「瘦吉姆」吃。幾位耶穌會神父正陪著夫人們沿跑道散步。從他腦海偏僻的山洞裡傳來了在克隆伍茲常說的那些話的回聲。

客廳裡靜悄悄的，他凝神傾聽著遠處傳來的回聲，這時，他注意到神父開始用一種迥然不同的口吻說話了。

——我今天捎話叫你來，斯蒂芬，是想和你談一件十分重要的事。

——是，先生。

——你有獻身宗教事業的願望嗎？

斯蒂芬剛想開口說有，又立刻把話咽了回去。神父見他沒吭聲，又說：

——我是說，你有沒有在內心深處，在靈魂中，渴望加入教會？好好想一想。

——有時也想過，斯蒂芬說。

神父鬆開手裡的窗簾繩，任它落到一邊去，然後兩手交叉，撐住下巴，嚴肅地自言自語道：

——像我們這樣的學校，他開始滔滔不絕地說，總會有一個或兩三個孩子受到上帝的召喚投身宗教生活。這樣的孩子與眾不同，因為他們更虔誠，為其他同學樹立了榜樣。他們受到同學們的尊重，大多被選為班長。而你，斯蒂芬，就是我們學校裡這樣的孩子，是聖母教會的班長。也許你就是我們學校裡那個上帝想要召喚到身邊去的孩子。

神父說這話時自豪之情溢於言表，聲音越發顯得肅穆，聽得斯蒂芬心怦怦直跳。

——能夠受到這樣的召喚，斯蒂芬，神父說，是無所不能的上帝賜予人的最高榮譽。塵世間任何一個君王、皇帝都沒有上帝的神父這樣的權力。天堂裡的天使、天使長，所有的聖徒，甚至包括聖母都沒有上帝的神父這樣的權力：他手握天國的鑰匙[10]，有權約束人不致犯罪、將人從罪孽中解救出來，有驅魔的能力，有從上帝創造的人身上驅除控制他們的惡靈的能力；他還有能力，有威權請求偉大的上帝下凡以麵包和酒的形式來到聖壇上。這是多麼了不起的權力啊，斯蒂芬！

斯蒂芬聽著這番躊躇滿志的豪言，聯想到自己雄心勃勃的抱負，臉上又不禁泛起了紅暈。他曾經多少次想像自己是個神父，鎮靜而謙恭地行使著連天使和聖徒都敬畏的權力！他的靈魂喜歡偷偷地耽於這樣的幻想。他曾想像自己是個年輕而沉默的神父，快步走進告解室，踏上聖壇的臺階，奉香，跪拜，按部就班地完成神父分內的各項寓意模糊的事務。他喜歡做這些事，因為能獲得一種似真似幻的感覺。在這種朦朦朧朧的幻覺中，他模仿著他所見過的神父們各種各樣的音調和手勢。他曾像某位神父一樣側身單膝跪在地上，學著另一位神父的樣子輕輕搖動香爐，在向教眾祝福後轉向聖壇時，又仿照另一位神父的做法甩開身上的十字褡。他最喜歡的，是想像自己在那朦朦朧朧的幻景中擔任助祭。他不願享有主祭的榮耀，因為不想親自結束那寓意模糊的盛大儀式，也不想承擔如此明確而終極的職務。他希望擔任一個較低的聖職，在大彌撒上穿著副助祭的法衣，站在遠離聖壇的地方，不為人注意，肩上披著肩衣，手裡端著的聖餐盤被肩衣遮住，或者在彌撒結束的時候，作為助祭穿著金色的長袍站在主祭下面的臺階上，雙手交握，吟唱「去吧，你們去實踐使命吧」[11]。他的確也曾幻想過當主祭，但那番景象就像兒時看的彌撒書上的圖片一樣，教堂裡除了天使外空無一人，聖壇上也什麼都沒有，助祭和他一樣，一臉孩子氣。只有在這些朦朦朧朧的彌撒和聖禮中，他的願望似乎才得以接近現實；以前或多或少正因為沒有在儀式上被委以聖職，他才總是被拘於消極狀態，要麼用沉默來掩蓋憤怒或驕傲，要麼忍受渴求擁抱而不得的痛苦。

現在，在莊嚴肅靜的氣氛中，他聽到了神父的籲請，在神父的話音背後，他甚至聽到一個更為清晰的聲音吩咐他走上前去，去接受神祕的知識和神祕的權力。有了這樣的知識和權力，他就會知道西門・馬吉斯[12]究竟犯了什麼罪，知道對聖靈犯下怎樣的罪孽才會永遠得不到寬恕。他會明白很多深奧的道理，這些道理是那些在這個世上孕育、出生的可怒之子[13]無法理解的。他會瞭解別人的罪孽，瞭解他們罪惡的願望、罪惡的念頭和罪惡的行徑，會聽到婦人和女孩們在陰暗的小教堂的告解室裡強忍羞辱親口對他小聲講述自己的罪孽。而在授聖職禮上經過按手禮後，他便會神祕地獲得抵禦罪孽的能力，他的靈魂將會變得聖潔，重歸於潔白寧靜的聖壇邊。他那雙將高高舉起並掰開聖餅的雙手絕不會沾染上罪孽；他用以禱告的雙唇也絕不會遭罪孽玷汙，絕不會不分辨主的身體而犯下吃喝自己的罪[14]。他將像初生的嬰兒那樣純潔清白，可以永遠擁有神祕的知識和神祕的權力，並照著麥基洗德的等次永遠為祭司[15]。

——明天早上我會主持一次彌撒，校長說，全能的上帝可能向你昭示祂神聖的旨意，也讓你，斯蒂芬，為你的主保聖人[16]，連續做九天禱告。他是第一位殉道者，在上帝面前說話是非常有分量的，他可以祈求上帝啟迪你的心靈。可是，斯蒂芬，你必須非常肯定，自己確實有獻身宗教事業的願望，如果事後發現自己其實沒有這種願望，後果將不堪設想。必須記住，一日為神父，終身為神父。教義問答裡說，授聖職禮是人一生只能接受一次的聖禮，因為它將在靈魂中留下不可磨滅的神的印記，永遠無法消除。你必須事先慎重考慮，不能等到事後。這是個嚴肅的問題，斯蒂芬，這關係到你永恆的靈魂是否可以得救。不過，我相信你會和我們一道向上帝禱告的。

神父推開客廳沉重的門，向他伸出手，彷彿他們已經是宗教事業上的親密夥伴了。斯蒂芬來到門外臺階口寬敞的平臺上，傍晚的涼風輕輕拂來。四個年輕人正手挽手大踏步跟在一個拉手風琴的人身後，合著輕快的旋律搖頭晃腦地朝芬勒特教堂走去。和很多快節奏音樂的起始小節一樣，那樂聲很快便侵入他的大腦，毫無痛苦、無聲無息地將奇形怪狀的腦組織瓦解，就像巨浪沖毀孩子們用沙堆起的塔樓一樣。他臉上掛著微笑，在微風中抬起頭望著神父的臉，看到那張臉上映著陰鬱的晚霞。他的手還握在神父手裡，似乎兩人的親密夥伴關係已經心照不宣。他慢慢將手抽了回來。

他邁步走下臺階，覺得學校大門口的沉沉暮色就像一層陰鬱的面具，他混亂的思緒突然被一掃而光。接著，腦海裡又閃現出學校生活深沉的陰影。等待他的將是鄭重嚴肅、按部就班、毫無激情的生活，是沒有物質追求的生活。他不知道自己將怎樣在見習修士宿舍度過第一個夜晚，也不知道第二天早晨醒來會是多麼沮喪。他又聞到了克隆伍茲長廊裡那難聞的氣味，又聽到了燃燒著的煤氣燈發出的嗞嗞聲。他忽然開始煩躁不安，渾身上下覺得不自在，心跳加速，耳邊嘈雜一片，被攪得心煩意亂。他感到自己的肺在膨脹下垂，彷彿吸進了熱烘烘的潮氣，一時喘不過氣來，那是克隆伍茲澡堂泥漿般的髒水上浮動著的熱烘烘的潮氣。

這種回憶在他身上激發起一種本能，這種本能比教育和宗教的力量更為強大，在他向那種生活步步靠近的時候，迅速地在心中滋長起來，這是一種微妙的反抗本能，使他獲得了勇氣，不再逆來順受。那種循規蹈矩、毫無激情的生活使他感到厭惡。他看到自己在寒冷的清晨爬起來，和很多人一起排隊去參與早彌撒，竭力想透過禱告來抑制胃裡翻江倒海的噁心，但根本無濟於事。他看到自己和全校的人坐在一起吃飯。他天生怕羞，不願和生人一起進食，到時該怎麼辦呢？他骨子裡傲氣，覺得自己與眾不同，到時又會是什麼情形呢？

耶穌會神父斯蒂芬．代達勒斯。

這行字閃現在他眼前，這將是他在那種新生活裡的新稱呼，緊接著，腦海裡浮現出了一張模糊的臉，或者乾脆說是一張臉的顏色。那顏色先是變淡，後來又變濃，像是閃爍不定的磚紅色的光。這莫非就是冬天早晨常在神父們剛刮過的臉頰上看到的那種紅撲撲的光？那張臉沒有眼睛，面色陰沉，表情虔誠，時而顯現的粉紅色透露出壓抑著的憤怒。有個耶穌會神父，有些孩子叫他尖下巴，有些孩子叫他狐狸臉，莫非這就是他那張臉的幻象？

此時，他正經過坐落在加德納街上的耶穌會門前，不禁暗自思忖如果加入了教會，將來哪扇窗戶會是他房間的窗戶。接著他又覺得這些想法實在虛無縹緲，想到靈魂離設想的歸宿相去甚遠，想到這麼多年來一直循規蹈矩、奉命唯謹，無法完全掌控自己的命運，而現在一旦做出一個明確而不可更改的決定，就意味著不論現在活著還是將來進入永恆，都將永遠失去自由。他的腦海裡又回響起校長的話，敦促他加入光榮的教會，接受那擁有神祕知識和神祕權力的聖職。這聲音絮絮叨叨，他的靈魂不願意聽，聽了也無動於衷，現在他已經明白，他所聽到的那些規勸的話不過是些冠冕堂皇的無聊的謊話罷了。他永遠不會做神父，在聖體盒前搖香爐。他命中注定與一切社會職務、宗教職務無緣。神父給他指出的那條光明大道無法觸及他的靈魂。他命中注定要踽踽獨行，尋找自己的智慧之路，或是在遍歷世間陷阱之後，獨自去摸索別人智慧之路的奧祕。

世間的陷阱就是通向罪孽的道路。他很可能會掉進陷阱裡。他現在還沒有掉進去，但說不定什麼時候，他就會突然悄無聲息地掉進去。要想不掉進去實在太難了，實在太難了；他已經感到自己的靈魂正不聲不響地向下滑去，就像遲早會到來的那一刻一樣，往下滑，往下滑，但是沒有掉進去，還沒有掉進去，但眼看就要掉進去了。

他走過托爾卡河上的大橋，又回過頭來朝聖母的神龕冷冷地看了一眼。神龕原本是藍色的，現在已經褪了色，像鳥一樣立在一片火腿狀的破破爛爛的茅舍中間的柱子上。然後他向左拐，踏上了往家走的那條小路。一股淡淡的爛白菜的酸臭味從河岸邊高地上的菜園裡飄過來。想到那個雜亂無章、操持不善的家和這種一窪死水、單調乏味的生活，竟占據了他的靈魂，他不禁啞然失笑。接著，他又嘿嘿地笑出聲來，因為想起了老是一個人在他家房子後面菜園裡工作的菜農，他們給他取了個外號叫「帽不離頭」。過了一會兒，他又情不自禁地笑起來，這回是想起了「帽不離頭」做工時滑稽的樣子，他總要先仰頭依次向東西南北四個方向瞭望一番，然後才愁眉苦臉地低下頭用鐵鍬翻土。

他推開門廊裡沒上閂的門，穿過空蕩蕩的過道來到廚房，看到弟弟妹妹們正圍坐在桌邊吃茶點。他們快要吃完了，那些用作杯子的玻璃罐和果醬罐已經續了第二遍水，也差不多見了底。桌子上到處是抹了糖的麵包塊和碎屑殘渣，浸泡在灑出來的茶水裡，變成了棕黃色。桌面坑坑窪窪的，東一片西一片都是茶水，在那個被切得這裡缺一角那裡少一塊的麵包上插著一把餐刀，刀的象牙柄已經殘破了。

白日將盡，天色靜謐憂鬱，藍灰色的餘暉透過窗戶和敞著的門瀉進來，悄悄地蒙住了斯蒂芬的心，消融了他突如其來的自責。父母把弟弟妹妹們長期求而不得的東西都慷慨地給了他這個哥哥，餘暉靜靜地灑在他們臉上，他卻看不到一絲一毫的怨恨。

他挨著他們在桌前坐下，問父親母親去了哪裡。其中一個小不點答道：

——去那個看那個房子那個去了。

又要搬家！貝萊弗迪爾有個叫法倫的孩子常常傻笑著問他，他們為什麼老是搬家。他彷彿又聽到了那傢伙的傻笑，不禁鄙夷地皺起了眉頭。

他問道：

——我們為什麼又要搬家？你好好說。

——因為那個房東那個要那個把那個我們那個趕那個走。

坐得離壁爐最遠的小弟唱起了《常常在靜夜裡》這首歌。其他人也一個接一個地跟著唱起來，像是組成了一支合唱隊。他們經常一唱就是幾個小時，一首歌接一首歌，一支曲子接一支曲子，一直唱到地平線上最後一抹蒼白的天光消失，唱到第一朵夜晚的雲翳升起，唱到夜幕低垂。

他先是靜靜聽了一會兒，然後也跟著唱起來。聽到他們稚嫩的童音裡透著疲倦，心裡不禁湧起一陣酸楚。他們甚至還沒有真正踏上生活的道路，而生活的道路就已經使他們疲憊不堪了。

他聽到廚房裡孩子們合唱的歌聲漸漸與世世代代孩子們合唱的回聲交融在一起，相互應和，愈變愈強，在無數回聲之間，他還聽到另一個透著疲憊和痛苦的回聲在久久迴蕩。他們似乎全都在生活真正開始之前就已經被生活折磨得疲憊不堪了。他記得紐曼在維吉爾那殘缺不全的詩行中也聽出了這種況味：

> 世世代代，大自然的孩子們飽經痛苦與疲憊，卻仍對美好的事物心懷憧憬，讓我們像大自然那樣，為他們的痛苦、疲憊與憧憬，盡情訴說吧。

他再也等不下去了。

從拜倫酒館門口走到克隆塔夫教堂門口，又從克隆塔夫教堂門口走回拜倫酒館門口，再走回教堂，再折回酒館，他起先慢悠悠地溜達，小心翼翼地把腳踏在人行道一塊塊拼磚中間，後來又開始背詩，和著詩的節律邁步。父親和丹．克羅斯比老師去為他打聽上大學的事，已經整整去了一個小時。整整一個小時，他就這麼來來回回地溜達著，等待著，但現在再也等不下去了。

他突然扭頭朝布林大堤走去，走得很快，生怕父親一聲尖利的口哨再把他叫回去。不一會兒，他就轉過了警察宿舍旁邊的拐角，不必擔心父親看見他了。

是的，母親並不贊成這個主意，雖然嘴上沒說，但從她無精打采的樣子裡就能看出來。母親的不信任比父親的驕傲更讓他受不了。他冷冷地想道，信仰在他的靈魂裡漸漸消逝，在母親心目中卻日益堅定。面對她的不信任，一種隱約的敵對情緒慢慢滋長起來，像一團陰雲籠住了他的心。但等到雲開霧散，心情平復下來，重新變回孝子的時候，他也模模糊糊地意識到他和母親之間已經悄然出現了隔閡，但他對此並不感到遺憾。

上大學！這麼說來，他已經躲過一排排警衛的崗哨了，從兒時起，那些人就一直守在他身邊，竭力想把他留在他們中間，好讓他聽從他們的管束，按他們的意願行事。現在他志得意滿，飄飄然如立於恬靜的波浪之上。雖說他還沒看清自己的人生目標是什麼，但這目標已經引導他從一條看不見的路逃了出去，現在又在召喚他踏上新的冒險旅程。他彷彿聽到了一陣斷斷續續的音樂聲，一會兒跳到一個全音，一會兒降下來變成減三和弦，一會兒又突然跳到一個全音，一會兒又降下來變成大三和弦，宛如搖曳不定的三條火舌，半夜裡一條接一條從樹林裡躥出來。那是妖姬的序曲，沒完沒了，雜亂無章；音樂愈來愈狂野，愈來愈迅疾，火舌跳得愈來愈不合拍，他好像聽見樹蔭下、草叢裡有許多野獸在奔跑，蹄子發出的響聲像是雨點打在樹葉上一樣。他滿腦都是嘈雜的蹄聲，有野兔的，有公鹿、母鹿的，還有羚羊的。後來，蹄聲遠去，他記起了紐曼那句抑揚頓挫、豪情萬丈的詩：

他的腳像公鹿的雙蹄，長在永恆的手臂之下。

這個模糊的高傲形象讓他想起了他業已拒絕的聖職的威嚴。小時候他一直認為自己命中注定會擔任聖職，但到了要回應上帝召喚的時候，他卻逃避了，任憑放浪不羈的本能左右了自己。現在他進退兩難：授聖職的膏油永遠不會塗在身上了。他已經拒絕了。這是為什麼呢？

在多利芒特，他離開大路朝海邊走去，經過薄板子搭成的木橋時，感到在雙腳的重壓之下，橋板晃個不停。一群基督教兄弟從布林大堤那邊走過來，兩人一排從橋上走過。不一會兒，整座橋都開始咯吱咯吱地晃起來。一張張其貌不揚的臉一對接一對地從他面前閃過，在海水的映襯下，那些臉有的發黃，有的發紅，有的發灰。他盡量不動聲色地望著他們，臉上卻流露出淡淡的羞怯同情的神色。他十分氣惱，連忙把臉轉到一邊避開他們的眼睛，假裝俯身去看橋下清淺的打著旋的水面，但仍然從水面上看到了他們的倒影：頭戴顫巍巍的絲帽，圍著不起眼的領圈，穿著鬆鬆垮垮的法衣。

希基兄弟。

奎德兄弟。

麥克阿德兄弟。

基奧兄弟。

從他們的名字、神情和衣著就能看出他們是多麼虔誠。無須多言，他從來沒像他們那樣對上帝滿懷虔誠，同他們謙恭自守、誠心悔悟的心靈相比，他的心靈自是望塵莫及。他們獻給上帝的禮物要比他那些繁文縟節的頂禮膜拜強十倍。他倒不必刻意要求自己對他們慷慨相助，無須說，如果有一天他窮困潦倒，穿著乞丐的破衣爛衫，不顧羞恥地來到他們門前，他們一定會慷慨相助，像愛自己一樣愛他。儘管已經於事無補，儘管有些勉為其難，他還是違背了自己一向認定的觀點，不得不承認上帝訓誡我們要像愛自己一樣愛鄰居，並不在於愛得是否同樣多、同樣深，而在於愛得是否誠摯。

他從自己珍愛的名言中挑了一句，輕聲念道：

——這一天從海上飄來了五彩斑斕的雲。

這句話、這一天和眼前的情景顯得那麼和諧，像是一組和弦。莫不是斑斕的顏色構成了這組和弦？朝陽的金黃色、蘋果園的赤褐色和綠色、海浪的蔚藍色、羊毛般的雲彩的銀灰色，一個接一個在他眼前閃現、消失。不，不是顏色，而是和弦本身的優雅與平衡。莫非他熱愛詩句抑揚頓挫的韻律甚於詩裡那離奇的故事和斑斕的世界？要不就是因為眼力不濟、生性怕羞，能夠給他帶來歡樂的，不是語言這五顏六色、洋洋大觀的三稜鏡所折射出的光輝燦爛的現實世界，而是在明澈、細膩的韻文這面鏡子中，完美地映照出來的個人情感的內心世界？

他走過顫巍巍的木橋，又踏回堅實的土地上。就在這時，他似乎感到一股冷氣襲來，側身望去，只見狂風突起，水面黑壓壓一片，浪花飛濺。他心下一沉，喉頭一顫，再次意識到自己對大海那像人一樣的冰冷氣味是何等懼怕；但他並沒有向左拐上沙丘，而是徑直沿海邊那條通向河口的石堤向前走去。

被雲霧遮掩的太陽將微光灑在河口灰濛濛的水面上。順著潺湲的利菲河向前望去，遠方的天空點綴著一根根細長的桅桿，再往遠去，城市建築鱗次櫛比，在雲霧間若隱若現。透過超越時間的空間，他看到了基督教的第七個城市，就像圖案模糊的掛毯上的畫面一樣，和人類的疲憊一樣古老，跟斯堪的納維亞人統治的歲月比起來，不顯得更古老、更疲憊、更不甘臣服。

他滿心沮喪，抬頭朝天上的浮雲望去。斑駁的雲彩從海上飄來，像正在遷徙的遊牧民，從天空的沙漠地帶飄過，從愛爾蘭上空飄過，一直向西飄去。它們來自愛爾蘭海彼岸的歐洲，那裡山谷縱橫、叢林密布、城堡環立，人們使用各種不同的語言，各民族嚴陣以待、固若金湯。他從內心深處聽到一陣嘈雜的音樂，彷彿是各種記憶和名字的組合，似曾相識卻又無法捕捉；

然後，樂聲似乎開始向遠處退去，退去，退去，在模模糊糊的音樂退去的餘韻中，總留下一聲長長的呼喊，像流星一樣劃破靜謐的夜空。又是一聲！又是一聲！又是一聲！有個聲音在天邊呼喊。

——你好，斯蒂芬諾斯[17]！

——我們的代達勒斯來了！

——嗷！……喂，別鬧了，德懷爾，聽見沒有，再鬧我就抽你那張臭嘴了……

——做得好，陶瑟！把他按到水裡去！

——快來呀，代達勒斯！布斯·斯蒂芬諾曼諾斯！布斯·斯蒂芬諾凡羅斯[18]！

——把他按到水裡去！好好灌他一頓，陶瑟！

——救命呀！救命呀！……嗷！

他還沒看清他們的臉，就已經聽出他們是誰了。一看到這群人濕淋淋地光著身子，他就忍不住冷得發抖。他們的身子有的煞白，有的泛著金黃色，有的被太陽晒得黝黑，沾上海水後油光發亮。胡亂墊起來的被當作跳臺的石頭一點都不穩當，只要有人站在上面就左搖右晃。他們在防波堤的斜坡上攀爬打鬧，粗礪的石頭上到處都是水，閃著冷冷的光。他們用毛巾相互嬉打，毛巾浸透了冰冷的海水，沉甸甸的；頭髮也被冰冷的海水打濕了，亂糟糟地纏在一起。

聽到他們喊他，他停住腳步，隨便說了幾句話，故意避開他們的調侃。平時，舒利總愛把領口大敞著，恩尼斯總是束一根帶蛇形搭扣的紅腰帶，康諾利總是穿一件側袋不帶蓋的諾福克式上衣，但現在他們全都光著身子一個樣！他不願看到他們現在這個樣子，尤其不願看到使他們可憐的光著的身子不堪入目的青春期的體徵。或許他們是想靠人多和嬉鬧來逃避靈魂深處隱祕的恐懼。但他完全記得在孤身一人時，在四下寂靜無聲時，自己對自己身體的奧祕是何等恐懼。

——斯蒂芬諾斯．代達羅斯！布斯．斯蒂芬諾曼諾斯！布斯．斯蒂芬諾凡羅斯！

雖然對這種調侃已經習以為常，但現在聽來卻恰好滿足了他自覺與眾不同的隱隱的優越感。他這個奇特的名字似乎是一種預言，而這種感覺他以前從未有過。灰濛濛暖洋洋的天空似乎打破了時間的界線，他的思緒也變得恍恍惚惚，彷彿超越了自身，時代的劃分不復存在。就在剛才，古丹麥王國的幽靈還透過籠罩著城市的沉沉霧靄向這邊窺望。現在，聽到這位神話中偉大的工匠[19]的名字，他彷彿聽到了依稀的海浪聲，看到一個帶翅膀的東西在海浪間飛翔，緩緩向天空飛去。這意味著什麼？難道是某種奇巧的機關翻開了一本中世紀的書，裡面寫滿了預言和象徵，讓他看到一個人像雄鷹一樣在海上朝太陽飛去，預言著他為之所生並在朦朧的童年和少年時代一直努力追求的目標，象徵著一位藝術家正在自己的作坊裡用地球上毫無生氣的材料鍛造出一個嶄新的、騰飛的、深奧的、不朽的生命形象嗎？

他的心開始顫抖起來，呼吸愈來愈急促，感到一股狂野之力傳遍四肢，自己彷彿正朝太陽飛去。他的心在恐懼的狂喜中顫抖著，靈魂在空中翱翔。靈魂已經飛出了這個世界，身體也瞬間得到淨化，摒棄了猶疑不定，與精神融為一體，變得神采奕奕。他欣喜若狂地飛翔著，目光如炬，呼吸狂亂，四肢在疾風中顫抖著，狂野有力、光芒四射。

——一！二！……小心！

——啊，天吶，我快淹死了！

——一！二！三！跳！

——下一個！下一個！

——一！……嗚！

——斯蒂芬諾凡羅斯！

他嗓子憋得發痛，想要放聲大喊，像翱翔於天際的雄鷹那樣大喊，想大喊著隨風而去。這是生命對他的靈魂發出的呼喚，而不是迫於世界的重負和絕望而發出的哀號，也不是呼喚他去聖壇參加蒼白無力的宗教儀式的那種冷漠的聲音。一陣狂野的飛翔已使他獲得解放，他強忍著沒有脫口而出的歡欣的吶喊在腦海裡如同電光火石般閃過。

——斯蒂芬諾凡羅斯！

日夜縈繞心頭的恐懼，時刻如影隨形的猶疑，使他從內到外都感到難堪的羞慚，現在如果不是屍體上掉下來的裹屍布，不是墳墓裡的麻布，還能算什麼？

他的靈魂已經從孩提時代的墳墓中站了起來，扔掉了纏在身上的裹屍布。是的！是的！是的！他將和與他同名的那個偉大的工匠一樣，用靈魂的自由和力量，驕傲地創造出一個嶄新的、騰飛的、美麗的、深奧的、不朽的生命。

他此時熱血沸騰，難以自制，又開始不安地沿石堤向前走。他感到臉頰發燙，想要放聲高歌。腳步停不下來，心急火燎地想要走遍天涯海角。向前走！向前走！他的心似乎在吶喊。暮色將漸漸籠住海面，夜幕將遮住平原，黎明的曙光將為他引路，讓他看到陌生的田野、山崗和臉龐。但是在哪裡呢？

他朝北向豪斯那邊望去。水面漸漸下落，防波堤水淺的一側已經露出了海藻，潮水正迅速從灘頭退去。粼粼的微波中顯露出一塊橢圓形的長沙丘，溫暖乾燥。在淺淺的海水中到處都是閃閃發光的暖融融的沙島，在沙島四周、長沙丘旁邊和沙灘的淺流裡有許多人，他們穿得很少，在水裡蹚來蹚去，還不時把手伸到水裡摸摸索索。

過了一會兒，他把襪子也疊起來裝進袋裡，把帆布鞋的帶子繫在一起搭在肩頭，從石頭縫裡被海水沖來的雜物中撿起一根被鹽水浸透的木棍，光著腳小心翼翼地順著防波堤走到沙灘上。

沙灘上有一條長長的溪流，他不慌不忙地在溪流裡蹚著水，看到水裡漂浮著的連綿的海草，不禁覺得驚奇。海草有翠綠色的、黑色的、褐色的、橄欖色的，在水裡漂移著、搖擺著、旋轉著。溪水中水草遍布，顏色顯得很深，倒映著天上的浮雲。浮雲在頭頂悄悄地飄過，海草在腳下靜靜地浮游，灰濛濛暖洋洋的天空一片寧靜，一個嶄新的狂野的生命在血管裡唱起了歌。

他的孩提時代到哪裡去了？他那懼怕自己命運的靈魂到哪裡去了？那纏著褪了色的裹屍布，戴著一碰便會凋謝的花冠，在自己骯髒不堪、故弄玄虛的暗室裡稱王稱霸，獨自舔舐著創傷帶來的羞辱的靈魂到哪裡去了？或者說，他到底在哪裡？

他孤身一人站在那裡。沒有人注意到他，他滿心歡喜，更加接近生命狂野的中心。他孤身一人，風華正茂，無拘無束，性情狂放，周圍是大自然的空氣，一望無際的海水，不計其數的貝殼和海藻，灰濛濛的陽光，孩子和女孩們輕衣薄衫，色彩明麗，空氣中蕩漾著歡聲笑語。

一個女孩站在他面前的溪流裡，孤身一人，靜靜地凝望著茫茫的大海。她彷彿被施了魔法，變成了一隻奇特而美麗的海鳥。修長纖細的小腿赤裸著，像白鶴的腿一樣纖細純淨，除了粘著一縷翠綠的水草外，白璧無瑕。大腿更豐滿、更白皙，幾乎露到了臀部，內褲的白邊宛如輕柔雪白的絨羽。淺藍色的裙子被大膽地撩起來圍在腰上，掖在身後的裙邊像鳥兒的尾巴一樣翹起來。她的胸脯也像鳥兒一樣柔軟而纖巧，纖巧柔軟得像長著深色羽毛的鴿子的胸脯。但她淡黃色的長髮卻散發著少女的氣息：臉也煥發著少女的光彩，點綴著令人驚異的塵世之美。

她孤身一人，靜靜地凝望著茫茫大海；這時，她發覺他站在一旁傾慕地望著她，便轉過臉來，平靜而淡然地回應著他的注視，既無羞怯之感，也無淫欲之念。她任憑他這樣痴迷地望著自己，很久，很久，然後一聲不響轉過臉去，低頭看著面前的溪水，一隻腳在水裡輕輕地來回攪動。水被輕輕攪動時發出的微弱的聲響打破了眼前的沉寂，聲音很低沉、很微弱，窸窸窣窣，猶如睡夢中聽到的滴答的鐘聲。這邊攪攪，那邊攪攪，這邊攪攪，那邊攪攪，她的臉頰泛起了淡淡的紅暈。

——上帝啊！斯蒂芬的靈魂在無法抑制的塵世的喜悅中情不自禁地吶喊著。

他忽然轉過身去，開始在沙灘上疾走，感到兩頰發燙，全身熱血沸騰，四肢不停地顫抖。向前，向前，向前，他大步向前走著，在沙灘上走了很遠很遠，扯著嗓子對著大海歌唱，歡呼著迎接一直召喚著他的生活。

她的倩影已經永遠融入了他的靈魂，沒有言詞打破他神聖狂喜的寧靜。她的眼睛向他發出了召喚，他的靈魂循著她的召喚縱身一躍。去生活，去犯錯，去墮落，去征服，去從生命中創造生命！他面對的是一個狂野的天使，代表著塵世青春和美的天使，她是來自美麗的生命宮廷的使者，在一陣狂歡之中為他打開了通向一切罪過和榮耀之路的大門。前進，前進，前進，前進！

他忽然停住腳，四下一片沉寂，連心跳聲都聽得見。他走了多遠了？現在是什麼時候了？周圍沒有一個人影，四下也沒有任何聲響。快漲潮了，一天就要結束了。他轉身朝岸邊跑去，跑上了海灘的斜坡，也無暇顧及腳下的碎石刺不刺，看到一圈長著小草的沙丘中間有一個隱蔽的沙窩，就順勢躺下，好讓靜謐的黃昏撫慰他沸騰的熱血。

他的上方，是廣袤而冷漠的蒼穹和無數靜靜移動著的星辰；他的身下，是給予他生命、擁他入懷的大地。

一陣倦意襲來，他閉上眼睛。他的眼皮顫抖著，彷彿感受到了大地和俯瞰著她的星辰的廣袤的圓周運動，感受到了一個新世界發出的奇異的亮光。他的靈魂恍惚間來到一個嶄新的世界，如同海底一樣光怪陸離、半明半暗、變幻莫測，許多模模糊糊的形象和身影在其間來來往往。這究竟是一個世界、一束亮光，還是一朵鮮花？它閃爍著、顫抖著，顫抖著舒展開來，像一道劃破黑暗的天光，像一朵綻放的鮮花，永無休止地舒展開來，一片花瓣接一片花瓣，一道亮光接一道亮光，先是劃破黑暗的紅光，光芒四射，然後漸漸淡下去變成淺玫瑰色，把柔和的紅暈鋪滿天際，每一道紅暈都比先前更深。

他醒來時夜幕已經降臨，身下的細沙和枯草已經不再閃光了。他慢慢站起身來，回味著夢中的狂喜，不禁深深地吁了一口氣。

他爬到沙丘頂上，向四面張望。夜幕已經降臨。一彎新月劃破了昏暗的天際，宛如插在灰色沙灘上的銀環。潮水迅速向沙灘湧來，濤聲低吟著，遠處淺水邊的沙丘成了汪洋中的孤島。

1 古羅馬法律規定，人死後不能葬於城中，所以大多數羅馬人死後都實行火葬。而早期的基督教徒不願以火葬的方式來處理遺體，就在羅馬城外祕密建起許多地下通道和洞穴，這就是令後世歎為觀止的古羅馬地下墓穴。在遭受迫害時，基督教徒也以此為避難所，在墓穴中祕密望彌撒。

2 神學三德指信（faith）、望（hope）、愛（charity）。

3 七種神恩指智慧、聰明、謀略、能力、知識、虔誠、敬畏上帝。參見《舊約．以賽亞書》第十一章第二節：「耶和華的靈必住在他身上，就是使他有智慧和聰明的靈、謀略和能力的靈、知識和敬畏耶和華的靈。」

4 七宗罪指傲慢、嫉妒、暴怒、懶惰、貪婪、暴食、色欲。

5 參見《舊約．雅歌》第四章第八節：「我的新婦，求你與我一同離開利巴嫩，與我一同離開利巴嫩。從亞瑪拿頂，從示尼珥與黑門頂，從有獅子的洞，從有豹子的山往下觀看。」

6 原文為拉丁語 "*Inter ubera mea commorabitur*"。參見《舊約．雅歌》第一章第十三節：「我以我的良人為一袋沒藥，常在我懷中。」

7 法語，意為「裙子、襯裙」。

8 指不繳學費，靠助學金生活。

9 路易斯．維耶（Louis Veuillot, 1813-1883），法國作家，信奉教宗絕對權力主義，常透過文學作品批評自由思想。

10 參見《新約．馬太福音》第十六章第十九節：「我要把天國的鑰匙給你，凡你在地上所捆綁的，在天上也要捆綁；凡你在地上所釋放的，在天上也要釋放。」

11 原文為拉丁語 "*Ite missa est*"。

12 即「行邪術的西門」，企圖出錢購買轉授聖靈的神力。參見《新約．使徒行傳》第八章第九至二十五節。

13 參見《新約．以弗所書》第二章第三節：「我們從前也都在他們中間，放縱肉體的私欲，隨著肉體和心中所喜好的去行，本為可怒之子，和別人一樣。」

14 參見《新約．哥林多前書》第十一章第二十九節：「因為人吃喝，若不分辨是主的身體，就是吃喝自己的罪了。」

15 麥基洗德是撒冷王，是至高神的祭司，在《舊約》、《新約》中多次出現。如《舊約．創世紀》第十四章第十八節：「又有撒冷王麥基洗德帶著餅和酒出來迎接；他是至高神的祭司。」又如《新約．希伯來書》第五章第六節：「就如經上又有一處說：『你是照著麥基洗德的等次永遠為祭司。』」

16 指聖斯蒂芬（St. Stephen），他是基督教會首位殉道者。

17 原文為希臘語"Stephanos"，意為「花冠」。

18 此處孩子們在用希臘語諧音戲稱斯蒂芬為「戴花冠（要去獻祭）的牛」。「布斯」（Bous）意為「牛」，「斯蒂芬諾曼諾斯」（Stephanoumenos）和「斯蒂芬諾凡羅斯」（Stephaneforos）皆為"Stephanos"的變體，意為「花冠」。

19 指古希臘神話中的能工巧匠代達羅斯。他曾受克里特島國王之託建造了一個異常複雜的迷宮來囚禁半牛半人的怪物米諾陶洛斯（Minotaur），後與其子伊卡洛斯借助黃蠟黏合的羽翼逃離克里特島。兒子不聽父親勸誡，飛得太高，烈日融化了封蠟，伊卡洛斯墜海而死。

第五章

他喝乾了第三杯淡茶，又撿起桌上的乾麵包渣放進嘴裡，一邊嚼一邊盯著玻璃杯裡剩下的深色茶根。玻璃杯就像一灣泥塘，上面黃色的茶水慢慢倒盡，留在杯裡的茶根讓他想起了克隆伍茲澡堂泥漿一樣的髒水。手肘旁邊的那個匣子裡放著許多當票，他剛剛已經翻弄過，這會兒又百無聊賴地拿起那些藍白相間的單據，用油膩的手指一張一張地翻看。那些單據髒兮兮、皺巴巴的，字跡凌亂，典當人那裡寫著戴利、麥克沃伊之類的名字。

半高筒靴一雙。

大號外套一件。

雜物三件，白豬一頭。

男褲一條。

他把單據放到一邊，出神地盯著匣子蓋上的木蝨痕跡，心不在焉地問道：

——我們那個鐘現在快多少了？

母親把側倒在壁爐架上的破鐘立起來看了看，又照原樣放了回去。上面的時間是差一刻十二點。

——快了一小時零二十五分鐘，她說。現在應該是十點二十。天吶，你快點吧，不然上課就遲到了。

——倒水讓我洗把臉，斯蒂芬說。

——凱蒂，倒水讓斯蒂芬洗把臉。

——布蒂，倒水讓斯蒂芬洗把臉。

——沒空，我正忙著呢。瑪姬，妳去倒水。

搪瓷盆終於被放在水槽裡，上面搭著一只洗澡用的舊手套。他讓母親給他搓脖子，擦耳朵根和鼻翼兩側。

——哎呀，丟不丟人吶，她說，都上大學了，還這麼髒，還得媽媽來給他洗。

——是妳自己樂意洗的，斯蒂芬不慌不忙地說。

樓上傳來一聲刺耳的口哨聲，母親把一件受潮的外套塞到他手裡說：

——看在老天的分上，趕快擦乾，上學去吧。

又是一聲刺耳的口哨聲，這一聲更長，聽起來好像很氣憤。一個妹妹連忙跑到樓梯口。

——什麼事，爸爸？

——你那個懶骨頭的臭婊子哥哥走了嗎？

——走了，爸爸。

——真走了？

——真走了，爸爸。

——哼！

妹妹跑回來，打手勢讓他趕快從後門偷偷溜出去。斯蒂芬笑著說：

——真有意思，連男女都分不清楚，男人怎麼會是婊子。

——啊，斯蒂芬，你真不害臊，母親說。你踏進那個地方，一輩子都會後悔的！[1]看你都變成什麼樣了。

——諸位早安，斯蒂芬邊說邊微笑著吻了吻指尖向大家告別。

排屋後面的巷弄裡到處都是積水，他慢慢向前走著，在一堆堆濕漉漉的垃圾間擇路而行。這時，他聽到牆那邊修女掌管的瘋人院裡有個發瘋的修女在尖叫。

——耶穌！啊，耶穌！耶穌！

他氣惱地一甩頭，想把叫聲從耳朵裡甩出去，腳下也加快了步伐，跌跌撞撞地踏著腐爛的垃圾向前走，心裡厭惡與悲憤交加，不停地被痛苦咬噬。父親的口哨聲、母親的嘮叨、那個看不見的瘋女人的尖叫，全都是些令他惱火、威脅著要打壓他這個年輕人傲氣的噪音。他狠狠地罵了一句，想把那些噪音的回聲從心裡趕出去。但等他走到大路上，感到灰濛濛的晨光透過濕漉漉的樹枝灑在身旁，聞到水靈靈的樹葉和樹皮散發出奇特、狂野的氣味時，靈魂便從痛苦中解脫出來了。

像往常一樣，路邊被雨水淋濕的樹木使他想起了格哈特．霍普特曼[2]劇中的那些女孩和婦人；對她們淡淡悲愁的記憶和濕漉漉的樹枝散發出的香氣混合在一起，凝結成一種寧靜而歡樂的情緒。他每天早晨例行的穿城而過的散步開始了，他知道，在經過費爾維尤那段泥路時，他一定會想起紐曼那帶有修道院雄辯風格的散文；在經過北灘路時，只需朝食品店的櫥窗裡望一望，他就會想起吉多．康蒂[3]的黑色幽默，必定會莞爾一笑；在經過塔爾博特廣場上貝爾德的石雕時，易卜生[4]精神，一種帶著倔強的孩童的美的精神，會像刺骨的寒風一樣迎面吹來；在經過利菲河那邊那個髒兮兮的出海裝備店時，他就會反覆吟唱班．強生[5]的一首歌，歌的開頭是：

我在那裡並不感到更疲憊。

每當他竭力想從亞里斯多德或阿奎那幽靈般的語句中，尋求美的真諦而又頭昏腦脹的時候，就會轉向伊莉莎白時代典雅的歌曲中去尋找樂趣。他的心彷彿還穿著多疑的僧侶的法衣，站在那個時代窗戶的暗影裡，聆聽著琴師奏出的亦莊亦諧的妙音或是風塵女子的浪笑，直到一陣低笑，一句隨著時代的變遷而顯得淫亂放蕩、惺惺作態的話刺痛他僧侶般驕傲的心性，迫使他急忙從藏身之處走出來。

大家都以為他整天痴迷學問故而老成寡合，其實那些所謂的學問不過是他從亞里斯多德的詩學理論和心理學理論，還有一本名為《聖多瑪斯經院哲學思想概要》的書裡搜集來的隻言片語。他思考問題時總是滿懷疑慮，缺乏自信，不過，時不時就會有直覺的閃光照亮他迷濛的心。直覺閃爍著燦爛的光輝，整個世界彷彿被火焰吞噬一般，頃刻間便在腳下消失了。每到此時，他就覺得自己變得笨嘴拙舌、遲眉鈍眼，因為感到美的精神已經把他完全裹住，至少在想像中他已經領會了高貴的真諦。然而，當這種短暫無聲的驕傲過去之後，他也很慶幸自己仍然生活在芸芸眾生之中，在這個髒兮兮、鬧哄哄、懶洋洋的城市裡走自己的路，心底輕鬆，毫無畏懼。

在運河邊的圍欄附近，他看到那個長著娃娃臉、戴著無簷帽的肺病男人正邁著碎步從橋上走下來，栗色的大衣緊緊地裹在他身上，雨傘收攏著，像占卜杖似的舉得離自己一兩手掌遠。他心想現在準是十一點了，便探頭朝一家乳品店望去，想證實一下時間。乳品店的鐘指在四點五十五分上，但剛一轉身，卻聽到附近什麼地方一只鐘精準而迅速地敲了十一下。聽到鐘聲他就想起了麥卡恩，不禁哈哈一笑。他彷彿看到麥卡恩這個蓄著淺色山羊鬍的矮胖子穿著狩獵裝和馬褲站在霍普金斯製造廠的街角，迎著風對他說：

——代達勒斯，你這傢伙可真不合群，老是一個人悶著。我就不這樣。我是個民主主義者，決心為未來歐洲合眾國所有人的社會自由和平等而奮鬥，不分階級，不論男女。

十一點了！又遲到了。今天是星期幾來著？他在報刊亭前停住腳，看了看海報上寫的日期。星期四。十點到十一點，英語；十一點到十二點，法語；十二點到一點，物理。他想像著上英語課的場景，雖然離教室很遠，但還是有上課時那種不安和無奈的感覺。他看到同學們都老老實實地低著頭，在筆記本上奮筆疾書，寫下老師要求記的要點，語詞定義、本質定義、代表人物、生卒年月、主要作品、正負面評價，等等。但他沒有埋頭苦記，因為思緒早就飄到了九霄雲外，可是，無論是環視不大的教室，還是把眼神投向窗外，眺望綠地[6]蕭索的草坪，他總感覺有股地窖的潮濕腐爛的氣味撲面而來。除了他自己的腦袋外，在正前方幾排的長凳上也有個腦袋在所有低著頭的學生中間高昂著，像是神父的腦袋，正高傲地對著聖體盒為四周那些恭順的信徒禱告。為什麼每次想到克蘭利，腦海裡總也想不起他的整體形象而只能看到他的腦袋和臉呢？即便是現在，襯著上午灰濛濛的霧靄，他也只能看到一個夢幻般的影子，看到一顆被砍下的頭顱[7]、一個遺容模型，額頭上直豎著一頭粗硬的黑髮，像戴著一頂鐵製的王冠。那儼然是一張神父的臉，像神父那樣面色蒼白，鼻翼很寬，眼睛下方和下巴都發青，像神父那樣毫無血色的細長嘴唇總是掛著一絲微笑。斯蒂芬突然想起，他曾把日日夜夜激盪著自己靈魂的煩亂、不安和渴望一股腦地全告訴了克蘭利，而他這位朋友卻只是默不作聲地聽著。他早該明白，那是一張有罪的神父的臉，因為他聽了那麼多人的懺悔卻無力為他們求得上帝的寬恕。此時，他好像又感到那雙女人氣的黑眼睛正盯著自己看。

透過這個幻影，他彷彿瞥見了一個山洞，山洞的樣子很奇特，黑漆漆的，正適合沉思遐想，但他覺得現在還不是進去的時候，就趕忙把臉扭到了一邊。然而，他那位朋友無精打采的陰沉的臉，卻似乎正向周圍的空氣中散發一種微弱卻致命的毒氣。他發現自己正心不在焉地左顧右盼，納悶這些偶然映入眼簾的詞為什麼忽然不聲不響地失去了一目了然的意義，到後來，每個店鋪招牌上微不足道的字都像咒語一樣攫住他的思想，他走在一條充斥著死亡語言的巷弄裡，靈魂為逝去的年華歎息著，漸漸枯萎。他對語言的自覺意識正慢慢從腦海中流失，緩緩地流進那些單詞裡，那些單詞開始變著花樣排列成任性的韻律：

常春藤哭泣著爬在牆上，
哭泣著纏繞著爬在牆上，
黃色的常春藤爬在牆上，
常春藤，常春藤爬在牆上。

誰聽到過這樣的蠢話？全能的上帝啊！誰聽到過常春藤爬在牆上哭泣？黃色的常春藤，那倒還說得過去。還有黃色的象牙嘛。那麼，有沒有象牙色的常春藤？

這個詞在他腦海中閃著光，比從大象斑駁的長牙上鋸下來的任何象牙都要清晰明亮。*Ivory, ivoire, avorio, ebur*[8]。他初學拉丁語時，其中有個例句便是**印度出口象牙**[9]。他想起了那個從北方來的一臉精明的校長，他曾經教他用典雅的英語翻譯奧維德的《變形記》，只是乳豬、陶片、臘肉這樣的字眼讓譯文顯得非常古怪可笑。他所知不多的那點拉丁語詩歌的規則，全是從一本破舊的葡萄牙神父寫的書上學來的。

演說家言簡意賅，詩人精心鋪陳[10]

羅馬歷史上所有的危機、勝利和分裂，都是透過**在如此重大的危機中**[11]這樣老套的詞句傳授給他的，他也曾試圖透過**把第納里厄斯裝滿陶土壇**[12]之類的詞句，去窺探那眾城之城的社會生活，校長曾高聲將這幾個字譯為「把銀幣裝滿罎子」。雖說他那本賀拉斯的詩集因為年代久遠已經破舊不堪，但總能給人一種溫暖的感覺，即使是手指冰冷的時候摸上去也不覺得涼，因為紙張上有人的氣息，五十年前，約翰·鄧肯·英維拉里蒂和他的弟弟威廉·馬爾科姆·英維拉里蒂都曾翻閱過這本詩集。沒錯，因為他們高貴的名字就寫在發黃的扉頁上。就連他這個對拉丁語一知半解的人也能感受到發黃的書頁上那些詩句的芳香，就好像這麼多年來它們一直沉睡在香桃木、薰衣草和馬鞭草中一樣。可是，一想到在世界文化的盛宴上他將永遠只是個自慚形穢的客人，一想到他一直竭力想用從神父們那裡學到的東西創立一種美的哲學，而在他生活的這個時代，在人們眼裡這些東西不過像紋章學和馴鷹術之類的專業般離奇晦澀，他的心便隱隱作痛。

他左手邊三一學院那灰色的建築在無知的城市中顯得格外厚重，像一塊灰暗的寶石鑲嵌在笨拙的戒指裡。他心下一沉，正竭力想把腳從被改造的良心的桎梏中解放出來，卻偏偏遇到了愛爾蘭民族詩人[13]那滑稽可笑的雕像。

他望著雕像，心裡卻並不感到憤恨，因為儘管身心的懶散像看不見的寄生蟲一樣爬滿了它的全身，爬滿了它那雙彷彿一直動來動去的腳、斗篷的褶皺和恭順的腦袋，它似乎自慚形穢地意識到了自己無足重輕的地位，像是一個費爾伯克人穿著借來的米利都人的斗篷[14]。這不禁讓他想到了他的朋友達文，那個出身農家的同學。他倆私下開玩笑時他曾戲稱他為費爾伯克人，可那個年輕的農家子弟卻一點也不介意：

——隨你怎麼叫吧，斯蒂維，我知道我這人是個榆木腦袋，你樂意怎麼叫就怎麼叫。

他頭一回從朋友嘴裡聽到家人間才會使用的暱稱，覺得非常高興，因為平時無論是他對別人講話還是別人對他講話都是正經八百的。他常到格蘭瑟姆大街達文的住處去，坐在那裡一邊好奇地端詳著靠牆擺著的一雙雙做工上乘的靴子，一邊背誦詩文。這樣做一方面是為了滿足他這位朋友對什麼都感到新奇的耳朵，一方面是為了掩飾自己的渴望和沮喪。眼前這個粗魯的費爾伯克人有時讓他覺得頗有吸引力，有時又不禁要退避三舍。吸引他的是他凝神靜聽時流露出的那種骨子裡的謙恭，是他說話時偶爾冒出的古英語詞彙，是他對粗野的身體技能表現出的強烈的喜愛之情——達文一直是拜倒在邁克爾・庫薩克[15]那個蓋爾人腳下的——而令他避之不及的則是他的粗淺無知、反應遲鈍，是他呆滯的眼神裡流露出的恐懼，那是一個愛爾蘭鄉下的飢餓靈魂的恐懼，在那裡，宵禁令至今使人們徹夜難安。

這個年輕的農家子弟對他身手不凡的運動員叔叔馬特・達文的事蹟記得一清二楚，對愛爾蘭的各種悲情傳說也深信不疑。在那些千方百計想要把學校的平淡生活攪起點波浪的同學中流傳著一種說法，說他是個年輕的芬尼亞分子。奶媽教他學會了愛爾蘭語，用支離破碎的愛爾蘭神話塑造了他粗陋的想像力。那些神話裡找不出一行美麗的詩句，而且經過世代相傳已經變得面目全非、自相矛盾，但他像愚不可及、忠心耿耿的農奴對待羅馬天主教一樣對此深信不疑。至於英國之外任何從英國或透過英國文化傳播而來的思想或情感，他都毫無例外地堅決抵制。至於英國之外的世界，他只知道法國的外籍軍團，還說將來他要去那裡服役。

一方面有感於他的雄心壯志，一方面出於年輕人的幽默，斯蒂芬常常戲稱他是隻家鵝[16]。其實這個稱呼還帶點反感的意味，斯蒂芬嫌他這個朋友訥於言、拙於行，似乎常常阻礙自己思深憂遠的心靈去瞭解愛爾蘭人隱祕的生活方式。

一天晚上，兩人意見不合，都冷著臉沒說話。為打破僵局，斯蒂芬說了番激情澎湃的或者說聲情並茂的話。不料這番話刺激了這個年輕農家子弟的神經，讓他道出一樁往事，反而令斯蒂芬大開眼界。當時兩人正慢慢溜達著穿過猶太人貧民區黑暗狹窄的街道，朝達文的住處走去。

——我遇到過一件事，斯蒂維，就在去年秋天快入冬的時候，這事我可從來沒跟人說過，你是頭一個。我記不清是十月還是十一月了。是十月，在我到這裡上學之前。

斯蒂芬笑吟吟地扭頭望著朋友的臉，朋友的信任讓他覺得很受用，達文說話時那種純樸的腔調也成功引起了他的共鳴。

——那天，我一整天都沒在家，一直待在巴特文特——不知道你知不知道那地方——我在那裡看了場克羅克子弟隊和瑟爾斯虎膽隊的曲棍球比賽，天吶，斯蒂維，打得那叫一個激烈。我大表哥方西．達文那天給利默里克人當後衛，但大部分時間都在跟著前鋒滿場跑，光著膀子，像瘋子似的大喊大叫。我永遠也忘不了那一天。一個克羅克的隊員差點把球棍抽到他腦袋上，我可沒撒謊，真的只差一丁點就打到太陽穴上。啊，老實說，要是那棍子真打上了，他可就玩完了。

——很高興他逃過一劫，斯蒂芬笑著說，不過，這不是你要講的那件怪事吧？

——哦，看來你對這事不感興趣，但不管怎麼說，就是因為球賽之後鬧哄哄的，我才誤了回家的火車。事不湊巧，那天偏偏在卡斯爾敦羅克鎮有個群眾集會，村裡所有車都到那邊去了，害得我想搭便車也不成。所以，要麼留在那裡過夜，要麼兩條腿走回去，再沒別的轍啦。於是我就開始走，走啊走，走到巴利霍拉山時天就快黑了，但離基爾馬勒還有十多公里，那是一段很長、很偏僻的路。一路上看不到一棟房子，也聽不到一點聲音，幾乎是漆黑一片。有那麼一兩回，我在路邊停住腳，在樹底下點著菸斗，要不是露水太重，我都想四仰八叉躺那裡睡了。後來拐了個彎，我忽然看見了個茅草屋，窗戶還透著光。我趕緊走過去敲門。裡面有人問我是誰，我說我去巴特文特看球賽，正往家走，不知能否行個方便給碗水喝。過了一會兒，一個年輕女人打開門給了我一大杯牛奶。她衣衫不整，頭髮披散著，好像我叫門時正準備上床睡覺。從她的身材和眼睛流露的某種神情來看，我料想她一定是懷孕了。她站在門口一個勁跟我找話說，說了好一陣子，我覺得不大對勁，因為她的胸和肩都露到了外面。她問我累不累，要不要留下來過夜。她說家裡就她一個人，她丈夫早晨送他妹妹到皇后鎮去了。她就這麼絮絮叨叨地一直說，斯蒂維，眼睛盯著我的臉，緊貼著我站著，我都能聽到她的呼吸聲。最後，我把杯子還給她時，她拽著我的手硬要把我往屋裡拉，還說：「快進來，就在這裡過夜吧。別怕，屋裡沒旁人，就我倆……」我沒進去，斯蒂維。我跟她道了謝，又開始上路，渾身火燒火燎的。走到第一個路口我回頭看了看，她還站在門口哩。

達文講的這個故事的最後幾句話一直在他腦海裡迴蕩，故事裡那個女人的身影變成了校車經過克萊恩時他看到的那些站在家門口的農婦的身影。這是她的民族——也是他自己的民族——的典型形象，一個妓女似的靈魂醒來後忽然意識到自己處在黑暗、隱祕和孤獨中，於是暗送秋波、軟語嬌嗔、搔首弄姿，毫不忸怩地招呼陌生人到她床上去。

這時，一隻手抓住了他的手臂，只聽一個稚氣的聲音大聲說：

——啊，先生，買一束花吧，先生！今天的頭一束花，先生。這束花這麼好看，買下來吧。先生，買嗎？

她舉到他跟前的藍花和她稚氣的藍眼睛一瞬間似乎幻化成了那個毫無忸怩之態的女人的身影。他停住腳，等到那身影消失之後，看到的只是她的破衣爛衫、濕漉漉的毛糙的頭髮和頑皮的臉。

——買吧，先生！照顧一下生意吧，先生！

——我沒錢，斯蒂芬說。

——花這麼好看，買下來吧，先生？只要一便士。

——你沒聽見我說的話嗎？斯蒂芬低下頭衝她道。跟你說了我沒錢。再跟你說一遍。

——哦，將來您肯定會有錢的，先生，上帝保佑您，女孩愣了一下說。

——也許吧，斯蒂芬說，但我看也不一定。

他匆匆走開，生怕她親暱的話變成了嘲諷，再說也不願妨礙她向英國來的遊客或三一學院的學生什麼的推銷鮮花。他沿格拉夫頓大街往前走，一路上隨處可見像剛才那幕一樣的令人沮喪的貧窮景象。在街盡頭的路面上嵌著一塊紀念吳爾芙．托恩[17]的石板，他記得當年和父親一起來這裡參加了落成儀式[18]。想起那俗不可耐的場面，他心裡不禁湧起一陣酸楚。當時還有四個法國代表坐著敞篷四輪馬車前來祝賀，其中一個胖乎乎的小夥子笑吟吟地用棍子夾著一塊牌子，上面寫著「愛爾蘭萬歲」[19]。

但是，斯蒂芬公園的綠樹卻散發出雨後的馨香，被雨水浸透的土地蒸騰著死亡的氣息，那是透過墳場的泥土從亡靈心中升騰起的嫋嫋輕煙。長輩們跟他說過，時光荏苒，這個英勇頑強而又見利忘義的城市的靈魂已經化為從泥土中升騰起的淡淡的死亡氣息。而且他知道，待會走進陰暗的校園之後，他聞到的將是一種不同於巴克．伊根[20]和伯恩查佩爾．惠利[21]的腐朽氣息。

已經來不及上樓去上法語課了。他穿過大廳，拐進左邊通向物理課大教室的走廊。走廊裡黑沉沉、靜悄悄的，但也並非無人守望。為什麼他會覺得這裡有人在守望？是不是因為聽說過巴克．伊根時代這裡曾經有個隱蔽的樓梯口？或者是因為耶穌會的房舍都是域外領土，他現在正走在異國的土地上？托恩和帕內爾的愛爾蘭似乎已經在空間中遠去了。

他打開教室門，站在門口，陰冷的光掙扎著從布滿塵土的窗戶透進來。大壁爐前蹲著一個人，從那清瘦灰暗的身影可以看出是教務長，他正在生火。斯蒂芬輕輕關上門，朝壁爐走過去。

——早上好，先生！我來幫您吧。

神父抬起頭來說：

——一會兒就好，代達勒斯先生，一會兒就好。點火也是門藝術。我們有陶冶性情的藝術，也有實用的藝術。生火就是實用的藝術。

——我也來試著學一學，斯蒂芬說。

——煤不要加太多，教務長一邊忙著手裡的工作一邊說，這是個訣竅。

他從法衣側袋裡掏出四個蠟燭頭，熟練地放到煤塊和揉皺的紙團裡。斯蒂芬一聲不響地在旁邊看著。他這樣跪在石板上生火，忙著把紙團和蠟燭頭往爐子裡放，看上去比以往任何時候都更像個恭順的神父，像個侍奉上帝的利未人[22]，正在空蕩蕩的神廟裡為向神獻祭作準備。已經褪了色的舊法衣，就像是利未人穿的那種樸素的亞麻布袍[23]，裹著這個跪在地上的身影。如果讓這個人穿上主祭的法衣或綴著鈴鐺的以弗得[24]，他一定會感到很不自在。他為侍奉上帝做著瑣碎的工作——點燃聖壇上的爐火，嚴守祕密，為俗世之人服務，聽從指派，雷厲風行——身體已經慢慢衰老，卻仍然絲毫沒有聖徒或主教那種光彩照人的風度。是的，他的靈魂在瑣碎的工作中慢慢衰老，卻沒有更接近光明和美，也沒有散發出聖徒的甜蜜芬芳——餘下的只是消磨殆盡的意志，上帝的旨意已經無法喚起他的激情，就像情愛無法喚起他的激情一樣。他再也無力與日漸衰老的身體抗爭了，只能眼睜睜地看著身體變得又乾又瘦，鬚髮灰白。

教務長俯下身去，看著火引起來。為了打破沉默，斯蒂芬開口道：

——我敢肯定我生不起火來。

——你是個藝術家，對吧，代達勒斯先生？教務長說，抬起頭來眨了眨他淺色的眼睛。藝術家的目標是創造美。當然，什麼是美那就是另外一個問題了。

他慢慢搓著手，似乎在思考這個深奧的問題。

——你現在能回答這個問題嗎？他問道。

——阿奎那說目之所悅者謂之美[25]，斯蒂芬回答道。

——我們眼前的這堆火看起來就很悅目，教務長說。那麼它可以算作美嗎？

——就視覺感受而言，我的意思是說從審美思維的角度來考量，應該是美。不過阿奎那還說過欲之所向者謂之益[26]。就火能滿足動物對溫暖的需求而言，火是有益的。可是在地獄裡，它就是惡。

——說得對，教務長說，這話真是說到重點上了。

他敏捷地站起來，走到門口，把門拉開一半，說道：

——一般來說生火時應該通通風。

他走回壁爐邊，腳有點跛，但步子很輕快。斯蒂芬從他毫無激情的淺色眼睛裡看到了耶穌會神父寂默的靈魂。雖說他和伊格內修斯一樣跛了腳，但眼睛裡卻完全沒有伊格內修斯那種熱情的光彩。傳說他們這些人都有神奇的能力，比那些神乎其神的寓言裡描述的還要神通廣大，但這種神奇的能力也沒有在他的靈魂中燃起與耶穌門徒身分相稱的充沛精力。即使他精通俗世的手段、學問和算謀，那也似乎只是為了遵從上帝的旨意，為了光大上帝的榮耀，既不因揚善而欣慰，也不為懲惡而義憤，只是堅定不移地奉行旨意以惡制惡罷了。儘管他盡職盡責，從不張揚，但看起來似乎並不喜歡他的主人，對自己的差事要說有熱情的話，也是微乎其微。造物主創造他的本意就是讓他 "*Similiter atque senis baculus*"[27]，像老人的手杖一樣可以在走夜路或遇上壞天氣時作個依靠，可以在花園的椅子上和某位夫人的花束放在一起，遇到有人侵擾還可以舉起來威脅威脅。

教務長回到壁爐邊，邊摸下巴邊說：

——我們什麼時候能聽聽你對美學問題的看法？他問道。

——我的看法！斯蒂芬驚訝地說。十天半個月我能有點想法就算遇大運了。

——這類問題很深奧，代達勒斯先生，教務長說。就像是從莫赫懸崖俯視深淵一樣。有許多人跳進深淵裡就再也沒上來。只有訓練有素的潛水夫能跳進深淵裡，探索一番後再浮到水面上來。

——如果您指的是思考問題，斯蒂芬說，那我也敢肯定，根本沒有自由思考這回事，因為所有思考都受自身規律的限制。

——哈！

——對我來說，眼下憑藉亞里斯多德和阿奎那的一兩個觀點作為指路燈就夠了。

——我明白。我完全明白你的意思。

——我拿他們的觀點為己所用，借他們的光在前面引路，直到自己有所成就。如果這盞燈冒黑煙或者發出難聞的氣味，我就修剪一下燈芯。如果這盞燈不夠亮，我就把它賣掉，重新買一盞。

——愛比克泰德也有一盞燈，教務長說。他死後，那盞燈賣了個大價錢。他就是在那盞燈下寫出了那些哲學論文。你知道愛比克泰德是誰嗎？

——是位老先生，斯蒂芬啞著嗓子說。他曾經說過，人的靈魂就像一桶水。

——他就是這麼樸實無華，教務長接著說，他還說，有一次他在神像前放了一盞鐵燈，結果小偷把燈偷走了。這位哲學家是怎麼做的呢？他想了想，覺得偷竊是小偷的本性，於是決定第二天去買一盞陶燈，不用鐵燈了。

教務長放進壁爐裡的蠟燭頭散發出融化的油脂味，那氣味在斯蒂芬的意識中和鏗鏘的話語融合在一起了，水桶和燈，燈和水桶。神父的聲音聽上去也顯得鏗鏘有力了。斯蒂芬的思緒本能地停頓了一會兒，他察覺到神父的聲音和表情都有些異常，尤其是那張臉，像一盞沒有點燃的燈，又像一面沒對準焦的反光鏡。這後面、這其中隱藏著什麼呢？是愚鈍麻木的靈魂，還是充滿智慧並能領略上帝慍怒的雷霆萬鈞的烏雲？

——我說的是另外一種燈，先生，斯蒂芬說。

——沒錯，教務長說。

——討論美學問題有個難點，斯蒂芬說，就是難以確定在使用某些詞語時依據的是文學傳統還是市井傳統。我記得紐曼有句話提到聖母瑪利亞，說祂由所有的聖徒陪伴著。但這個詞在市井間的用法卻完全不同。**我希望我沒有耽誤你的事**。

——你一點也沒有耽誤我的事，教務長客氣地說。

——不，不，斯蒂芬笑著說，我的意思是——

——噢，噢，我明白了，教務長連忙說，我完全明白你的意思，你說的是耽誤這個詞的用法。

他撅起下巴，乾咳了一聲。

——再回到燈的問題上來，他說，往燈裡加油也是個很有意思的問題。我們必須選用純淨的油，添油的時候還得特別小心，不要讓油流到外面，也不要讓油從漏斗裡溢出來。

——什麼漏斗？斯蒂芬問道。

——就是用來往燈裡添油的漏斗。

——是那個？斯蒂芬說。那個叫漏斗？不是叫漏子嗎？

——什麼是漏子？

——就是那個。那個……漏斗。

——在愛爾蘭叫漏子嗎？教務長問。我還從來沒聽說過這個詞呢。

——在下德拉蒙康得拉一帶叫漏子，斯蒂芬笑著說，那裡的人英語說得最好。

——漏子，教務長若有所思地說。這個詞真有意思。我得查查字典。我當真得查查。

他的這種彬彬有禮看起來有些虛偽，斯蒂芬幾乎是用寓言中長兄看待回頭浪子的眼神看著這個來自英國的皈依者。他是轟轟烈烈的皈依大潮[28]中一個謙卑的信徒，一個來到愛爾蘭的可憐的英國人，在那個充滿陰謀、苦難、嫉妒、爭鬥和卑鄙行徑的離奇的戲劇快要演完時，才登上耶穌教會的歷史舞臺——他像個遲到的演員，是個姍姍來遲的靈魂。他的皈依究竟有何因由？也許他出生在一群堅定的不從英國國教的新教徒中間，從小就受那些人的薰陶，堅信只有信仰耶穌才能得到救贖，對英國國教那些華而不實的繁文縟節深惡痛絕。要不就是在一片教派紛爭的混亂中，在什麼六信綱浸禮派、自由意志浸禮派、種子和蛇浸禮派、墮落前預定論派這些此起彼伏的分裂教派喋喋不休的爭吵中，他感到需要一種篤定的信仰？或者是在吹氣、按手禮、聖靈臨在之後，他像纏棉線一樣理出了頭緒，忽然發現了什麼是真正的宗教？再不然是坐在一個鐵皮頂的小教堂門口邊打呵欠邊數教堂收到的錢幣時，耶穌基督拍了拍他，讓他跟著走，他就像當初坐在稅關前的門徒一樣跟著走了[29]？

教務長又重複了一遍那個詞。

——漏子！哎呀，真是太有意思了！

——我覺得您剛才問的那個問題更有意思。藝術家費盡心思用泥塊表達出的美究竟是什麼，斯蒂芬冷靜地說。

這個小小的詞似乎讓他把他的敏感之劍指向了這個彬彬有禮、時刻警覺的對手。一想到現在跟他說話的這個人是班．強生的同胞，他就覺得沮喪萬分。他心想：

——我們兩個人談話使用的語言先是他的語言，後來才變成我的語言。**家**、**基督**、**麥芽酒**、**主人**這些詞從他嘴裡說出來和從我嘴裡說出來是多麼不一樣啊！我在說這些詞或是寫這些詞的時候精神上總感到忐忑不安。對我來說，他的語言既熟悉又陌生，永遠是一門後天學來的語言。這些詞不是我創造的，我也沒有接受。我的聲音拒絕說這些詞。在他語言的陰影裡，我的靈魂不得安寧。

——要分清什麼是美，什麼是崇高，教務長又說，要分清什麼是道德上的美，什麼是物質上的美。還要探究什麼樣的美最適合什麼樣的藝術。這些都是值得我們研究的有趣的問題。

教務長堅定而枯燥的語調讓斯蒂芬覺得無趣至極，他沒有搭腔，這時遠處樓梯口傳來嘈雜的腳步聲和喧鬧聲。

——但是，在探索這些問題的時候，教務長用不容置疑的口吻說，可能存在淺嘗輒止的危險。所以，你首先應當取得學位。此事應是你的第一目標。然後你自然會一點一點看清自己的路。我指的是各個方面，你的生活之路和思想之路。開始時可能有點像騎自行車上山。比如說穆南先生，他花了很長時間才到達山頂，但畢竟到達了山頂。

——我可能沒有他那種才能，斯蒂芬平靜地說。

——這可說不準，教務長笑著說，我們誰也不清楚自己到底有多大潛力，但絕不能洩氣。**循此苦旅，終達星辰**。[30]

說罷，他匆匆離開壁爐，到樓梯口去照應前來上課的藝術一班的學生。

斯蒂芬倚在壁爐邊，聽到他輕鬆愉快、一視同仁地跟班上每個同學打招呼，甚至還看到幾個不大規矩的同學毫不掩飾的嗤笑。一種淒涼的悲憫之情像露水一樣灑在他多愁善感的心上，他可憐眼前這個富有騎士氣派的羅耀拉[31]的忠實信徒，這個半路出家的神父。這個人說話不像其他神父那樣一本正經，靈魂卻比他們更堅定，雖然他不會選他做自己的懺悔神父。他想到這個人和他的同伴們一生都在上帝的審判臺前為人們祈求上帝的寬恕，不管那人是好吃懶做、冷漠無情，還是謹小慎微，因此不僅遭到了脫俗之人的指責，也遭到了普通世人的指責，背上了見利忘義的名聲。

這時，從昏暗的大教室後面布滿蜘蛛網的灰色窗戶下傳來一陣凌亂的咚咚聲，那是坐在最高一排座位上的學生在跺靴子，緊接著教授就走進了教室。開始點名了，答到的聲音各式各樣，後來點到了彼得・伯恩。

——到！

從高處一排的座位上傳來低沉的應答聲，緊接著從別的座位上發出一陣不滿的咳嗽聲。

教授停了一下，又接著點名：

——克蘭利！

沒人應答。

——克蘭利先生！

斯蒂芬想到他這位朋友的學業狀況，臉上不禁掠過一絲微笑。

——到利奧波德鎮[32]去點他的名吧！後面座位有人說。

斯蒂芬快速扭頭看了一眼，映著灰色的光線，他看到莫伊尼漢那張凸嘴的臉上一絲表情也沒有。教授在黑板上寫了一個公式，在翻動筆記本的沙沙聲中斯蒂芬又轉過身去說：

——看在上帝的分上，給我張紙吧。

——你怎麼連張紙也沒有？莫伊尼漢咧著嘴打趣道。

他從筆記本上撕下一張紙遞給他，湊過來小聲說：

——必要時候俗家修士和女人也可以這麼做[33]。

一字不落地照抄在紙上的公式、教授複雜的演算過程、幽靈似的表示力和速度的符號把斯蒂芬弄得頭昏腦脹、疲憊不堪。他聽說這位老教授是個持無神論的共濟會會員。啊，這灰暗沉悶的一天！就像是在地獄邊境，沒有痛苦，也不必著慌，數學家的靈魂可以四處遊逛，在那些愈來愈稀疏、愈來愈蒼白的餘暉構成的一個個平面上投射出又細又長的形狀，向愈來愈大、愈來愈遠、愈來愈無法捉摸的宇宙邊緣輻射出迅速擴大的光環。

——因此我們必須分清橢圓形和橢圓體。在座的有些先生可能很熟悉W.S.吉伯特[34]先生的作品。他在一首歌中講到，一個打檯球的行家遇到了難題：

在歪歪扭扭的檯布上
有一根彎彎曲曲的球桿
和橢圓形的檯球。

——他說的球是指橢圓體，我剛才講過它的主軸問題。

莫伊尼漢湊到斯蒂芬耳邊小聲說：

——橢圓球有什麼用？快來追我吧，女孩們，我參加了騎兵隊。

這個同學粗野的幽默像一陣狂風吹進了斯蒂芬閉門自守的心靈，掛在牆上的那些軟趴趴的法衣似乎突然喜不自禁，在安息日裡亂哄哄地活蹦亂跳起來。教區裡形形色色的人物從被風吹起的法衣中顯現出來，有教務長，有身材發福臉色紅潤頭髮灰白的財務主管，有校長，有愛寫讚美詩頭髮軟塌的小個子神父，有農民模樣矮胖的經濟學教授，有教心理科學的年輕教授，他個子很高，常在樓梯口和學生們討論良心問題，特別像一隻立在羚羊群中仰頭吃樹葉的長頸鹿，還有面色嚴肅憂心忡忡的兄弟會會長，腦袋滾圓目光凶狠的教義大利語的胖教授。他們有的緩步慢行，有的步履蹣跚，有的打滾，有的雀躍，還有的把袍子撩起來玩跳馬遊戲。他們相互撕扯，笑得前仰後合，十分誇張；冷不防惡作劇拍一下旁人的屁股，樂得大笑不止；叫著彼此的諢名互相打趣，又不時對對方的粗話一本正經地表示抗議；還三三兩兩地湊在一起捂著嘴悄聲耳語。

教授走到靠牆放著的玻璃櫃前，從隔架上拿下一卷電線，吹掉上面各處的灰塵，小心翼翼地放到桌上繼續講課，一根手指還搭在電線上。他說，現在電線的線芯是由F.M.馬蒂諾不久前發現的一種銅鎳鋅合金製成的。

他把這位發明者名字的每個音都發得非常清楚。莫伊尼漢又在背後小聲說：

——好一個老淡水馬丁[35]！

——那你就去問問他要不要找個觸電的替死鬼。可以找我。斯蒂芬沒好氣地小聲打趣道。

莫伊尼漢見教授正俯身擺弄電線，就從板凳上站起來，用右手打了個響指，結果沒打響，嘴裡學著乳臭未乾的頑童嗲聲嗲氣的腔調說道：

——快看啊，老師！這傢伙在說別人壞話。

——這種銅鎳鋅合金比鉑銅要好，教授一臉嚴肅地說，因為無論溫度怎麼變化，它的電阻溫度係數都比較低。銅鎳鋅合金電線是絕緣的，包覆著線芯的絕緣層繞在橡膠軸上，就是我手指的這個地方。如果沒有絕緣層，就會感應額外的電流。橡膠軸在熱石蠟裡浸泡過……

斯蒂芬下面一條板凳上有個北愛爾蘭口音的學生尖聲尖氣地問道：

——我們會不會考應用科學的問題？

教授又開始一臉嚴肅、顛來倒去地解釋起理論科學和應用科學兩個詞來。一個戴金邊眼鏡的大塊頭學生盯著提問題的那個人，一臉茫然。莫伊尼漢在後面用正常嗓音低聲說：

——麥卡利斯特為了那磅肉[36]，可真成魔鬼了。

斯蒂芬冷冷地朝下面座位上那個橢圓形腦袋望去，那腦袋頂著濃密的亞麻色頭髮，亂蓬蓬的。那人的聲音、腔調、想法都讓他生厭，他甚至把這種厭惡的情緒變成了有意的刻薄，心想那人的父親把兒子送到貝爾法斯特去上學豈不更好，還能省下一大筆火車票錢呢。

他下面座位上那個橢圓形腦袋對他腦海裡的暗箭並不知曉，但很快他看到了那個學生煞白的臉，於是這支箭又飛回弓弦上來——倒是他心裡過意不去了。

——這也不能怪我，他連忙對自己說。我是聽了後面板凳上那個愛爾蘭大活寶的話才這麼想的。冷靜地想想吧。你能肯定地說出自己民族的靈魂和自己推選出的領袖是被誰出賣的嗎？——是被提問題的人出賣的，還是被那個取笑他的人出賣的？冷靜地想想吧。記住愛比克泰德的話。也許他就是這樣的人，總會在這樣的時候用這樣的腔調提出這樣的問題，還故意把科學兩個字連著念得像一個字。

教授嗡嗡的講話聲繞著他講的電線一圈一圈緩緩地蕩開，電線的電阻愈來愈大，聲音的催眠作用也在兩倍、三倍、四倍地增強。

遠處傳來了下課鈴聲，莫伊尼漢在後面喊道：

——下課了，先生們！

大廳裡到處都是人，三五成群地大聲交談著。門口的桌子上擺著兩個相框[37]，相框中間放著一張兩側微捲的大紙，紙上有一長串歪歪扭扭的簽名。麥卡恩在學生們中間急匆匆地穿來穿去，一會兒在這裡連珠炮似的說個不停，一會兒在那裡碰了釘子匆匆解釋一番，時不時把人一個個領到桌邊。教務長正站在內廳和一個年輕教授說話，一邊嚴肅地摸著下巴一邊點頭。

門口被人群堵得進不去，斯蒂芬只好猶猶豫豫地停下來。克蘭利那雙黑眼睛正從寬邊呢帽下垂著的帽檐下望著他。

——你簽名了嗎？斯蒂芬問。

克蘭利抿了抿長長的薄嘴唇，想了想說：

——簽了。[38]

——為什麼讓大家簽名？

——什麼？[39]

——為什麼讓大家簽名？

克蘭利把蒼白的臉轉向斯蒂芬，冷冰冰、氣鼓鼓地說道：

——為了世界和平。[40]

斯蒂芬指著沙皇的照片說：

——他這張臉像是喝醉了酒的基督。

他話音裡的輕蔑和憤怒引得原本正安靜地四下打量大廳牆壁的克蘭利轉過臉來。

——你生氣了？他問道。

——沒有，斯蒂芬回答。

——心裡不痛快？

——沒有。

——你小子他媽的不說實話，克蘭利說，從臉色上就能看出你他媽心裡不痛快。[41]

莫伊尼漢正朝桌邊走去，路過斯蒂芬身邊時對他耳語道：

——麥卡恩可真是了不得。他準備灑盡最後一滴血。為建立新世界而奮鬥。那些狗娘養的再也沒法張狂了，再也沒人投他們的票了。

見莫伊尼漢這樣坦誠，斯蒂芬衝他笑了笑，等他走過去之後，轉過臉來看著克蘭利的眼睛說：

——你能不能告訴我，他為什麼會把心裡話跟我說。你知道為什麼嗎？

克蘭利皺了皺眉頭，朝桌子那邊正彎腰在紙上簽名的莫伊尼漢望去，冷冷地說：

——軟骨頭！

——究竟是誰心裡不痛快，是你還是我？[42]

克蘭利沒在意斯蒂芬的奚落。他正憤憤地回想著莫伊尼漢的所作所為，然後用同樣冰冷的語氣狠狠地罵了一句：

——他媽的該死的軟骨頭，他就是這麼個玩意！

他對分道揚鑣的朋友都這樣，斯蒂芬心想，沒準將來有一天他也會用這種口氣來說自己。他的話就像一塊大石頭，在沼澤地裡慢慢沉下去，聽不見了。斯蒂芬看著那塊石頭往下沉，感到它沉甸甸地壓在自己心上。這樣的情形他已經經歷過很多次了。克蘭利說話跟達文不同，他既不用伊莉莎白時代英語的那種生僻詞，也不會把愛爾蘭特色詞改頭換面講俏皮話。他那種拖長的腔調像是從荒涼頹敗的海港反射回來的縈繞在都柏林碼頭的回聲，那種篤定的口氣也只是迴蕩在威克洛講壇上都柏林昔日高談闊論[43]的餘音而已。

克蘭利陰沉的臉漸漸舒展開來，這時，麥卡恩從大廳那頭急匆匆地朝他們大步走來。

——你來了！麥卡恩興沖沖地說。

——來了！斯蒂芬說。

——你又遲到了。你就不能守時嗎？

——這是兩碼事，斯蒂芬說。下一件事。

他笑吟吟地盯著這位宣傳家胸前口袋裡插著的那根用錫箔紙包著的牛奶巧克力棒。一小群人圍過來看他倆鬥智鬥勇。一個橄欖色皮膚、一頭黑髮的小瘦子把頭伸到他倆中間，張著嘴看看這個，瞧瞧那個，聽他倆你一言我一語，彷彿想用自己濕漉漉的嘴接住從眼前飛過的每一句話。克蘭利從口袋裡掏出一個小小的灰色手球，顛來倒去地仔細打量著。

——下一件事？麥卡恩說。呵！

他樂開了懷，大笑著乾咳了一聲，順了順方下巴頦上淺黃色的山羊鬍。

——下一件事就是在那張請願書上簽名。

——簽了名你給我什麼好處？斯蒂芬問道。

——我還以為你是個理想主義者呢，麥卡恩說。

那個看上去像個吉普賽人的學生朝四周望了望，尖聲尖氣地嘟噥說：

——天吶，可真新鮮，我覺得這就叫勢利眼了。

沒人搭腔。誰也沒在意他說什麼。他只好把那張橄欖色的馬臉轉過來，直愣愣地望著斯蒂芬，想引他講幾句。

麥卡恩開始滔滔不絕地講起沙皇的詔書、斯特德[44]、普遍裁軍、國際爭端的仲裁、時代的標誌、新人性和使社會各界肩負起責任、以最小的代價實現最大多數人最大幸福的新福音。

話音剛落，那個吉普賽學生就大聲喊道：

——讓我們為世界大團結三呼萬歲！

——得了吧，坦普爾，他身邊一個胖墩墩、紅臉盤的學生說，回頭我請你喝一杯。

——我相信世界大團結一定會實現，坦普爾拿圓溜溜的黑眼睛四下環顧了一圈。

克蘭利使勁拉住他的手臂要他別講了，還一邊尷尬地笑著一邊念叨：

——別激動，別激動，別激動！

坦普爾掙脫開來，嘴上沾著口水，繼續說道：

——歐洲第一個提倡思想自由的是柯林斯。二百多年啦。這個米德塞克斯的哲學家可不相信神父們玩的那套把戲。讓我們為約翰·安東尼·柯林斯三呼萬歲！

最外圈一個人尖著嗓子喊道：

——萬歲！萬歲！

莫伊尼漢在旁跟斯蒂芬小聲說：

——約翰・安東尼可憐的小妹妹怎麼辦：

洛蒂・柯林斯丟了短內褲；

你能不能行行好把你的借給她？

斯蒂芬大笑起來，莫伊尼漢見他笑，覺得很得意，又小聲說道：

——我們拿五先令押約翰・安東尼・柯林斯，買他獨贏，再買他能進前三名[45]。

——我在等你的回答呢，麥卡恩直截了當地說。

——我對這種事一點都不感興趣，斯蒂芬厭煩地說。這點你很清楚。幹麼還要這樣吵吵嚷嚷？

——說得好！麥卡恩咂了一下嘴。這麼說你是個反動派嘍？

——你以為給我扣頂帽子我就怕你了？斯蒂芬反問道。

——別拐彎抹角的！麥卡恩生硬地說。談實質性問題。

斯蒂芬漲紅了臉，把頭扭到一邊。麥卡恩得寸進尺，陰陽怪氣地挖苦道：

——不入流的詩人大概不屑於理會世界和平這種小事吧。

克蘭利抬起頭來，把手球舉到兩人中間，想讓他們講和。他說：

——讓這個該死的世界一片和平吧！[46]

斯蒂芬用手撥開圍觀的人群，衝著沙皇的照片憤怒地聳了聳肩膀，說：

——留著你那個偶像吧。如果我們必須要崇拜神，那我們也得找個真正的神才行。

——天吶，這句話說得好！那個吉普賽學生對身邊的人說，這句話說得好。我愛聽。

他把嗓子裡的口水使勁咽下去，好像要把斯蒂芬的話吞進肚子裡似的。他摸著花呢帽的帽檐，轉身對斯蒂芬說：

——我想問問，先生，你剛才那句話是什麼意思？

他感到身邊的同學們朝他湊過來，便對他們說：

——我很想知道他剛才那句話是什麼意思。

他又轉向斯蒂芬，小聲問道：

——你信耶穌嗎？我信人。當然，我不知道你信不信人。我欣賞你，先生。我欣賞不受任何宗教影響的思想。你剛才說的就是你對耶穌思想的見解嗎？

——得了吧，坦普爾，我可是在等著請你喝酒吶，那個胖墩墩、紅臉盤的學生舊話重提，他對坦普爾一貫如此。

——他總以為我是個白痴，坦普爾對斯蒂芬解釋說，因為我相信思想的力量。

克蘭利挽起斯蒂芬和那個吉普賽學生的手臂，說道：

——我們去打手球吧！[47]

斯蒂芬被拉走的時候，看到麥卡恩那張四方臉漲得通紅。

——我簽不簽名並不重要，他緩和了語氣說道。你走你的陽關道，我過我的獨木橋。

——代達勒斯，麥卡恩爽快地說，我相信你是個好人，不過你還沒有理解利他主義的可貴和個體對人類的責任。

有個人說：

——想法怪異的人還是不要混到運動裡來的好。

斯蒂芬聽出那是麥卡利斯特的啞嗓門，但並沒有朝那邊看。克蘭利板著臉從圍觀的學生中間往外擠，一手挽著斯蒂芬，一手挽著坦普爾，像由兩位神父陪伴著走向聖壇的主祭。

坦普爾急切地從克蘭利胸前探過身子說：

——聽到麥卡利斯特說什麼了嗎？那小子是嫉妒你。你看出來沒有？我敢說克蘭利沒看出來。天吶，我可是一眼就瞧出來了。

他們經過內廳時，看到教務長正急於從一個學生身邊脫身，剛才兩人一直在談話。他站在樓梯口，一隻腳已經踏上第一級臺階，正撩起破舊的法衣準備像女人一樣小心翼翼地上樓，還不得不頻頻點頭，反覆說：

——沒問題，哈克特先生！太好了！沒問題！

在大廳中央，學校兄弟會會長正跟一個住校生說話。他表情嚴肅，聲音很低，像是在發牢騷，滿是雀斑的眉頭微皺著，還時不時咬著鉛筆頭。

——希望透過入學考試的學生今天都會來。藝術一班肯定會來。二班也沒問題。我們一定要把新生的情況弄清楚。

走到大門口的時候，坦普爾又從克蘭利胸前探過身子，急促地小聲說道：

——你們知不知道他結過婚了？他在皈依之前就結婚了。老婆孩子都沒在這裡。天吶，這可是聞所未聞的稀罕事！嗯？

他的話說到最後變成了不懷好意的咯咯大笑。剛出大門，克蘭利就一把抓住他的脖子使勁搖晃著說：

——你這個該死的跳梁小丑！我敢拿腦袋擔保，在這個他媽的混蛋世界上，再也他媽的找不出第二個像你這麼混蛋的大傻瓜了！

坦普爾在他手裡掙扎著，依然得意地笑個不停，克蘭利一邊使勁搖晃他，一邊一個勁地說：

——你個他媽的該死的白痴！

他們穿過雜草叢生的花園，看到校長正沿小路走過來。他裹著笨重寬大的斗篷，嘴裡不停地念著禱文。走到小路盡頭轉彎處，他停住腳，抬起頭來。他們三個向他行禮，坦普爾和剛才一樣用手摸了摸帽檐。他們一聲不響地接著往前走。快到球場的時候，斯蒂芬聽到玩球的人用手接球的聲音，聽到球掉在濕地上的響聲，還聽到每打一下達文發出的激動的叫喊聲。

達文坐在木箱上看球，他們仨走到他跟前站住。過了一會兒，坦普爾側著身子湊到斯蒂芬身邊說：

——喂，我想問問，你相信尚－雅克．盧梭[48]是個坦誠的人嗎？

斯蒂芬忍不住大笑起來。克蘭利從腳邊的草地上拾起一塊破酒桶板，猛地轉過身來凶巴巴地說：

——坦普爾，我向上帝保證，如果你再敢說一個字，不管跟誰說，說什麼，我告訴你，我都會立刻[49]把你宰了。

——我看他這個人跟你沒什麼兩樣，情緒化，斯蒂芬說。

——去他媽的，見鬼去吧！克蘭利粗魯地說。別搭理他。說真的，跟坦普爾說話，我告訴你，還不如跟他媽的破夜壺去說呢。快回家吧，坦普爾。看在上帝的分上，快回家吧。

——你他媽的在我眼裡算個屁，克蘭利，坦普爾反唇相譏道。他一邊躲開克蘭利手裡舉起的破酒桶板，一邊用手指著斯蒂芬。他是我在這所學校裡見到的唯一一個有獨立思想的人。

——學校！獨立思想！克蘭利嚷道。你他媽的快回家吧，你就是個他媽的不可救藥的混蛋。

——我的確是個情緒化的人，坦普爾說。他說得沒錯。我為自己的情緒化感到驕傲。

他側著身子走出球場，邊走邊不懷好意地笑。克蘭利面無表情地看著他。

——瞧他那副德性！他說。看他鬼鬼祟祟的可憐樣！

他的話招來一陣怪裡怪氣的笑聲。發笑的學生靠牆站著，帽檐壓得很低，遮住了眼睛。那笑聲腔調很高，再加上出自這樣一個彪形大漢之口，聽上去就像大象在嘶鳴。他笑得渾身發顫，為了止住笑，兩手不停地在肚皮上揉來揉去，一副很開心的樣子。

——你醒了，林奇，克蘭利說。

林奇伸了伸懶腰，挺了挺胸，算是回答。

——林奇挺胸的意思是說他對生活不滿意，斯蒂芬說。

林奇朝胸口砰砰敲了兩下，說道：

——我這塊頭，誰有二話？

克蘭利表示不服氣，於是兩人開始摔跤，直到累得滿臉通紅、大口大口地喘粗氣才算罷休。達文一直在專心致志地看球賽，對大家的談話完全沒有在意。斯蒂芬彎腰對他說：

——我的小家鵝怎麼樣了？他問道。他也簽名了嗎？

達文點點頭說：

——你呢，斯蒂維？

斯蒂芬搖搖頭。

——你這人真可怕，斯蒂維，達文從嘴邊拿下菸斗說，你總是特立獨行。

——你既然已經在要求世界和平的請願書上簽了名，斯蒂芬說，我想你一定會把那天我在你房間裡看到的小本本燒掉吧。

斯蒂芬見達文沒作聲，便開始背誦起小本本裡面的話：

——大踏步前進，芬尼亞勇士們！朝著正確的方向前進，芬尼亞勇士們！芬尼亞勇士們，報數，敬禮，一，二！

——那是兩碼事，達文說。我首先是個愛爾蘭民族主義者，但你不是。你是個生來就對一切冷嘲熱諷的人，斯蒂維。

——你們下次再用曲棍球棒造反的時候，斯蒂芬說，如果必須找個告密人，只要告訴我一聲就行。我在學校裡就能給你們找好幾個。

——我實在摸不透你，達文說。你以前說過英國文學的不好，現在又說起愛爾蘭告密者的不好來了。再想想你那個怪名字和那些怪念頭……你到底是不是愛爾蘭人？

——你跟我到檔案館去吧，我讓你看看我們家的家譜，斯蒂芬說。

——那就加入到我們的行列裡來吧，達文說。你為什麼不學愛爾蘭語？你為什麼在聯盟班[50]上了一節課就不上了？

——其中一個原因你是知道的，斯蒂芬說。

達文仰頭大笑起來。

——嘿，得了吧，他說。不就是因為那個什麼女孩和莫蘭神父嗎？全是你自己胡思亂想，斯蒂維。他們不過在一塊說說笑笑罷了。

斯蒂芬沒分辯，把一隻手友善地搭到達文肩上。

——你還記得我倆第一次見面的情景嗎？他說。那天早晨我倆偶然碰到，你問我新生班怎麼走，還把第一個音節的音發得特別重。你還記得不？你管那些耶穌會士都叫神父[51]，你還記得不？我當時還尋思，**這個人真像他說的話那麼天真無邪嗎？**

——我這個人很簡單，達文說。這你是知道的。那天晚上在哈考特街你跟我講了很多自己的私事，上帝作證，斯蒂維，我連飯都吃不下去了。我覺得很難受。那天晚上我整晚都沒睡著。你為什麼要告訴我那些事呢？

——你的意思是說我是個怪物，斯蒂芬說，多謝了。

——不是那個意思，達文說。不過，你要是沒跟我講那些事就好了。

斯蒂芬對達文的友情原本風平浪靜，此刻卻開始暗流湧動了。

——這個民族、這個國家還有這種生活造就了我，他說。我心裡怎麼想就一定會怎麼說。

——還是加入到我們的行列裡來吧，達文又說。在心底裡你就是個愛爾蘭人，只是太自負了。

——我的祖輩們拋棄了自己的語言，講起了另一種語言，斯蒂芬說。他們心甘情願地接受了一小撮外國人的奴役。你難道認為我該拿自己的身家性命去還他們欠下的債嗎？再說到底為了什麼？

——為了我們的自由，達文說。

——從托恩時代到帕內爾時代，斯蒂芬說，有多少人為你們獻出了生命、青春和愛情，他們高尚、誠實，但你們卻把他們出賣給敵人，或是在他們最需要幫助的時候拋棄他們，又或是對他們肆意辱罵，撇下他們去追隨別人。你想讓我加入到你們的行列裡？我倒想先看著你們全下地獄。

——他們是為理想獻出了生命，達文說。相信我，我們一定會勝利的。

斯蒂芬沉浸在自己的思緒中沒說話，過了一會兒才開口道：

——靈魂就是在我剛才提到的那些時刻誕生的，他含蓄地說。靈魂的誕生緩慢而幽暗，比身體的誕生要神祕得多。當一個人的靈魂在這個國家誕生的時候，立刻就會有很多大網把它罩住，不讓它飛走。你跟我談什麼民族、語言、宗教，但我就是要衝破這些大網遠走高飛。

達文磕掉菸斗裡的菸灰。

——斯蒂維，你的話太深奧了，我理解不了，他說。不管怎麼說，應當把國家擺在第一位。斯蒂維，愛爾蘭是第一位的，然後你才能說自己是個詩人或者神祕主義者。

——你知道愛爾蘭是什麼嗎？斯蒂芬冷漠而憤恨地說。愛爾蘭是一隻吃掉自己幼子的老母豬。

達文從木箱上站起來，傷心地搖著頭，朝打球的人走去。但不一會兒他的悲傷就煙消雲散了，開始跟克蘭利還有兩個剛打完球的同學激烈地爭執起來。他們四個決定再來一場比賽，不過克蘭利堅持要用他的球。他把球扔到地上拍了拍，然後嗖的一下使勁朝本壘扔去，隨著砰的一聲響，他大聲喊道：

——死去吧！

斯蒂芬和林奇站在一旁觀賽，雙方比分不斷攀升。他扯了扯林奇的袖子叫他一起走。林奇明白了他的意思，說道：

——用克蘭利的話說，我也閃了吧。

斯蒂芬見他逮住機會就旁敲側擊地攻擊克蘭利，不禁被逗笑了。

他們往回走，經過花園，穿過大廳，一個老態龍鍾的工友正在那裡往布告欄裡貼通知。走到臺階下面時，他們停下來，斯蒂芬從口袋裡掏出一包菸遞給同伴。

——我知道你窮得可憐，他說。

——操他媽的你少跟我耍闊氣，林奇反駁道。

林奇的話再次暴露了他的才疏學淺，斯蒂芬又笑了。

——你決定用髒話罵街的那天，他說，對歐洲文化來說可真是個不尋常的日子呢。

他們點了菸，朝右邊走去。過了一會兒，斯蒂芬開口道：

——亞里斯多德並沒有給憐憫和恐懼下過定義，但是我下過。我是說……

林奇停住腳，直截了當地說：

——閉嘴！我不聽！我有點想吐。昨晚跟霍蘭和戈金斯出去，他媽的喝醉了。

斯蒂芬自顧自說下去：

——憐憫是一種控制人思想的情感，當人遭受的任何一種長期深重的苦難與具體的受難人聯繫在一起時，就會萌生憐憫。恐懼也是一種控制人思想的情感，當人遭受的任何一種長期深重的苦難與某種神祕的誘因聯繫在一起時，就會萌生恐懼。

——你再說一遍，林奇說。

斯蒂芬又慢慢重複了一遍這兩個定義。

——幾天前，他接著說，一個女孩在倫敦坐上一輛雙輪馬車，去看她多年未見的母親。在一條街的拐角處，一輛貨運馬車的轅撞在雙輪馬車的窗玻璃上，撞出一個星形窟窿。一根又細又長的碎玻璃刺穿了她的心臟，她當場喪命。報導上說她的死是個悲劇。其實不是。按照我對憐憫和恐懼的定義，她的死和兩者都沒有關係。

——事實上，悲劇性情感就像一張向兩個方向觀望的臉，一邊是恐懼，一邊是憐憫，這兩者是它的不同階段。你看我用的是控制這個詞。我的意思是說，悲劇性情感是靜態的，或者說戲劇性情感是靜態的。拙劣藝術挑起的情感卻是動態的，比如欲望或厭惡。欲望驅使我們占有，忙於追求；厭惡則促使我們放棄，躲閃逃避。因而凡是挑起這種情感的藝術都是拙劣的藝術，不管是淫穢的也好，還是說教的也罷。審美情感（我說的是這個詞的一般含義）因此也是靜態的。它能控制人的思想，超越欲望和厭惡。

——你說藝術絕不能挑起欲望，林奇說。我跟你說過，有一天在博物館裡，我把我的名字用鉛筆寫在普拉克西特列斯[52]雕塑的維納斯的屁股上。難道那不是欲望嗎？

——我說的是通常意義上的天性，斯蒂芬說。你不是還跟我說過，你小時候在那所讓你留戀的加爾默羅教會學校念書的時候，吃過幾塊乾牛糞嗎？

林奇又一次發出大象嘶鳴般的笑聲，兩手顧不上從口袋裡抽出來，便又開始在肚皮上不停地揉來揉去。

——對，我吃過！我吃過！他大叫道。

斯蒂芬朝同伴轉過臉去，直盯著他的眼睛。林奇止住笑，怯生生地望著斯蒂芬。他尖長的鴨舌帽帽檐下那又長又扁的腦袋讓斯蒂芬覺得他像一隻戴著帽子的爬行動物。他的眼睛也像爬行動物一樣炯炯有神。而就在此時此刻，那雙眼睛卻像受了驚，怯生生的，方才顯現出一絲人性的光芒，宛如一扇窗戶，折射出一個鬱鬱寡歡、自怨自艾的枯萎的靈魂。

——說到這一點，斯蒂芬客氣地補充說，我們都是動物。我也是動物。

——你當然是，林奇說。

——不過，我們現在生活在一個精神世界裡，斯蒂芬接著說。利用拙劣的美學手段挑起的欲望和厭惡並非真正的審美情感，這不僅因為它們在性質上是動態的，還因為它們只是身體上的感受而已。我們的身體遇到可怕的東西便會躲避，遇到渴求的東西便會迎上前去，這純粹是神經系統的反射活動。比如，當我們意識到蒼蠅要飛進眼睛時，眼皮就會自動合上。

——也並不總是這樣，林奇反駁道。

——同樣的道理，斯蒂芬說，你的身體受裸體雕像的刺激發生反應，但在我看來，不過是神經的反射活動罷了。藝術家所表現的美不可能在我們身上引發動態的感情或單純的身體感受。它喚起，或者應該喚起，誘發，或者應該誘發一種靜態的美感，一種理念上的憐憫或理念上的恐懼，這種靜態從引發、延展直至最終消失，我稱其為美的節奏。

——你能不能說得明白點？林奇問道。

——節奏，斯蒂芬說，是任何一個美的整體的部分與部分之間，或者這個美的整體與它的一個部分或多個部分之間，或者這個美的整體的任何一個部分與其整體之間的首要的形式上的美學關係。

——如果這叫節奏，林奇說，那我倒要聽聽什麼是美。請記住，雖然我吃過乾牛糞，但我只欣賞美。

斯蒂芬像致意似的舉起帽子，然後抓住林奇的厚花呢袖子，臉上微微泛紅。

——我們是對的，他說，其他人都錯了。談論這些東西，設法去理解它們的性質，理解之後，再從粗礪的泥土或是泥土生長的萬物中，透過聲音、形狀、色彩這些禁錮我們靈魂的牢門，慢慢地、謹慎地、不斷地把我們所理解的美的形象表達出來、演繹出來，這就是藝術。

這時他們已經來到運河橋邊，轉彎離開大路，走上林蔭道。灰暗的天光映照在緩緩流動的河面上，頭頂的樹枝散發出濕漉漉的氣息，彷彿在阻撓斯蒂芬的思緒。

——你還是沒回答我的問題，林奇說。什麼是藝術？什麼是藝術表達的美？

——你真是個可憐的糊塗蟲，斯蒂芬說，我剛才思索這個問題的時候，說給你聽的第一個定義不就是嘛。你還記得那天晚上嗎？克蘭利發脾氣，說什麼威克洛燻肉的事。

——當然記得，林奇說。他說了些什麼該死的肥豬之類的話。

——藝術，斯蒂芬說，是人類為了美學目的對可感知的或可理解的事物所做的處理。你只記得那些豬，卻記不住這個。我真拿你和克蘭利這對活寶沒辦法。

林奇朝灰暗的天空做了個鬼臉，說道：

——你想讓我聽你那套美學上的大道理，至少得再給我根菸。我對你說的那套沒興趣，我甚至對女人也沒興趣。讓你和你那套理論統統見鬼去吧。我要找個一年能賺五百英鎊的工作，你能給我嗎？

斯蒂芬把菸盒遞給他。林奇從裡面拿出僅剩的一根菸，爽利地說：

——接著講！

——阿奎那說，給人愉悅體驗的就是美。斯蒂芬說。

林奇點點頭。

——這個我記得，他說，目之所悅者謂之美[53]。

——他用"visa"這個詞來指各種各樣的審美體驗，斯蒂芬說，不管是視覺、聽覺，還是其他任何感知途徑。這個詞雖然意義模糊，但也足以表明，挑起欲望或厭惡的善惡是不包括在內的。它所引發的情感是靜態而不是動態的。那麼真又是怎麼回事呢？真所引發的情感也是靜態的。你總不會用鉛筆在直角三角形的斜邊上寫下自己的名字吧。

——當然不會，林奇說，還是讓我在普拉克西特列斯雕塑的維納斯的斜邊上寫吧！

——所以說是靜態的嘛，斯蒂芬說。我記得柏拉圖曾經說過，美是真散發的光輝。在我看來，這句話並無意義，但真和美確實是相互關聯的。真是透過智識看到的，在可理解的事物間的關係達到最滿意的狀態時，智識才能發揮出來；美是透過想像力看到的，在可感知的事物間的關係達到最滿意的狀態時，想像力才能發揮出來。通向真的第一步是理解智識的結構和範圍，瞭解智力活動本身。亞里斯多德的整套哲學體系都建立在他那本心理學著作的基礎之上，而他那本心理學著作，我認為，又是建立在一個論點的基礎之上，那就是，同一屬性不可能在同一時間、同一關係中，同時屬於又不屬於同一事物。通向美的第一步是理解想像力的結構和範圍，瞭解審美體驗本身。明白了嗎？

——但到底什麼是美呢？林奇不耐煩地問道。直接說定義吧。就拿我們常見的喜歡的東西舉個例子！難道你和阿奎那一樣沒本事講清楚嗎？

——就拿女人舉個例子吧，斯蒂芬說。

——就拿女人舉個例子！林奇頓時來了精神。

——希臘人、土耳其人、中國人、科普特人、霍屯督人，斯蒂芬說，欣賞的女人的美各有千秋。這個問題很難解答，就像一個無法逃脫的迷宮。依我看，有兩條出路。其中之一基於這樣一個假設：男人對女人身體每一處的欣賞都和女人傳宗接代的功能直接相關。很可能是這樣。這個世界甚至比你林奇想像得還要不堪。就我來說，我不喜歡這條出路。這條路通向優生學而不是美學。它確實可以把你引出迷宮，卻又會把你引入一個新的裝飾得浮華不實的教室裡去。在那裡，麥卡恩一手放在《物種起源》上，另一隻手放在《新約》上對你說，你喜歡維納斯的肥臀是因為你覺得她可以為你生下茁壯的兒女，你喜歡她的豐乳是因為你覺得她有足夠的奶水來餵養你和她生養的孩子。

——照你這麼說，麥卡恩就是個下流的騙子啦，林奇興致勃勃地說。

——還有一條出路，斯蒂芬笑著說。

——通向智慧？林奇說。

——這個假設是……斯蒂芬開始解釋。

這時，一輛很長的平板車從派翠克·鄧恩醫院那邊的街角拐過來，上面裝滿了破銅爛鐵，咣噹咣噹直響，蓋過了斯蒂芬的說話聲。林奇兩手捂著耳朵，破口大罵，一直罵到平板車過去了才甘休。然後，他猛地轉過身。斯蒂芬也轉過身來，等著同伴的怒氣慢慢平息下去。

——這個假設是另外一條出路，斯蒂芬又從頭開始說，那就是，儘管同一個事物不見得所有人都覺得美，但是所有認為這個事物美的人都會在其中找到某種聯繫，能夠滿足審美體驗各階段的要求並與之相適應。這種透過某種形式讓你看到，又透過另一種形式讓我看到的可感知事物之間的聯繫，必定就是美不可或缺的特性。現在讓我們看看能不能從我們的老朋友聖多瑪斯那裡借點智慧。

林奇大笑起來。

——真是笑死人了，他說，聽你像個快活的托缽僧似的一次次引用他的話。你這麼做，自己是不是也在偷笑？

——麥卡利斯特可能會把我的美學理論稱為實用阿奎那美學，斯蒂芬回答說。就審美哲學這條線來講，我一直是追隨阿奎那的。不過，談到藝術構思、藝術創作、藝術再現等問題，我需要一套新的術語和新的個人經驗。

——那當然，林奇說。雖說阿奎那才智出眾，但仍不過是個地地道道的托缽僧。你那一套新的個人經驗和新的術語還是改天再跟我講吧。現在快點講完第一部分。

——誰知道呢？斯蒂芬笑著說。也許阿奎那比你更能理解我。他是個詩人，曾經為濯足節[54]寫過一首讚美詩，開頭是：**傾訴吧，我的舌，以光榮的……**[55]有人說這首詩代表了讚美詩的最高榮譽。這是一首寓意深刻、慰藉心靈的讚美詩，我很喜歡。但沒有一首讚美詩可以和聖萬南修·福多諾那首哀傷而莊嚴的遊行聖歌《**王旗向前進**》[56]相媲美。

林奇用深沉的男低音莊嚴地輕聲唱起來：

大衛王在古老的預言歌裡
唱過的一切都一一應驗。
他說，在眾國之中，
十字架上的上帝將統治一切。[57]

——太棒了！他興高采烈地說。這曲子真美啊！

他們拐進下蒙特街，沒走幾步便有一個圍絲巾的胖墩墩的小夥子停下來朝他們打招呼。

——你們聽說考試成績了嗎？他問道。格里芬考砸了。哈爾平和奧弗林通過了政府部門考試。穆南在駐印官員考試裡得了第五。奧肖納西考了十四名。昨晚克拉克店裡那些愛爾蘭老鄉[58]請他們大吃了一頓，吃的是咖哩菜。

他蒼白腫脹的臉上眉飛色舞，卻沒有什麼惡意。他一邊講著這些喜訊，一邊往前走，小魚泡眼瞇成了一條縫，原先說話時呼哧呼哧的喘息聲也聽不見了。

直到回答斯蒂芬問題的時候，他的眼睛和聲音才又恢復了常態。

——是的，還有麥卡拉和我，他說。他學理論數學，我學憲法史。總共二十多門課呢。我還學植物學。你們知道，我是野外考察俱樂部的成員。

他鄭重地後退了幾步，把一隻戴著羊毛手套的胖手放到胸前，哈哈大笑，笑聲中隱約可以聽到呼哧呼哧的喘息聲。

——下次你們出去的時候，帶點蘿蔔和大蒜回來，我們好燉肉用。斯蒂芬不動聲色地開了個玩笑。

那胖子又是一陣大笑，邊笑邊說：

——我們野外考察俱樂部可都是些體面人。上星期六我們到格倫馬魯爾去了，一共七個人。

——有女人吧，多諾萬？林奇說。

多諾萬又把手放到胸前說：

——我們是為了求知。

然後，他好奇地問：

——聽說你在寫什麼美學論文。

斯蒂芬做了個不置可否的手勢搪塞過去。

——歌德和萊辛就這個問題寫過不少文章，多諾萬說，什麼古典派浪漫派之類的。我讀過《拉奧孔》，覺得挺有意思。當然，全是些唯心主義的東西，德國人寫的嘛，玄著咧。

斯蒂芬和林奇都沒搭腔。多諾萬彬彬有禮地向他們告別。

——我得走了，他壓低嗓門友善地說，我猜，不，應該說非常確定，今天的晚餐，我妹妹要給多諾萬家做煎餅。

——再見，斯蒂芬也學著他的語氣說。別忘了給我和我哥們帶蘿蔔回來。

林奇望著他的背影，嘴唇抿起來，漸漸露出輕蔑的神態，直到整張臉扭曲得像是戴了魔鬼的面具。過了好一陣，他才說：

——想想他媽的這個愛吃煎餅的沒用傢伙能找個好工作，而我只能抽這種廉價的破菸捲就來氣！

他們轉身朝梅瑞恩廣場走去，好半天沒說話。

——我把剛才關於美的話題說完吧，斯蒂芬打破了沉默。可感知的事物間最完美的關係必須能夠和藝術活動的各個必要階段相適應。明白了這一點，就瞭解了美的普遍特性。阿奎那說，“*Ad pulcritudinem tria requiruntur integritas, consonantia, claritas*”。翻譯過來就是：**美需要具備三個要素，即完整、和諧、光輝**。這三個要素是不是和審美體驗的各個階段相適應呢？你明白嗎？

——我當然明白，林奇說。要是你覺得我不如那沒用的傢伙聰明，你就快去追多諾萬，讓他聽你講吧。

斯蒂芬指著肉店夥計扣在腦袋上的籃子說：

——看見那個籃子了嗎？

——看見了，林奇說。

——為了看到那個籃子，斯蒂芬說，大腦首先要把籃子和宇宙間所有可見的不是籃子的東西區分開來。審美體驗的第一階段，是在體驗物周圍畫一個輪廓。審美意象要麼透過空間要麼透過時間呈現在我們面前。耳朵聽見的是透過時間呈現出來的，眼睛看到的是透過空間呈現出來的。但不管空間也好時間也罷，審美意象在無限的空間或時間背景上，首先是作為有自己輪廓、有自己內容的事物被人清楚地認知，但這並不是事物本身。你意識到那是一個事物，看到了一個整體，感受到它的完整性。這就是完整[59]。

——說到重點了！林奇大笑著說。接著講。

——然後，斯蒂芬說，沿著構成它形狀的線條，一點點地看下去，就會意識到其輪廓之內各部分之間的平衡，感覺到其結構的節奏。換句話說，在即時的感知綜合之後是對認知的分析。你先前感覺到它是**一個事物**，現在卻感覺到它是一個**事物**，感知到它複雜、多層、可分、可離，由許多部分組成，而這些部分和它們的總和又十分和諧。這就是**和諧**[60]。

——又說到重點上了！林奇詼諧地說。現在告訴我什麼是光輝[61]，這根菸就歸你了。

——這個詞的含義相當模糊，斯蒂芬說。阿奎那用了一個似乎不太準確的詞。我困惑了很長時間，甚至認為當時他腦子裡全是象徵主義或唯心主義的東西，以為美最重要的特性是來自另一個世界的光，是理念，物質不過是影子，是現實，物質不過是象徵。我曾經覺得他的意思也許是說，**光輝**是一切事物中神的旨意的藝術發掘和再現，或是使審美意象成為普遍意象、使其更加燦爛的概括力。但這只是字面意義而已。我是這樣理解的。當你認識到籃子是一個事物，並且根據它的形狀進行分析之後認識到它是一個事物的時候，你就完成了在邏輯上和美學上都成立的唯一的綜合過程。你看到的是這個事物，而不是別的事物。這就是阿奎那經院哲學中所謂的"*quidditas*"的**光輝**，"*quidditas*"是指事物的本質。藝術家最初在想像中構思審美意象時，便感受到這個最重要的特性了。雪萊打過一個很美的比方，把這個神祕的瞬間心靈的狀態比作將盡的炭火[62]。就在這個瞬間，心靈被美的完整所吸引、被美的和諧所陶醉，清晰地認識到了美最重要的特性，也就是審美意象寶貴的光輝。就在這個瞬間，審美快感處於澄明安謐的靜態之中，這種心靈狀態很像義大利生理學家賈法尼所謂的心靈陶醉，這個詞幾乎跟雪萊的比喻一樣美妙。

斯蒂芬停了一會兒，雖然他的同伴沒說話，他也能感受到他的話在周圍營造了一種適於思考的靜默氛圍。

——我剛才說的這些，他接著說，指的是廣義上的美，是美這個詞在文學傳統中的含義。但在市井街頭，它的意義就不同了。如果從美這個詞的第二種意義來談美，我們的判斷首先會受到藝術本身的影響和具體藝術形式的影響。很明顯，審美意象必然處於藝術家本人的心靈和感覺與其他人的心靈和感覺之間。記住這一點，就會發現藝術必然分為三種循序漸進的形式。第一種是抒情詩形式，藝術家透過這種形式表現與他本人直接相關的意象；第二種是史詩形式，藝術家透過這種形式表現與他本人及他人間接相關的意象；第三種是戲劇形式，藝術家透過這種形式表現與他人直接相關的意象。

——這個你前幾天晚上已經跟我說過了，林奇說，我們的討論還引來一大堆聽眾。

——我家有個筆記本，斯蒂芬說，我在上面寫了很多問題，比你提的那些還有趣。為了探尋問題的答案，我找到了想要向你解釋的美學理論。我向自己提出這樣一些問題：**一把做工精**

美的椅子是悲劇性的還是喜劇性的？如果我喜歡看蒙娜麗莎的畫像，這幅畫就一定畫得好嗎？菲力浦・克蘭普頓爵士[63]的半身像是抒情詩的、史詩的還是戲劇的？如果不是，為什麼不是？

——是呀，為什麼不是？林奇大笑著說。

——如果一個人在盛怒之下用刀亂砍一塊木頭，斯蒂芬接著說，結果砍出了一頭牛的形象，那這個形象算不算藝術品？如果不算，為什麼不算？

——這個問題問得太好了，林奇又大笑著說。還真有股經院哲學的酸臭味。

——萊辛不該用雕塑來談藝術，斯蒂芬說。雕塑是一種比較低級的藝術，難以表現我所提到的那三種明顯不同的形式。即使在文學這種最高級、最具思想性的藝術中，這三種形式也常常會混淆。抒情詩形式其實是用最純樸的語言表現瞬間的情感，就好比很久以前人們奮力搖槳，或者把大石塊運上山時發出的那種有節奏的吶喊。發出吶喊的人清晰地意識到的是那一瞬間的情感，而不是感受到這種情感的自己。當藝術家一直置身於史詩事件的中心並反覆思索的時候，抒情詩文學中便出現了最純樸的史詩形式，這種形式不斷發展，直到情感重心與藝術家本人的距離和其他人之間的距離完全相等。這時敘事就不再純粹是個人的了。藝術家的個性也融入到敘事中去，像生機勃勃的海浪圍繞著人物和行為不停地起伏。這種發展在古老的英國民謠《英雄特平》中體現得很明顯，民謠以第一人稱開始，卻以第三人稱結束。當生機勃勃的海浪在每個人物的周圍起伏，使他們栩栩如生，使他或她呈現出一種真正的無形的美學生命的時候，便完成了戲劇形式。藝術家的個性起先只是一聲吶喊、一個節奏或一種情緒，隨後變成了流動的閃耀的敘述，最終得到昇華而失去了存在，或者說，使自己非人格化了。戲劇形式中的審美意象，是經人的想像淨化後再次投射出的生命。美學創造和物質創造的神祕性一樣由此完成了。藝術家和創造萬物的上帝一樣，永遠處於其作品之內、之後、之外或之上，隱而不現，得到昇華而失去了存在，滿不在乎地在一旁修剪著指甲。

——乾脆把指甲也全剪掉算了，林奇說。

濛濛細雨從雲遮霧罩的高空落下，他們穿過公爵草坪，好在雨下大之前趕到國家圖書館去。

——你幹麼要在這個被上帝拋棄的可憐的島國上扯什麼美和想像呢？林奇粗魯地說，怪不得藝術家們在把這個國家弄得亂七八糟之後，都躲到作品裡面或後面去了。

雨下得更急了。他們穿過愛爾蘭皇家學院的走廊時，看到圖書館的拱廊裡有許多學生在避雨。克蘭利正靠在柱子上，一邊用尖火柴剔牙，一邊聽夥伴們說話。大門口附近站著幾個女孩。林奇小聲對斯蒂芬說：

——你的心上人在那裡。

斯蒂芬默默地在那群學生下面的一個臺階上找了個地方站著，全然沒有心思理會愈下愈大的雨，眼睛不時朝她望去。她也不聲不響地和幾個夥伴站在一起。儘管這會兒沒有神父跟她在那裡調情，他還是憤憤地想起了上次見到她的情景。林奇說得對。他不再去想那些所謂的理論和勇氣，又重新陷入了無精打采的靜默中。

他聽到那群學生在閒聊。他們談到有兩個學醫的朋友已經通過了最後的考試，談到他們有可能在遠洋客輪上找到工作，談到行醫能不能賺大錢。

——根本不切實際。到愛爾蘭鄉下行醫倒是好些。

——海因斯已經在利物浦待了兩年，他也是這麼說的。他說那個破地方糟透了。整天沒別的事，盡是給人接生。

——你是說在鄉下行醫比海因斯待在富足的城市裡好嗎？我認識一個人……

——海因斯根本沒腦。他靠死用功才畢了業，全靠死用功。

——別管海因斯怎麼樣。在商業化的大城市裡能賺大錢。

——那要看生意怎麼樣了。

——我覺得在利物浦窮人的日子簡直糟透了，簡直他媽的糟透了。[64]

他們的談話聲好像從很遠的地方斷斷續續地傳來。她和她的夥伴們準備離開了。

急促的小陣雨慢慢停了下來，在四方院的灌木上留下一串串珍珠般的水滴，黑色的泥土散發出陣陣水氣。她們站在柱廊前的臺階上，乾淨的靴子發出啪嗒啪嗒的響聲，她們興高采烈地輕聲交談著，不時看看天上的雲，斜撐著雨傘擋住最後幾點飄飄灑灑的雨滴，然後把傘收起來，羞答答地撩起裙襬。

他對她是否太過苛刻了？她的生活是不是真像念珠那樣簡單，像小鳥一樣簡單離奇：早晨神采奕奕，一天忙忙碌碌，到太陽下山時筋疲力盡？她的心是否和小鳥一樣簡單肆意？

快天亮的時候，他醒了。啊，多麼甜蜜的音樂呀！他的靈魂被露水打濕了。睡夢中，光亮如同波浪一般輕拂著四肢，帶來絲絲涼意。他靜靜地躺著，彷彿靈魂浸潤在清涼的水裡，隱隱約約聽到甜蜜的音樂。他慢慢清醒過來，感受到了清晨的涼意和清晨的靈感。一股像水一樣純淨、像露珠一樣甘甜、像音樂一樣動人的精神充溢著他的身心，那麼輕柔、那麼平和，彷彿是天使呼出的氣息。他的靈魂漸漸甦醒過來，卻又不願完全醒來。正是在這雲淡風輕的黎明時分，瘋狂的情緒會醒來，千奇百怪的植物會迎著天光舒枝展葉，蛾會靜靜地飛舞。

多麼令人心醉啊！夜也沉醉了。在夢境中，在幻影裡，他體會到了天使生活的狂喜。

這只是一瞬間的陶醉，還是會持續幾個小時、幾年或是幾個世紀？

這一瞬間的靈感彷彿是剎那間從四面八方反射過來的，是許多模模糊糊發生了的或者本應發生的情境的反照。這一瞬間像一點亮光忽然閃現出來，在一層又一層雲霧般模糊的情境中輕柔地散發著餘暉，勾勒出混亂的形狀。啊！在宛如處女子宮的想像的世界裡，語言變得栩栩如生。熾天使加百列已經來到了處女的閨房[65]。白色的光閃過之後，餘暉在他心裡愈變愈深，最後變成了玫瑰色的熾熱的光。玫瑰色的熾熱的光就是她那顆離奇肆意的心，離奇得不曾為男人所知，也不會為男人所知，肆意則在開天闢地之前就已經存在了；眾天使也禁不住這玫瑰色的熾熱的光的誘惑，紛紛從天堂墜落。

你難道對熾熱的情感還沒有厭倦？
那熾熱迷住了墮落的天使。
不要再提那些沉醉的華年。

他心裡想著這幾行詩，不覺念出聲來，邊念邊品味著維拉內拉體[66]的韻律。玫瑰色的光散發出韻律的光線；情感，華年，火焰，詠歎，伸展。光線使世界燃燒起來，吞噬了男人的心和天使的心：玫瑰裡射出的光線便是她肆意的心。

你的明眸在男人心中燃起了火焰，
他心甘情願地順從你的意志。

你難道對熾熱的情感還沒有厭倦？

後來呢？後來韻律漸漸停歇，然後又打著拍子跳躍起來。再後來呢？再後來煙霧繚繞，從人世間的聖壇上升起嫋嫋青煙。

火焰上飄蕩著詠歎的輕煙，
從天涯到海角樂此不疲。
不要再提那些沉醉的華年。

輕煙從大地上升起，從雲霧繚繞的大海上升起，那是為她詠歎的輕煙。地球像一個來回搖晃的香爐，本身就是一個香球，一個橢圓形的球。韻律突然消失了，他心中的吶喊也戛然而止。他開始一遍又一遍地輕聲吟誦前幾行詩，接著又結結巴巴地往下念，念到一半就卡了殼，只好作罷。然後他停住了。心中的吶喊也戛然而止。

蒙著面紗的雲淡風輕的時刻已經過去了，透亮的玻璃窗外晨光熹微。從遠處傳來隱隱的鐘聲。一隻鳥嘰嘰喳喳地叫著，兩隻，三隻。鐘聲和鳥叫都停止了。昏暗的白光從東向西鋪展開來，覆蓋了整個世界，覆蓋了他心中玫瑰色的光。

他擔心把剛才的幾行詩忘得一乾二淨，連忙用手臂撐起身子去找紙和筆。可是，桌上既沒有紙也沒有筆，只有昨天晚飯盛米飯的湯盤和蠟淚斑斑的燭臺，紙做的底座上還殘留著燭火燃盡時留下的痕跡。他懶洋洋地把手伸到床腳，在那裡掛著的上衣口袋裡摸索，總算找到了一枝鉛筆和一個菸盒。他倚靠到床上，撕開菸盒，把裡面最後一根菸放到窗臺上，開始在硬紙殼上用細小整潔的筆跡寫下那幾節維拉內拉體的詩。

寫完之後，他又枕在高低不平的枕頭上輕聲念了一遍。枕頭裡成團的絨毛使他想起了她家客廳沙發裡成團的馬尾毛。他經常坐在那張沙發上，有時面帶微笑，有時表情嚴肅，再三自問為什麼要到她家來，心裡怨她也怨自己。貼在閒置餐具櫃上的聖心圖讓他感到困惑不已。在大家談話的間隙，他看見她朝他走來，懇請他唱一首與眾不同的歌。然後，他就看到自己坐在舊鋼琴前，輕輕敲擊著斑駁的琴鍵，在屋裡再次響起的談話聲中，看著她倚立在壁爐臺邊，聽他給她唱歌，有時是一支伊莉莎白時代的高雅牧歌，有時是一支憂傷而甜蜜的惜別之曲，有時是一支《阿金庫爾凱旋曲》，有時是一支歡快的《綠袖子》小調。在他唱她聽或是假裝在聽的時候，他的心便平靜如水，可是當古色古香的老歌唱完，屋裡的談話聲再次在耳邊聒噪時，他便會想起自己說過的一句帶刺的玩笑話：在這間屋子裡，年輕人未免過早地用教名來稱呼彼此。

有那麼幾個瞬間，他從她的眼神裡看出她似乎要向他傾吐衷腸，但結果卻總是空歡喜一場。他腦海裡又閃現出她輕盈的舞姿，就像那晚在狂歡節舞會上，她微微提起白色的衣裙，白色的小花在鬢間搖曳生姿。她在一圈人中輕盈地跳著舞。她邁著舞步朝他跳過來，來到他跟前時，眼睛微微瞥向一邊，臉頰上泛起淡淡的紅暈。在交換位置手把手的間隙，她的手在他手裡放了片刻，柔軟得令他著迷。

——如今你可是稀客了。

——是啊，我天生就是當修道士的。

——恐怕你是個異端分子吧。

——妳害怕嗎？

她沒有正面回答他的問題，只是步態輕盈而又小心翼翼地隨著那圈手把手跳舞的人從他身邊跳開去，沒有再拉任何人的手。她頭上的白花隨著舞步微微顫動，躲進陰影裡的時候，臉上的紅暈更濃了。

修道士！他彷彿變成了一個褻瀆神靈的人，一個離經叛道的方濟會會士，對上帝三心二意，像博爾戈·聖多尼諾的格拉爾蒂諾[67]一樣巧舌如簧，在她耳邊喃喃低語。

不，他不是這樣的人，這人倒更像上次見到她時和她在一起的那個年輕神父。當時，她一邊胡亂翻著愛爾蘭語常用語手冊，一邊含情脈脈地偷看他。

——是的，是的，女孩們常到我們這裡來。每天都是這樣。女孩們也支持我們，是推廣愛爾蘭語的好幫手。

——教堂那邊怎麼樣，莫蘭神父？

——教堂那邊也一樣。她們也常去。那裡的工作開展得也不錯。別為教堂操心了。

呸！他那天滿臉鄙夷地離開教室，一點也沒錯。在圖書館的臺階上沒跟她打招呼也做得很對！就讓她去跟她的神父打情罵俏吧，去和教堂逗樂吧，反正教堂不過是基督教的廚娘。

他怒氣衝天，靈魂中僅存的最後一絲迷戀也蕩然無存了。怒氣粗暴地打碎了她的美好形象，將碎片向四面八方撒去。扭曲的形象又從四面八方飛來，在他的腦海中一一閃現：他看到了那個穿著破衣爛衫的賣花女孩，濕漉漉的毛糙的頭髮，頑皮的臉，自稱小乖乖，求他買束花；他看到了隔壁那個廚娘，一邊乒乒乓乓地洗盤子，一邊像鄉村歌手那樣拖長調子唱《**在基拉爾尼湖的群山間**》的頭幾節；他看到了那個瞧見他差點摔倒而大笑不止的女孩，當時他在科克山附近的人行道上走，破爛的鞋跟卡在陰溝的鐵格子裡；他還看到那個長著誘人的櫻桃小嘴的女孩，那時她正從雅各餅乾廠出來與他擦肩而過，他忍不住多看了幾眼，她扭過臉來衝他嚷道：

——我哪裡讓你瞧著喜歡，是直頭髮還是彎眉毛？

然而，他意識到，不管他怎麼對她的形象百般詆毀和嘲笑，他始終感到，他的忿怒也仍然只是對她表示愛慕的一種形式。那天他離開教室，其實並非完全出於鄙夷，而是感到也許在她那雙黑色的眼眸後面隱藏著民族的祕密，她長長的睫毛忽閃忽閃的，在眼睛裡投下一絲陰影。

他走在街上的時候，不無酸楚地對自己說，這個國家的女人都這樣，她們的靈魂像蝙蝠一樣，在黑暗、幽祕和孤獨中醒來，同溫文爾雅的情人廝混一會兒，既沒有愛意，也沒有負罪感，卻害得他去對著躲在格子後面的神父的耳朵低聲坦白自己幼稚的過失。他對她痛恨不已，只有狠狠咒罵她的情人才能稍稍感到好受些。她情人的名字、聲音和長相都使他受挫的自尊心備受冒犯：他原本是個農民，後來當了神父，有個哥哥在都柏林當警察，還有個弟弟在莫伊卡倫當侍者的。對這樣一個僅上了幾天學只會按程序主持宗教儀式的人，她居然可以敞開心扉，讓他走近她羞怯的靈魂，而對他這個懷有永恆想像力、能夠把日常生活經驗的麵包變成熠熠生輝的永生之體的神父，她卻三緘其口。

剎那間，苦澀絕望的念頭又和聖體熠熠生輝的形象交織在一起，不斷地吶喊，匯成一曲感恩讚歌。

我們斷續的吶喊和悲傷的詩篇，
從聖餐禮的讚歌中升起。
你難道對熾熱的情感還沒有厭倦？

獻祭的手正高高舉向蒼天，

輕托斟滿酒的聖餐杯底。
不要再提那些沉醉的華年。

他開始從頭大聲吟誦這首詩，悅耳的聲音和韻律在腦海中迴蕩，讓他感到平靜而沉醉；然後，他一筆一畫地把詩寫下來，用眼睛看著，感受愈發加深了一層；寫完，他又枕著枕頭躺下了。

天大亮了。外面靜悄悄的，不過他知道萬物很快就會甦醒過來，周圍又會再次充斥著嘈雜聲、嘶啞的說話聲和睡意朦朧的禱告聲。這種生活他避之不及，索性朝牆轉過臉去，用毯子蒙住頭，盯著破舊的糊牆紙上那些怒放的大紅花看。他極力想用花的紅色光輝來重新喚起即將消失的歡樂，想像著自己身下有一條鋪滿紅色玫瑰花的路直通天堂。厭倦！厭倦！他對自己熾熱的感情也厭倦了。

一股徐徐而來的暖流、一絲懶洋洋的倦意從他緊裹著毯子的頭上順著脊柱向下流去。他感到這股暖流正從上往下流動，還看到自己躺在那裡，微微含笑。很快他就會進入夢鄉。

十年之後，他又為她寫詩了。十年前，她曾像戴風帽似的蒙著披巾，夜晚的空氣中浮動著她呼出的溫暖芳香的氣息，她的鞋踏在光潔的路面上，發出啪嗒啪嗒的聲響。那是最後一趟馬車了。連那幾匹瘦長的棗紅馬也知道，牠們正朝著晴朗的夜空搖晃著鈴鐺，提醒人們注意。售票員和車夫在聊天，在綠色的燈光下，兩人不時地點頭。他站在馬車高一級的臺階上，她站在低一級的臺階上。談話的時候，她好幾次上到他那一級臺階上來，但很快又下去了，也有一兩次她上來挨在他身邊站了好一會兒，一時竟忘了下去。一直這樣有多好！一直這樣有多好！

他孩提時那樣聰敏，現在卻如此愚鈍，轉眼已有十年了。他要是把這首詩送給她會怎樣？那麼吃早飯的時候，在磕雞蛋殼的啪啪聲中，準會有人拿來大聲朗讀。真是太蠢了！她的兄弟們準會一邊大笑著，一邊伸出粗硬的手搶奪這張寫著詩的紙。她的叔叔，那個溫文爾雅的神父，準會坐在扶手椅上伸直手臂舉著這張紙吟誦，邊笑邊稱讚他的文筆。

不，不；這種想法太蠢了。就算他把詩交給她，她也不會給別人看的。不，不；她不會那樣做。

他開始覺得自己冤枉了她。一想到她實則純真無邪，憐憫之情便油然而生。這種純真，在他犯下罪孽之前，一直全然不知；這種純真，在她還純真的時候，或者說在她的天性第一次蒙受奇異的羞恥[68]之前，也是她絕對無法理解的。然後，她的靈魂也像他的靈魂第一次犯下罪孽時那樣，開始了新的生活。回想起她蒼白的臉色，回想起女性蒙受神祕的羞恥時她眼神裡的羞怯和悲傷，他不禁柔腸百轉，心生憐憫。

當他的靈魂從迷戀轉為惆悵時，她在哪裡？精神生活本是非常神祕的，在那些點滴的時刻裡，她的靈魂有沒有可能已經感受到了他的愛慕？有可能。

欲火再次點燃了他的靈魂，在身體裡燃燒不止。她覺察到了他的欲火，於是從甜美的睡夢中醒來，誘他寫下這首維拉內拉體的詩。她睜開黑溜溜的眼睛，睡眼惺忪地望著他。她將自己的玉體委身於他，光彩奪目，溫暖如春，馨香醉人，豐腴有致，像斑斕的雲彩、像潺潺的流水一樣把他擁入懷中；於是，行雲流水般的詩句，神祕元素的符號，宛如繚繞的雲霧，宛如空中潺湲的流水，在他腦海裡奔騰而過。

你難道對熾熱的情感還沒有厭倦？
那熾熱迷住了墮落的天使。
不要再提那些沉醉的華年。

你的明眸在男人心中燃起了火焰，
他心甘情願地順從你的意志。
你難道對熾熱的情感還沒有厭倦？

火焰上飄蕩著詠歎的輕煙，
從天涯到海角樂此不疲。

不要再提那些沉醉的華年。

我們斷續的吶喊和悲傷的詩篇，
從聖餐禮的讚歌中升起。
你難道對熾熱的情感還沒有厭倦？

獻祭的手正高高舉向蒼天，
輕輕托起斟滿酒的聖餐杯底。
不要再提那些沉醉的華年。

你玉體豐腴，神色慵懶，
我們渴望的眼神專一不移。
你難道對熾熱的情感還沒有厭倦？
不要再提那些沉醉的華年。

那是些什麼鳥？他懶洋洋地拄著白蠟手杖站在圖書館門前的臺階上，望著那幾隻鳥。牠們正繞著墨爾斯沃思大街一棟房子突起的屋脊盤旋。三月下旬的傍晚天高雲淡，鳥兒在空中飛翔的姿態顯得格外真切。牠們黑色的身影微微顫動著來回穿梭，襯著天空，彷彿襯著一塊低垂的輕煙般縹緲的藍布一樣，一舉一動一目了然。

他望著牠們飛翔，一隻接一隻。一道黑色的閃光，陡然轉向，呼搧著翅膀。他想在所有微微顫動的身影疾飛而過之前數數一共有多少隻：六隻，十隻，十一隻，他也弄不清到底是雙數還是單數。十二隻，十三隻，又有兩隻鳥從高空盤旋著飛下來。牠們時而飛得很高，時而飛得很低，但總是直著或彎著排成行從左向右迴旋，像圍著一座空中廟宇盤旋。

他聽著鳥兒的鳴叫：有點像壁板後面老鼠的尖叫聲，不過高了兩度。這叫聲不同於害鳥的叫聲，而是又尖又長，嗡嗡作響。鳥喙劃破長空，唧啾啼囀，音調卻降低了三、四度。牠們的叫聲尖細、清晰、婉轉，像是從嗡嗡作響的線軸上抽出的絲線發出的光。

飛禽的鳴叫撫慰了他一直縈繞著母親的哭泣和斥責的耳朵。那些纖弱的黑色身影微微顫動著，圍著縹緲的空中廟宇拍翅轉向盤旋，使他總是浮現母親愁容的眼睛也得到了片刻慰藉。

他為什麼要站在柱廊前的臺階上抬頭聽鳥兒高兩度的鳴叫，看牠們飛翔？是想靠鳥來占卜吉凶嗎？他腦海裡閃過科尼利厄斯・阿格里帕[69]的話，接著又斷斷續續閃現出斯威登堡[70]的隻言片語，有關鳥兒怎樣與靈性之物交流、飛禽怎樣獲取資訊。他認為，飛禽之所以能夠知道時間的流逝和季節的變遷，是因為牠們的生活一直井然有序，不像人類那樣用理智擾亂了生活秩序。

人們世世代代以來像他這樣抬頭觀察鳥兒的飛翔。上面的柱廊使他隱隱約約地想到了古代的廟宇，他懶洋洋地拄著的白蠟手杖像是根占卜杖。一種對未知世界的恐懼擾亂了他疲憊的心靈，這是對符號和預兆的恐懼，對那個和他同名、用柳條編成翅膀像鷹一樣飛出牢籠的人的恐懼，對用蘆管在文冊上寫字、尖尖的鸛首上掛著一彎新月的書寫之神托特的恐懼。

想到托特的模樣他不禁莞爾一笑，因為這使他想起了那個戴著假髮、長著酒糟鼻的法官，他把文件舉得老遠，不時往裡面加幾個逗點。他知道，要不是這個神的名字跟愛爾蘭語裡一個罵人的詞非常相似，他是記不住的。真是荒唐。但是，不正是因為這種荒唐他才打算永遠離開這個生他養他、信教拜神的家，離開他習以為常的生活秩序嗎？

鳥兒又尖叫著飛回突起的屋脊上空，在漸漸暗淡下來的暮色中盤旋，只餘下一個個黑影。這是些什麼鳥？他想，牠們一定是從南方飛回的燕子。這些候鳥來來去去，在屋簷下築起臨時的巢，然後又離巢而去，浪跡天涯。他也要遠走高飛了。

把臉湊過來呀，烏娜，艾立。
讓我再看看你們的臉，就像飛燕
再次凝望屋簷下的舊巢
在去洶湧的大海浪跡前。[71]

一陣輕柔如水的歡樂像淙淙的流水湧進記憶的閘門，他感到內心柔軟而平靜，如同大海上方暮色漸臨的天空那樣縹緲曠遠，萬籟俱寂，如同碧波萬頃，風平浪靜，如同飛舞的燕子，映著晚霞在滾滾波濤上展翅翱翔。

一陣輕柔如水的歡樂在詞語中流淌，柔和悠長的母音無聲地碰撞著，拍打著堤岸，又流回去，搖動著浪頭上的白色鈴鐺，發出悄然無息的叮噹聲、悄然無息的洪鐘聲，發出低柔而式微的吶喊聲，最後消失不見。他感到他從盤旋疾飛的鳥兒和頭頂灰暗的天空得到的卜卦就像從塔樓飛出的鳥兒，正無聲而迅疾地從他心中展翅高飛。

這象徵著什麼，是離別還是孤獨？縈繞在記憶中的詩行慢慢在他眼前展現出國家劇院首演那天晚上大廳裡的場景。他獨自一人站在劇院樓廳的一側，疲憊地望著演出大廳裡的都柏林文化名人，望著舞臺上浮華不實的幕布和耀眼的燈光中形同玩偶的演員。他身後站著一個身材魁梧的警察，滿頭是汗，彷彿隨時準備採取行動。他的同學三五成群地散坐在大廳裡，不時發出粗魯的喝倒采聲、噓聲和嘲笑聲。

——這是對愛爾蘭的誹謗！

——德國貨色。[72]

——這是褻瀆上帝！

——我們從來不會出賣信仰！

——從來沒有愛爾蘭女人做過這事！

——我們不要二流無神論者。

——我們不要佛光乍現的佛教徒。

頭頂的窗戶突然傳來一陣急促的噓聲，他知道閱覽室的燈已經開了。他轉身走進大廳，大廳裡立著幾根石柱，亮著燈，靜悄悄的。他走上樓梯，穿過啼嗒作響的轉門。

克蘭利坐在放字典的書架旁，面前的木架上擺著一本很厚的書，剛剛翻開第一頁。他靠在椅子上，像個聽懺悔的神父，把耳朵衝著一個醫學生的臉，那個學生正拿著雜誌給他念一篇跟下棋有關的文章。斯蒂芬在他右邊坐下，桌子對面的一個神父啪的一聲氣鼓鼓地合上正在看的《手冊》，起身離去。

克蘭利茫然地望著他的背影，覺得莫名其妙。那個醫學生壓低聲音繼續念道：

——王前兵走兩格。[73]

——我們最好還是走吧，狄克遜，斯蒂芬警告說。他一定是告狀去了。

狄克遜合上雜誌，一本正經地站起身來說：

——我方有序撤離。

——帶上大炮和牛，斯蒂芬指著克蘭利那本封面上印著「牛病大全」的書打趣道。

他們在桌子間的過道上走時，斯蒂芬說：

——克蘭利，我有話跟你說。

克蘭利沒答話，也沒回頭。他把書放到門口的檯子上，走了出去，穿著大皮靴的腳踏在地板上發出沉悶的響聲。走到樓梯口他停下來，出神地望著狄克遜又說了一遍：

——王前兵走兩格個狗屁。

——隨便你怎麼走，狄克遜說。

他說起話來不動聲色，舉止溫文爾雅，白胖乾淨的手上戴著個紋章戒指。

他們穿過大廳時遇到一個小矮子。他戴著頂小圓帽，沒刮鬍子，一見到他們就滿臉堆笑，邊走邊嘰哩咕嚕地說著什麼。他那雙憂鬱的眼睛像極了猴子的眼睛。

——晚上好，先生們！那張鬍子拉碴的猴子臉湊過來說。

——三月裡這樣的天可真夠暖和的，克蘭利說。樓上的窗戶都打開了。

狄克遜笑了笑，轉著手上的戒指。那張黝黑的猴子臉上的凸嘴興高采烈地噘起來，咕嚕咕嚕地說：

——這三月的天可真舒服，簡直太舒服了。

——樓上有兩位漂亮小姐，隊長，她們都等急了，狄克遜說。

克蘭利笑著拉攏說：

——隊長只喜歡一個人，就是華特・史考特爵士[74]。是不是這樣，隊長？

——你最近在讀什麼書，隊長？狄克遜問道。是《拉美莫爾的新娘》嗎？

——我很喜歡老史考特，那兩片靈活的嘴唇說道，我覺得他寫的東西太好了。沒有一個作家能和華特・史考特爵士媲美。

他一邊稱讚史考特，一邊輕輕地揮動棕色的乾瘦的手，像打拍子似的，一雙薄眼皮的憂鬱的眼睛不停地眨巴著。

令斯蒂芬的耳朵更難受的是他說話的方式：假裝斯文，聲音低沉，像下毛毛雨似的，還錯誤百出。聽他說話，弄不清他說的是真是假，他乾癟的身軀裡那點稀薄的血液當真有貴族血統，是一場亂倫之愛的產物嗎？

公園裡的樹上掛滿了雨水；雨還在下，灰色的湖面雨水潺潺，像一塊盾牌。一群天鵝飛來，水裡、岸邊都落上了牠們青白色的糞便。雨天灰濛濛的天光，濕漉漉的靜立的樹，像盾牌一樣見證著這一切的湖面，還有那群天鵝，他們禁不住眼前的誘惑，輕輕地擁抱在一起。他們擁抱在一起，既沒有欣喜，也沒有激情，他的一隻手臂摟著妹妹的脖子。灰色的羊毛斗篷由肩及腰把她裹住，她半推半就，留著金色秀髮的腦袋羞答答地向他歪了過去。他長著蓬鬆的紅棕色頭髮，手上有雀斑，柔軟、勻稱、結實。臉呢？看不見臉。哥哥的臉正埋在妹妹散發著雨水清香的金色秀髮裡。那隻正在撫摸著秀髮、長著雀斑、結實、勻稱的手是達文的手。

他皺起眉頭，惱恨自己竟然有這樣的念頭，也惱恨引他胡思亂想的那個乾癟的小矮子。父親奚落班特里那幫傢伙的話忽然從他記憶裡冒了出來。他極力不去想那些話，腦海裡卻又忍不住浮現出了剛才的念頭，感到心神不安。為什麼不是克蘭利的手呢？莫非達文的質樸和單純暗暗刺痛了他？

他和狄克遜穿過大廳向前走去，留下克蘭利一個人煞有介事地和小矮子告別。外面的柱廊下有一群學生，坦普爾也在其中。有人喊道：

——狄克遜，快來聽聽。坦普爾可真了不得。

坦普爾扭頭用那雙吉普賽人似的黑眼睛望著他。

——你是個偽君子，奧基夫，他說。狄克遜是個笑面虎。天吶，這可真是個文縐縐的好詞。

他心照不宣地盯著斯蒂芬的臉笑著說：

——天吶，我很喜歡這個名字。笑面虎。

站在下面臺階上的一個大胖子說：

——還是接著說那個情婦吧，坦普爾。我們都樂意聽。

——他是有，真的，坦普爾說。其實他有老婆。那幫神父都去她那裡吃過飯。天吶，我敢說他們都沾過腥。

——這就叫家花不如野花香，狄克遜說。

——跟我們說說，坦普爾，奧基夫說，你肚子裡到底裝了多少玩意？

——你這傢伙也就知道說這個，奧基夫，坦普爾毫不掩飾地用輕蔑的語氣說。

他跌跌撞撞地繞過人群，對斯蒂芬說：

——你知不知道福斯特家族是比利時的王室？他問道。

克蘭利從大廳門口走出來，正專心致志地剔著牙，帽子扣在後腦勺上，帽檐抵著脖頸。

——萬事通來了，坦普爾說。你知道福斯特家族的事嗎？

他停頓了一下等著克蘭利回答。克蘭利從牙縫裡剔出一個無花果籽，用粗鈍的牙籤舉著來回端詳。

——福斯特家族，坦普爾說，是佛蘭德斯皇帝鮑德溫一世的後裔。他當時的姓是福里斯特。福里斯特和福斯特是一個姓。鮑德溫一世的後裔法蘭西斯·福斯特上校在愛爾蘭定居下來，和克蘭布拉希爾最後一個酋長的女兒結了婚。還有布萊克·福斯特家族，不過那是另外一支。

——是佛蘭德斯皇帝鮑禿頭[75]的後裔，克蘭利糾正說，然後又慢條斯理地剔起閃閃發光的齙牙來。

——你從哪裡知道這些事的？奧基夫問。

——你們家的歷史我也知道得一清二楚，坦普爾轉身對斯蒂芬說。你知道傑拉德·坎布里亞[76]是怎樣評價你們家族的嗎？

——他也是鮑德溫的後裔？一個黑眼睛、害肺病的高個子學生問道。

——是鮑禿頭，克蘭利又糾正了一遍，說完還舔了舔牙縫。

——**一個古老而高貴的家族**[77]，坦普爾對斯蒂芬說。

站在下面臺階上的那個胖子輕輕放了個屁。狄克遜轉身輕聲對他說：

——是天使在說話？

克蘭利也轉過身來，假裝惡狠狠地說：

——戈金斯，告訴你，我他媽的從來沒見過你這樣的下流鬼。

——我怎麼想就怎麼說，戈金斯毫不示弱地反駁道。又沒傷害誰，是不是？

——我們希望這不是科學上所謂的**將來完成時**[78]，狄克遜委婉地說。

——我說他是個笑面虎吧？坦普爾扭頭對兩邊的人說。我是不是給他起了這麼個外號？

——是，是，我們又不是聾子，那個害肺病的高個子學生說。

克蘭利仍然不依不饒地衝站在下面臺階上的那個胖子皺著眉頭。只見他厭惡地哼了一聲，一把把他推下臺階。

——快滾，他惡狠狠地說。快滾，你這個臭東西。你就是個臭馬桶。

戈金斯跳到碎石路上，又立刻嬉皮笑臉地回到臺階上。坦普爾轉身向斯蒂芬問道：

——你相信遺傳規律嗎？

——你是喝醉了還是中了邪？你到底想說什麼？克蘭利轉過身來詫異地問。

——世界上最深刻的話是動物學課本結尾那句話，坦普爾興致勃勃地說。繁衍是死亡的開始。

——你是個詩人，準能意識到這句話有多深刻吧？

克蘭利伸出長長的食指指著他。

——你們看看這小子，他嗤之以鼻地說，看看愛爾蘭的希望！

他的話和手勢引來一陣哄堂大笑。坦普爾毫不示弱地回擊道：

——克蘭利，你老是拿我逗樂，別以為我不知道。不過，我什麼時候也不比你差。你知道這會兒我在心裡拿你和我自己比，我是怎麼想的嗎？

——親愛的老朋友，克蘭利彬彬有禮地說，你知不知道，你是個笨蛋，是個沒腦的大笨蛋。

——那你知不知道，坦普爾接著說，我把我倆拿來比較，我是怎麼看你，又是怎麼看自己的？

——說呀，坦普爾！站在臺階上的胖子喊。慢慢說！

坦普爾向左看看，又向右看看，突然無力地把腦袋垂下來說：

——我是個軟蛋，他絕望地搖著頭說。我是個軟蛋，我知道。我承認我是個軟蛋。

狄克遜輕輕拍了拍他的肩膀，和顏悅色地說：

——這外號真是給你臉上貼金了，坦普爾。

——不過他，坦普爾指著克蘭利說，他跟我一樣，也是個軟蛋。只不過他自己不知道。這就是我和他的唯一區別。

話還沒說完，便引來一陣哄堂大笑。他卻突然轉過身興致勃勃地對斯蒂芬說：

——這個詞真有意思，是英語裡唯一一個雙數詞，你知道嗎？

——是嗎？斯蒂芬不置可否地說。

他看到克蘭利那張稜角分明的臉上流露出難堪的表情，卻假裝滿不在乎地笑著。這個粗俗的外號就像潑在一尊古老石像上的髒水，在他強忍凌辱的臉上流淌；他望著他，卻看到他舉起帽子同人打招呼，前額直立的黑髮好似一頂鐵製的王冠。

她從圖書館的門廊裡走出來，越過斯蒂芬向同她打招呼的克蘭利點點頭。難道他倆也有隱情？要不克蘭利的臉為什麼微微泛紅？或許是因為坦普爾的話紅了臉？天色已經暗下來，他看不清楚。

近來他這位朋友老是無精打采、沉默寡言、說話帶刺，還時常在斯蒂芬滿懷熱情滔滔不絕地自我剖析時，突然說上幾句難聽的話打斷他，莫非都是因為這個原因？其實，斯蒂芬對這種粗魯的行為並不介懷，因為他發現自己有時候也這樣。他還記得一天晚上騎著一輛借來的吱嘎亂響的自行車去馬拉海德附近一處樹林裡向上帝禱告的情景。當時，他從自行車上下來，滿懷欣喜地舉起雙臂對著陰沉沉的樹林禱告，感到自己正在一個神聖的時刻置身於一片神聖的土地上。然而就在這時，兩個警察從陰暗的路口拐角處走過來，他立即停止了禱告，大聲吹起了口哨，吹的是新近上演的一齣默劇裡的曲子。

他開始用白蠟手杖磨光的頭敲打柱子的底座。克蘭利難道沒聽見嗎？不過他可以等。就在周圍的談話聲停歇的當下，樓上的窗戶裡又傳來輕輕的噓聲。除此之外沒有一絲聲響，他剛才懶洋洋地看著的那些飛翔的鳥兒已經歸巢入睡。

她在暮色中走遠。除了從樓上傳來的輕輕的噓聲之外，四下一片沉寂。那些喋喋不休的談話聲也漸漸止息了。黑暗正在降臨。

黑暗從天而降。[79]

一陣令人顫抖的快樂宛如仙子在他身邊歡舞，像微光一樣柔和。但這是為什麼呢？是因為她走進了愈來愈濃的暮色中，還是因為那句詩母音低沉，開頭的輔音深邃悅耳？

他慢慢朝柱廊盡頭的陰影裡走去，用手杖輕輕敲打著地上的石頭，好讓身後的同學看不出他正沉浸在奇思妙想之中，任由自己的思緒回到道蘭、拜爾德[80]和納什的時代中去。

眼睛，從欲望的黑暗深淵中睜開的眼睛，使晨光熹微的東方變得一片昏暗。除了床笫間的柔情蜜意，還有什麼幽情雅趣？它們發出的微光也不過是流著口水的斯圖亞特王室[81]宮廷的糞坑浮沫閃著的微光罷了。在記憶中的語言裡，他品嘗到了龍涎香四溢的美酒佳釀，欣賞到了繞梁的天籟之音和端莊雅正的帕凡舞[82]；透過記憶的眼睛，他看到嬌柔的貴婦人在科文特花園的陽臺上撮起嘴來跟人調情，看到酒館裡麻臉的女招待和年輕的老闆娘滿臉堆笑，跟對她們上下其手的酒客們逢場作戲，一次又一次被他們拉進懷裡。

這些幻想的畫面並沒有給他帶來任何樂趣，全是些偷雞摸狗撩人情欲的東西，跟她的形象相差甚遠。對她可不能這麼想。他也從來沒這樣想過她。難道自己的腦子都不可信了嗎？都是些老掉牙的詞，就像克蘭利從閃閃發光的牙縫裡剔出來的無花果籽一樣，只有細細咀嚼，才能品出點甜味。

他模模糊糊地知道她正穿過市區朝家走去，這既不是遐想，也不是幻影。起先他隱隱約約地嗅到了她的體香，後來香味愈來愈濃。他開始感到焦躁不安，熱血沸騰。沒錯，他嗅到的的確是她的體香，這是一種濃烈銷魂的香味，來自他充滿情欲的旋律流淌過的溫熱的腰肢，來自她神祕而柔軟的內衣，那上面沾染著她玉體的馨香和甘露。

一隻蝨子爬在他的脖頸上，他把手伸進寬鬆的領子裡，用大拇指和食指一把捏住了它。牠的身體在他手指間就像一顆小米粒，又軟又脆，他撚了幾下，隨手扔到地上，心想這小玩意接下來不知是死是活。他忽然想起拉碧德的哥尼流[83]提出過一種很奇特的說法，意思是蝨子產生於人體的汗液，不像別的動物那樣是由上帝在第六天創造出來的。不過，這會兒他只覺得脖子被叮咬過的地方刺癢難耐，不禁大為光火。想到身體總是遭罪，穿得破，吃得差，常挨蝨子咬，他忽然感到一陣絕望，下意識地閉上了眼睛，卻在一片黑暗中看到許多蝨子從天上落下來，脆生生、亮晶晶的，一邊落還一邊翻滾。是的，從天而降的不是黑暗，而是光明。

光明從天而降。

他先前竟然把納什的這句詩記錯了，還引出那麼些個虛幻無實的畫面。歸根結柢還是心裡齷齪。他齷齪的念頭便是懶漢的汗水孳生出來的蝨子。

他沿柱廊快步朝同學們走回來。算了，由她去吧，讓她見鬼去吧！隨她去愛上一個胸脯長黑毛、每天早晨都要把上身擦洗一遍的乾乾淨淨的運動員吧。由她去吧！

克蘭利又從口袋裡掏出一個乾無花果，細細地嚼著，發出咯吱咯吱的響聲。坦普爾背靠柱子坐在臺基上打瞌睡，帽檐拉下來遮住了眼睛。一個矮墩墩的年輕人從門廊裡走出來，胳肢窩裡夾著個皮包。他朝人群走過去，靴子的後跟和大雨傘的金屬頭落在石板上，哢嗒哢嗒地響。他舉起雨傘跟大家打招呼：

——晚上好，先生們。

他又哢嗒哢嗒地往前走了幾步，嗤嗤地笑著，神經質地晃了下腦袋。那個害肺病的高個子學生、狄克遜和奧基夫正在用愛爾蘭語聊天，誰也沒搭理他。見狀他轉向克蘭利說：

——晚上好，特別向你致意。

他用雨傘指著克蘭利，又嗤嗤地笑了兩聲。克蘭利還在吃無花果，一邊咯吱咯吱地嚼著，一邊說：

——好？是呀，今晚是挺好的。

那個矮墩墩的學生一臉嚴肅地望著他，輕輕晃了幾下雨傘，不滿地說：

——看得出來，你打算敷衍我。

——嗯，克蘭利把嚼了一半的無花果從嘴裡拿出來，遞到那個矮墩墩的學生嘴邊讓他吃。

那個矮墩墩的學生沒有吃，不過為了表示領受了這分特殊的幽默，他一邊嗤嗤笑著，一邊用雨傘指指點點一字一句地說：

——你的意思是……

他突然停住口，指了指嚼得稀爛的無花果，大聲說道：

——我指的是這玩意。

——嗯，克蘭利像先前那樣應了一聲。

——你是真要給我**無花果**[84]，那個矮墩墩的學生說，還是，直說吧，想無視我[85]？

這時，站在人群中的狄克遜轉過身來說：

——戈金斯正等著你呢，格林。他跑到阿德爾菲旅館去找你和莫伊尼漢了。這裡面裝的是什麼？他拍了拍格林夾在腋下的皮包問。

——是試卷，格林回答說。我每月給他們考一次試，看看教學效果。

他也拍了拍公事包，微笑著輕咳了兩聲。

——教學！克蘭利不客氣地說。我想你指的是那幫光腳丫的孩子吧。他媽的你這樣的毛猴子還教學？求上帝保佑保佑他們吧！

他一口吞掉剩下的半個無花果，一甩手把梗扔掉。

——我還讓小孩子爬到我身上來呢，格林絲毫沒有生氣。

——你他媽真是個毛猴子，克蘭利又狠狠地說道，還是個褻瀆上帝的毛猴子！

坦普爾站起來，推開克蘭利，對格林說：

——你剛才說的那句話是從《新約》裡來的吧，「讓小孩子到我這裡來」[86]。

——接著去睡你的覺吧，坦普爾，奧基夫說。

——那麼好，坦普爾繼續衝著格林說，既然耶穌讓小孩子到他身邊去，那沒受洗的孩子死了，教會為什麼要把他們統統打發到地獄裡去？這是怎麼回事？

——你受洗了嗎，坦普爾？那個害肺病的學生問。

——如果耶穌說過他們都可以到他身邊去，那他們為什麼又會被打發到地獄裡去呢？坦普爾注視著格林的眼睛問。

格林乾咳了幾聲，強忍住嗓子裡嗤嗤的神經質的笑聲，說一個詞就晃一下雨傘。

——哦，如果真像你說的那樣，我得特別問問清楚，有什麼依據嗎？他輕聲問道。

——因為教會和所有的老慣犯一樣生性殘酷，坦普爾說。

——你這麼說有根據嗎，坦普爾？狄克遜和顏悅色地問。

——聖奧古斯丁就說過沒受洗的孩子都得下地獄，坦普爾說，因為他也是個生性殘酷的老慣犯。

——說得沒錯，狄克遜說，不過，在我的印象裡，沒受洗的孩子是被送到地獄邊境去的。

——別跟他瞎扯了，狄克遜，克蘭利惡狠狠地說。別搭理他，看都別看他一眼。拿根草繩，像牽隻咩咩叫的小羊那樣把他牽回家吧。

——地獄邊境！坦普爾叫道。也是個不錯的發明。跟地獄一樣。

——但不像地獄那樣水深火熱，狄克遜說。

他轉身笑著對眾人說：

——我想我說出了在場所有人的意見。

——沒錯，格林很肯定地說。在這一點上愛爾蘭人的觀點是一致的。

他邊說邊用雨傘的金屬頭敲著柱廊地上的石板。

——見鬼，坦普爾說。對撒旦的那個臭婆娘[87]的發明我不想說三道四。地獄就是羅馬，像羅馬城牆一樣又堅固又難看。但地獄邊境到底是個什麼東西？

——把這小子塞回嬰兒車裡去吧，克蘭利，奧基夫嚷嚷道。

克蘭利立刻邁了一步，站到坦普爾面前，邊跺腳邊像驅趕小雞似的吆喝：

——喔噫！

坦普爾連忙閃到一邊去。

——你知道地獄邊境是怎麼回事嗎？他大聲說。你知道在羅斯康門我們管這玩意叫什麼嗎？

——喔噫！去你的吧！克蘭利拍著手喊道。

——它既不是我的屁股，也不是我的手肘，坦普爾輕蔑地喊著。我就是這麼看的。

——把棍子給我，克蘭利說。

他一把奪過斯蒂芬手裡的白蠟手杖，跳著跑下臺階：坦普爾聽到他追過來，便撒開腿像野獸一樣朝暗處跑去。大家聽到克蘭利跑過四方院時大靴子發出的嘭嘭的響聲，過了一會兒又看到他拖著沉重的腳步回來，每走一步都把路上的石子踢得亂飛。

光聽腳步聲就知道他氣壞了，接著他又氣呼呼地把手杖塞回斯蒂芬手裡。斯蒂芬覺得他那股怒氣另有原因，不過還是裝出心平氣和的樣子，輕輕碰了碰他的手臂，小聲說道：

——克蘭利，我剛才說有話跟你講。我們換個地方吧。

克蘭利看著他遲疑了一會兒，問道：

——現在？

——對，現在，斯蒂芬說。在這裡沒法談。換個地方吧。

他們穿過四方院，兩人都沒作聲。有人輕輕吹著《齊格菲》[88]裡鳥鳴般的旋律跟著他們從門廊上下來。克蘭利回過頭去，看到是狄克遜在吹口哨，只聽狄克遜喊道：

——你們兩個傢伙要到哪裡去？還打不打球了，克蘭利？

他們隔著老遠大聲商量著去阿德爾菲旅館打檯球的事。斯蒂芬一個人往前走，到了基爾代爾大街楓樹旅館對面的僻靜處停下來等克蘭利，心情又平靜了。旅館磨得發光的暗淡的招牌和毫不起眼的門簾好像擺出一副彬彬有禮而又不屑一顧的神態望著他，讓他感到很不自在。他憤怒地盯著旅館裡燈光柔和的會客室，想像著住在安靜豪宅裡的愛爾蘭顯貴們奢侈的生活。他們整天琢磨的就是軍隊裡的高官厚祿和掌管的地盤：農民在鄉間路上見到他們要行禮；他們熟知法國菜的名字，還總是土腔土調地向馬車夫發號施令，尖嗓門把自己包裹得嚴嚴實實的土腔調都刺穿了。

他怎樣才能打動他們的良心，怎樣才能打消他們女兒的妄想，讓她們在被鄉紳老爺染指前，能夠生出不像他們那樣卑鄙的人種？在愈來愈濃的夜色中，他感覺自己所屬的那個民族的思想和欲望像蝙蝠一樣，飛過黑暗的鄉間小道，飛到遍布水窪的沼澤地附近河邊的大樹下。達文那天晚上經過那裡的時候，有個女人等在門口，請他喝了杯牛奶，差點把他勾引到床上去，因為達文長著一雙溫柔的眼睛，一看就知道能守口如瓶。但沒有一個女人勾引過他，向他眉目傳情。

這時，有人使勁拽住了他的手臂，他聽到克蘭利說：

——我們也該散了吧。

兩人默默地向南走了一段，克蘭利說：

——坦普爾那個該死的傻瓜！你聽著，我向摩西發誓，遲早要了那傢伙的命。

但從他的口氣裡聽得出他已經不生氣了，斯蒂芬猜測他是不是想到了她在門廊裡跟他打招呼的事。

他們拐進左邊一個路口，像剛才那樣默默走了一段。斯蒂芬開口道：

——克蘭利，今晚我又吵了一架，很不開心。

——跟家裡人？克蘭利問道。

——跟我媽媽。

——因為宗教問題？

——是的，斯蒂芬說。

兩人沉默了一會兒，克蘭利問道：

——你媽媽多大年紀了？

——還不老，斯蒂芬說。她讓我復活節去領聖餐。

——你去嗎？

——不去，斯蒂芬說。

——為什麼不去？克蘭利問。

——我不伺候。

——這話你以前說過，克蘭利平靜地說。

——以後還會這麼說，斯蒂芬憤憤地說。

克蘭利摟了摟斯蒂芬的肩膀說：

——別急嘛，老弟。聽我說，你小子有點太他媽的愛激動了。

他神經質地哈哈笑著，然後滿懷善意頗為動容地看著斯蒂芬的臉說：

——你知不知道你愛激動？

——我也覺得是，斯蒂芬也笑著說。

他們倆近來心裡有些嫌隙，這會兒似乎忽然間又變得親近了。

——你相信聖餐那一套嗎？克蘭利問。

——談不上相信，斯蒂芬說。

——那就是不信囉？

——談不上相信，也談不上不信，斯蒂芬說。

——很多人對此都有疑問，甚至包括那些很虔誠的人，不過他們抑制住了這種懷疑，或者乾脆不去想它，克蘭利說。你的懷疑就那麼強烈嗎？

——我不想抑制自己的想法，斯蒂芬回答說。

克蘭利顯得有點尷尬，他沒說話，從口袋裡掏出一個無花果來，正打算吃，斯蒂芬卻說：

——別吃了好不好。你滿嘴嚼著無花果，沒法討論這個問題。

克蘭利在路燈下停住腳，借著頭頂的亮光把手裡的無花果端詳了一番，放在鼻孔下聞了聞，咬下一小口，又吐了出來，使勁把無花果扔到陰溝裡，然後衝著陰溝裡的無花果喊道：

——離開我，該死的東西，到那永不熄滅的地獄之火中去吧！

他摟住斯蒂芬的手臂，邊向前走邊說：

——你害不害怕在最後審判的那天聽到這句話？

——怕有什麼用呢？斯蒂芬反問道。整天陪著教務長就能得到永恆的幸福嗎？

——別忘了，克蘭利說，他可巴不得呢。

——啊，斯蒂芬刻薄地說，他這個人光芒耀眼、健步如飛、刀槍不入，最主要的是始終秉持靈魂至上。[89]

——真有意思，克蘭利平心靜氣地說，你口口聲聲說不信宗教，腦子裡卻全是宗教的東西。你中學時候信嗎？我敢說你肯定信。

——信，斯蒂芬回答說。

——你那時候是不是更開心？克蘭利輕聲問，比如說，比現在開心？

——有時候開心，有時候不開心，斯蒂芬說。我當時完全是另外一個人。

——怎麼會是另外一個人？你這話是什麼意思？

——我是說，斯蒂芬說，我當時不像現在這樣完全是我自己，不像我必須要變成的自己。

——不像現在這樣完全是你自己，不像你必須要變成的自己，克蘭利重複了一遍。那我來問你一個問題。你愛你媽媽嗎？

斯蒂芬慢慢地搖搖頭。

——我不明白你這話是什麼意思，他坦率地說。

——你從來沒愛過任何人嗎？克蘭利問。

——你是說女人？

——我不是這個意思，克蘭利的口氣比剛才冷淡了許多。我是問你，是否愛過什麼人或什麼東西？

斯蒂芬跟朋友並肩走著，眼睛盯著腳下的路，情緒低落。過了半天，他才開口說：

——我曾經試著去愛上帝。不過現在看來，我沒做到。這是件很難的事。我努力一點一點把自己的意志和上帝的意志結合起來，也不是完全沒做到。也許我還會繼續這樣做……

克蘭利打斷他的話，問道：

——你媽媽過去生活幸福嗎？

——我怎麼知道？斯蒂芬說。

——她生了幾個孩子？

——九個還是十個吧，斯蒂芬回答說。有幾個死了。

——那你父親是……克蘭利停了一會兒又說。我不是想打探你的家事。不過，你們家是不是那種殷實的家庭？我是說，在你小時候？

——是的，斯蒂芬說。

——他是做什麼的？克蘭利停了一會兒問道。

斯蒂芬滔滔不絕地講起父親的經歷。

——他學過醫，划過船，唱過男高音，做過業餘演員，當過小官，當眾發表過政治演講，做過小地主，投過資，酗過酒，是個好人，能說會道，當過祕書，管過酒廠，收過稅，破過產，現在天天吹噓自己的輝煌歷史。

克蘭利大笑起來，在斯蒂芬的手臂上使勁捏了捏，說：

——管酒廠可他媽的太棒了。

——還想知道點什麼？斯蒂芬問。

——現在家境也不錯吧？

——你看我這樣子像嗎？斯蒂芬沒好氣地反問道。

——不管怎麼說，克蘭利想了想說，你也是生在鼎食之家。

他說這個成語的時候大大咧咧地嚷嚷著，就像平時說專業術語那樣，好像是想讓聽他說話的人明白，他雖然用了這個詞，卻拿不準到底用得對不對。

——你媽媽一定受過不少苦，他又說。你難道就不想救救她，讓她少受點苦，哪怕……你願意嗎？

——如果我辦得到，當然願意了，斯蒂芬說，又不需要付出多大代價。

——那就這麼辦吧，克蘭利說。她想你怎麼做，你就怎麼做。對你來說這算什麼？你又不信那些東西。就是個形式嘛，沒別的了。這樣她就安心了。

見斯蒂芬沒搭腔，他就住了嘴，沒再作聲。過了一會兒，彷彿在宣洩自己想法似的，說道：

——在這個到處都是臭狗屎堆的世界上，什麼東西都可能靠不住，但母親的愛是個例外。母親把我們帶到這個世界上來，先得十月懷胎。她的感受我們又能知道多少？但不管她是什麼感受，那至少是真實的。肯定是真實的。我們的理想或者說志向又是什麼？玩鬧罷了。理想！呸，那個他媽的像小羊一樣整天咩咩叫的坦普爾有理想，麥卡恩也有理想，連馬路上拉車的蠢驢都覺得自己有理想。

斯蒂芬聽出他話裡有話，卻故意裝作漫不經心地說：

——帕斯卡[90]，如果我沒記錯的話，就從不肯讓母親吻他，因為他怕女人碰他。

——帕斯卡是頭豬，克蘭利說。

——聖磊思．公撒格也是這樣的人，斯蒂芬說。

——那他也是頭豬，克蘭利說。

——但教會稱他是聖徒，斯蒂芬反駁說。

——我才他媽的不管別人叫他什麼呢，克蘭利坦率粗暴地說，我就叫他豬。

斯蒂芬先在腦子裡理了理思路，然後說道：

——耶穌在公開場合對他的母親似乎也沒有畢恭畢敬，不過那個西班牙耶穌會神學家蘇亞雷斯為他作了辯解。

——你有沒有想過，克蘭利問，耶穌也許並不是他表面裝出的那個樣子？

——最先有這種疑問的就是耶穌本人[91]，斯蒂芬說。

——我是說，克蘭利生硬地說道，你難道從來沒想過，他心裡很清楚自己是個偽君子？或者說得更直截了當一些，他不過是個無賴？

——我從來沒這樣想過，斯蒂芬說。不過，我倒是想問問，你現在是想說服我信教呢，還是想說服自己叛教？

他轉身看著朋友的臉，只見那張臉上掛著坦然的微笑，好像某種意志的力量使那微笑看起來意味深長。

克蘭利忽然用一種平和理性的語氣問道：

——說實話，我剛才的話是不是讓你很吃驚？

——是有些吃驚，斯蒂芬說。

——如果你確信我們的宗教是騙人的，耶穌並不是什麼上帝的兒子，你為什麼會吃驚呢？克蘭利仍用剛才的語氣追問道。

——我不敢肯定，斯蒂芬說。不過，祂倒更像是上帝的兒子，而不像是瑪利亞的兒子。

——這麼說，你之所以不去領聖餐就是因為你對那些事不敢肯定，因為你覺得聖餐會上的麵包也許真是上帝兒子的血肉，而不只是一塊普通的麵包？因為你害怕真的是這樣？克蘭利問道。

——是的，斯蒂芬平靜地說，我確實這樣覺得，確實害怕。

——明白了，克蘭利說。

斯蒂芬聽出他不想再談這事了，就連忙換了個新話題：

——我害怕的東西可真不少：狗、馬、槍炮、海、雷雨、機器、深夜的鄉間小路。

——可一小片麵包有什麼好怕的呢？

——我總覺得我說的那些讓我害怕的東西後面藏著某種邪惡的現實，斯蒂芬說。

——那麼，你是不是害怕在聖餐會上犯了什麼褻瀆神靈的罪過，羅馬天主教的上帝會把你當場杖斃並打入地獄？克蘭利問。

——那羅馬天主教的上帝現在就可以這麼做了，斯蒂芬說。我更害怕的是，如果我假裝崇拜某種象徵物，它就會在我的靈魂中產生不可思議的影響，因為這個象徵物在二十個世紀裡一直被人們當作權威，頂禮膜拜。

——如果處境非常危險，克蘭利問道，你還會犯褻瀆神靈的罪過嗎？比如說生在刑法時代[92]？

——過去的事我也很難說，斯蒂芬說，也許不會吧。

——你不會打算做個新教徒吧？克蘭利問。

——我說過我已經喪失了信仰，斯蒂芬回答說，但我並沒有失去自尊。如果摒棄了一種合乎邏輯又能自圓其說的荒唐信念，卻又去信奉一種根本不合邏輯又無法自圓其說的荒唐信念，這算什麼思想解放？

他們先前一直朝彭布羅克走，現在已經緩步走在彭布羅克的林蔭道上，兩邊的大樹和別墅裡星星點點的燈光使他們感到十分愜意。周圍富足、靜謐的氣氛，似乎填補了他們物質上的匱乏。在一叢桂花樹籬後面，透過窗戶，可以看到廚房裡閃爍的燈光，一個女僕一邊磨刀一邊哼著小曲，斷斷續續地唱著《羅茜·奧格蕾迪》。

克蘭利停下來聽了聽，說：

——有個女人在唱歌。[93]

在這令人沉醉的夜晚，這輕柔優雅的拉丁語的撫慰比音樂和女人的纖纖素手更為輕柔動人。他們紛亂的心情漸漸平復下來。一個女人的身影悄無聲息地在黑暗中穿過，出現在教堂的禮拜廳裡：那是一個穿白袍的身影，像男孩般瘦小纖弱，腰帶垂落下來。她是唱詩班的領唱，嗓音也像男孩般又尖又細，唱的是聖歌開頭的女聲。歌聲遠遠地傳來，把唱詞的憂鬱和迷人表現得淋漓盡致：

——你同加利利人耶穌在一起。[94]

歌聲引人入勝，撩撥了所有人的心弦，聲音宛如一顆閃閃發光的新恆星，在唱到「加利利人」第二個「利」字時顯得更清更亮，到了結尾處又漸漸消隱。

歌聲漸歇，他們又繼續向前走，克蘭利唱起了副歌的結尾部分，刻意突出了節奏：

等到我倆結為夫妻，
啊，我們該是何等快活，
因為我愛甜美的羅茜·奧格蕾迪，
羅茜·奧格蕾迪也愛我。

——這才是真正的詩，他說。這才是真正的愛情。

他斜眼看著斯蒂芬，臉上露出一絲奇怪的笑意，問道：

——你覺得這是詩嗎？你明白歌詞的意思嗎？

——我得先找到羅茜再說，斯蒂芬說。

——要找她也不難，克蘭利說。

他的帽子垂到了額頭上，他往後推了推。在樹影裡，襯著夜色，斯蒂芬看到他的臉顯得格外蒼白，眼睛又黑又大。是的，他的臉很漂亮，他的體格也很壯實。他剛才說到了母愛。他能設身處地地感受女人的苦難，體會她們身體和靈魂的柔弱；他會用他強有力的臂膀去保護她們，打從心裡尊重她們。

走吧：該走了。有個聲音對著斯蒂芬孤獨的心呢喃，要他離開，告訴他友情已到盡頭。是的，他得走。他沒法跟人爭鬥。他知道自己的分量。

——我也許會離開，他說。

——去哪裡？克蘭利問。

——去我能去的地方，斯蒂芬說。

——也好，克蘭利說。在這裡生活也許真的太難為你了。不過，就因為這個要走嗎？

——我不得不走，斯蒂芬回答。

——如果你不想走，克蘭利接著說，就沒有必要自認為不得不走，或者把自己想像成異端分子、叛教者什麼的。很多虔誠的教徒也有你這樣的想法。你覺得奇怪嗎？教堂並不只是那幾間石頭房子，甚至也不是神父和他們墨守的教義，而是生下來就和它結下不解之緣的芸芸眾生。我不知道你以後打算做什麼。莫非是那天晚上我們在哈考特街車站外面站著時你跟我說的那些事？

——是的，斯蒂芬說。一想到克蘭利回想過去的事總是要聯想到地點，他就不由自主地笑了。那天晚上，你和多爾蒂足足爭執了半個小時，非要把從薩利加普到拉拉斯走哪條路最近爭出個所以然來。

——那個糊塗蛋！克蘭利輕蔑地說，情緒倒是很平靜。他知道什麼從薩利加普到拉拉斯的路？別說路了，別的他知道什麼？不過是個只會滿嘴噴口水滿腦糨糊的大糊塗蛋罷了！

他突然大笑起來，笑了好一陣子。

——好吧，斯蒂芬說，你還記得別的嗎？

——你說的那些話是嗎？克蘭利問道。是的，我記得。你說你要去發掘另一種生活方式或藝術形式，這樣靈魂就可以不受束縛，自由地表達想要表達的東西。

斯蒂芬舉舉帽子表示讚許。

——自由！克蘭利重複道。可是你還沒自由到可以褻瀆神靈的地步。告訴我，你會去搶劫嗎？

——我會先去乞討，斯蒂芬說。

——如果什麼也沒討到，你會去搶劫嗎？

——你是想讓我說，斯蒂芬回答說，財產的所有權不過是暫時的，在一定情況下搶劫也不算犯法。照這種說法，人人都會去搶劫了。所以我不會這樣回答你。你還是去找耶穌會神學家塔拉韋拉的胡安·馬里亞納吧，他會向你解釋在什麼情況下可以合法地殺死一國之君，還會告訴你最好遞給他一杯毒酒或是把毒藥抹在他的袍子上或馬鞍的扶手上。至於我，你倒不如問問，我會不會容忍別人來搶劫我，或者有人搶劫了我，我會不會動用世俗的權力來懲罰他們？

——你會嗎？

——我想這會讓我像遭人搶劫一樣痛苦，斯蒂芬說。

——我明白，克蘭利說。

他掏出火柴來，開始剔牙縫，然後心不在焉地說：

——告訴我，比方說，你想和處女睡覺嗎？

——拜託，斯蒂芬客氣地說，這難道不是大多數年輕的先生們孜孜以求的事嗎？

——那你是什麼看法？克蘭利問。

他最後這句話像煤菸一樣散發著刺鼻的氣味，刺激著斯蒂芬的大腦，讓它如同籠罩在煙霧裡一般，令人難以忍受。

——聽我說，克蘭利，他說。你剛才一直在問我想做什麼、不想做什麼，現在我來告訴你。我不會為我已經不再相信的東西去賣力，不管它自詡為我的家、我的祖國，還是我的教會：我將嘗試透過某種生活方式或藝術形式，盡可能自由完整地表達自己想要表達的東西，並且只會用我允許自己使用的那些武器來保衛自己，那就是沉默、流亡和智巧。

克蘭利抓住他的手臂拉他向後轉過身來，領著他向利森公園走去。他狡黠地大笑著，像長輩對年輕人表示關懷那樣拍了拍斯蒂芬的肩膀。

——還智巧呢！他說。你說你的智巧在哪裡？你這個可憐的詩人，你呀！

——你又引我像過去一樣跟你說了很多掏心掏肺的話，是不是？斯蒂芬說，他對克蘭利的安撫很感激。

——是的，我的孩子，克蘭利又興高采烈地說。

——你引我說出我都怕些什麼。不過，我還是要跟你說說我不怕什麼。我不怕孤獨，不怕被拒之門外，也不怕丟開我必須丟開的一切。我不怕犯錯誤，即使是大錯誤，終生無法彌補的錯誤，甚至是永遠無法彌補的錯誤。

克蘭利又嚴肅起來，他放慢腳步說：

——孤獨，非常孤獨。你不怕這個。不過，你知道這個詞意味著什麼嗎？不僅是遠離所有人，甚至連一個朋友也沒有。

——我願意冒這個險，斯蒂芬說。

——身邊不要任何人，克蘭利說，即使這個人比朋友還親近，比曾經遇到過的最高貴、最值得信賴的朋友還親近，也不要。

他的話似乎撥動了他自己本性深處的一根琴弦。他是不是在說他自己，說那個真實的或是理想中的自己？斯蒂芬默默地注視著他的臉，看了好一陣子。他的臉上掛著冷漠的憂傷。他是在說自己，在說自己的孤獨，那孤獨讓他感到害怕。

——你說的是誰？斯蒂芬最後問道。

克蘭利沒有回答。

三月二十日。和克蘭利就我違抗母命的問題談了很久。他還是那副趾高氣揚的樣子。我依然謙和溫順。就愛自己的母親這個問題對我進行了攻擊。試圖去想像他母親的模樣：想不出。有一次不經意地告訴我，他父親生他的時候已經六十一歲了。能想像出他的樣子。身強力壯的農民，常穿黑白相間的衣服，寬腳板，亂蓬蓬的灰鬍子。說不定還喜歡參加個獵狗狩獵比賽什麼的。定期給拉拉斯的德懷爾神父繳稅，但從不多繳。時不時在天黑以後跟女人們閒談。但他母親呢？是很年輕還是很老了？恐怕不年輕了。要不克蘭利就不會那樣講了。可見一定很老了。很有可能，也沒人關心她。難怪克蘭利打從心裡感到絕望：一對精力不濟的老夫妻生養的孩子。

三月二十一日，晨。這些事是昨晚躺在床上想到的，可是因為太離譜，自己又太懶，就沒接著寫下去。太離譜，是的。那對精力不濟的老夫妻就像依撒伯爾和加利亞。那麼他就是先知[95]了。條目：他常吃的是燻五花肉和乾無花果。讀有關蝗蟲和野蜜[96]的書。還有，一想到他，總是看到一顆表情嚴肅的被砍下的頭顱或是一個遺容模型，彷彿映襯在一塊灰色的幕布或印著耶穌面像的手帕上。在教會裡他們把這叫做斬首。拉丁門邊的聖約翰一時把我弄糊塗了。我看見什麼了？一個被斬首的先知正設法撬門上的鎖。

三月二十一日，夜。自由。靈魂自由，想像自由。讓死人去埋葬死人吧[97]。就是。讓死人去和死人結婚吧。

三月二十二日。和林奇一起尾隨一個豐腴的護士。林奇的主意。根本不感興趣。兩條飢餓的瘦獵狗跟在一頭小母牛後面。

三月二十三日。那晚之後就一直沒見過她。是不舒服嗎？也許正坐在壁爐邊，披著媽媽的披巾。不過，性情平和多了。來一碗香噴噴的粥？現在要嗎？

三月二十四日。開始和媽媽討論一個問題。話題：聖母瑪利亞。身為男性，年紀又太輕，難以深入討論。為了避免尷尬，我把耶穌和父親的關係與瑪利亞和兒子的關係相對比，說宗教不是產科醫院。媽媽很寬容。她說我的想法很怪，怕是書讀得太多。這話不對。讀書少，懂的更少。她還說我總有一天會重拾信仰，因為我內心不得安寧。就是說我從罪孽的後門離開教堂，卻又要從懺悔的天窗回到教堂。不可能懺悔。我明確跟她說了，又向她要六個便士，只給了我三個。

後來去了學校。又和那個長著小圓腦袋和無賴眼睛的格齊爭論了一番。這回爭論的是諾拉的布魯諾[98]的問題。開始用義大利語，後來用夾雜著義大利語的英語。他說布魯諾是個可怕的異端分子。我說他活活被燒死才是真的可怕。他略顯傷感地表示同意。然後他告訴我怎麼做所謂的貝加莫風味的燴飯[99]。他發軟音o的時候，肉嘟嘟的紅嘴唇伸得很長，好像要親吻這個母音似的。他做過那種事嗎？他會不會懺悔？是的，他會的：他會哭出兩顆圓圓的無賴的淚珠來，一隻眼睛一顆。

走過斯蒂芬綠地，也就是我的綠地，想起了他的同胞——而不是我的同胞——發明的宗教，那晚克蘭利稱之為「我們的宗教」。有四個人坐在十字架下面，他們是九十七步兵旅的士兵，正在擲骰子決定誰該得到釘在十字架上的那個人的衣裳[100]。

去了圖書館。耐著性讀了三本雜誌。沒有用。她還是沒出現。我是不是在擔心？擔心什麼？擔心她永遠不會出現了。

布萊克曾寫道：

我擔心威廉・邦德會喪命，
因為他的的確確病得不輕。

哎，可憐的威廉！

有一回我到圓形劇場去看透景畫。最後展出的是些大人物的畫像。其中有威廉・尤爾特・格萊斯頓[101]，當時剛剛去世。樂隊演奏著《啊，威利，我們想念你》。

一群鄉巴佬！

三月二十五日，晨。做了一夜的夢，不得安寧。想一吐為快。

一條彎彎曲曲的長廊。地面上升起一條條黑色的煙柱。盡是些刻在石頭上的神話裡的帝王雕像。他們把手交疊在膝蓋上，看來很疲倦，眼神黯淡，因為人們的過錯變成了黑色的煙霧，不停地飄到他們眼前。

一些奇形怪狀的身影從山洞裡走出來。個子沒有人高。樣子都差不多。臉上閃著磷光，還有一條條深色的紋路。他們盯著我，臉上流露出想問我點什麼的神情。他們都沒說話。

三月三十日。傍晚在圖書館的門廊裡，克蘭利向狄克遜和她哥哥提出一個問題。一個母親不小心把孩子掉進了尼羅河裡。還在喋喋不休地揪著母親的話題不放。一條鱷魚咬住了孩子。母親求牠把孩子還給她。鱷魚說行，只要她告訴牠該怎麼處置這個孩子，是吃掉還是不吃。

這種思維，如果讓雷比達來評價，準會說是晒著太陽光，從爛泥裡生出來的[102]。我呢？不是也一樣嗎？乾脆扔到尼羅河的爛泥裡去吧！

四月一日。不贊同最後一句話。

四月二日。看到她在約翰斯頓、穆尼，還是奧布萊恩茶室裡喝茶、吃點心。確切地說，是我們路過的時候，林奇眼尖看見的。他告訴我，克蘭利也在那裡，是她哥哥邀請去的。他是不是把他的鱷魚也帶去了？他現在是不是在發光？哦，我看見他了。沒錯，我看見他了。正躲在威克洛麥麩斗後面悄悄地發著光。

四月三日。在芬勒特教堂對面的雪茄店裡遇到了達文。他穿著件黑毛衣，拿著曲棍球棒。問我是不是真要離開這裡，為什麼？告訴他到塔拉山最近的路是從霍利赫德走[103]。就在這時，父親來了。給他倆作了介紹。父親很客氣，彬彬有禮。問達文可否賞光一起去吃點什麼。達文謝絕了，說要去開會。我們走開後，父親說他有雙非常誠實的眼睛。問我為什麼沒參加划船俱樂部，我推託說再考慮考慮。後來又告訴我他怎麼傷了彭尼費瑟的心，要我去學法律，說我天生是學法律的料。又是些爛泥，又是些鱷魚。

四月五日。狂野的春天。流雲飛過。啊，生活！渾濁的泥塘中黑黝黝的溪水打著旋，蘋果樹嬌嫩的花朵飄落在水面上。樹葉間女孩們的眼睛。一群羞答答的女孩在嬉戲。她們的秀髮有的是金色，有的是褐色：沒有一個是黑色。她們一臉緋紅，顯得更美了。真好呀！

四月六日。她肯定記得過去的事。林奇說所有女人都會記得。那麼，她一定記得自己的童年往事——還有我的，如果我也算有過童年的話。過去被現在吞噬，現在之所以存在是因為它引向未來。如果林奇說得沒錯的話，女人的雕像應當永遠被嚴嚴實實地遮蓋起來，因為她的一隻手總是遺憾地摸著自己的臀部。

四月六日，稍晚。麥克爾・羅巴蒂斯想起了忘卻的美，當他的手臂緊緊擁抱著她，他擁抱的是這個世界上早已消失的美。[104]不要這種美。絕對不要。我渴望用我的手臂擁抱尚未來到這個世界的美。

四月十日。夜色茫茫，城市像一個疲憊的情人，怎樣撫摸都無動於衷，從睡夢中醒來，再進入無夢的酣眠，萬籟俱寂，大路上隱隱傳來馬蹄聲。行至橋邊，馬蹄聲變得清晰起來；過了一會兒，在黑漆漆的窗邊，馬蹄聲猶如飛箭劃破寂靜的深夜。現在，馬蹄聲又漸漸遠去，在茫茫夜色中馬蹄像寶石般閃著光，跨過沉睡的田野，匆匆前行。它們要到哪裡去？要進入什麼人的心？要帶去什麼訊息？

四月十一日。又讀了一遍昨晚寫的東西。朦朧的語言表達朦朧的情感。她會喜歡嗎？我想會的。那我也應該喜歡。

四月十三日。「漏子」這個詞一直在心裡揮之不去。我查了查，發現是個英語單詞，而且是個地地道道的古英語詞。讓教務長和他的漏斗見鬼去吧！他到這裡幹麼來了，是來教我們他自己的語言，還是來向我們學習他自己的語言。不管是哪樣，都讓他見鬼去吧！

四月十四日。約翰．阿方薩斯．瑪律雷南剛從愛爾蘭西部回來。歐洲和亞洲的報紙請轉載。他告訴我們，他在那裡的山間小屋裡遇見了一個老人。老人眼睛發紅，抽一支短菸斗。老人講愛爾蘭語。瑪律雷南也講愛爾蘭語。後來老人和瑪律雷南又講起了英語。瑪律雷南跟他談到了宇宙和星體。老人坐在那裡一邊聽一邊抽菸，時不時啐口口水，末了說道：

——啊，臨近世界末日的時候，準會出現可怕的怪物。

我怕他。我怕他那雙眼圈發紅的粗礪的眼睛。我得跟他徹夜糾纏到天明，直到跟他鬥得你死我活，緊緊掐著他青筋暴起的脖子直到……直到什麼？直到他向我求饒？不。我沒有要傷害他的意思。

四月十五日。今天在格拉夫頓大街我迎面遇到了她。是人群把我們擠到一處的。我們倆都站住了。她問我為什麼總不去看她，還說她聽到了許多關於我的傳聞。不過是沒話找話罷了。問我現在還寫詩嗎？寫誰？我反過來問她。弄得她摸不著頭腦，我心裡過意不去，很慚愧。馬上關掉閥門，打開了精神英雄主義的冷卻裝置，這東西是但丁．阿利吉耶里的發明，在各國都取得了專利。連珠炮似的談著我自己和各種計畫。說著說著，我忽然做了一個很有革命意味的手勢。那樣子準像是抓著豌豆往空中亂撒的傻小子。街上的人都轉過頭來看我們。過了一會兒，她跟我握手告別，臨走時對我說希望我會照自己說的去做。現在我覺得這是友好的表示，你說呢？

是的，今天我喜歡她。是有一點喜歡，還是非常喜歡？說不清。我喜歡她，好像是一種全新的感覺。那麼這樣說來，所有的一切，我認為我想到的一切，我感到我感受到的一切，在此之前所有的一切，其實……咳，別想了，老朋友！睡一覺全忘掉吧！

四月十六日。走吧！走吧！

雙臂的魔力，聲音的魔咒：大路的白色臂膀，許諾要緊緊地擁抱我，大船的黑色臂膀，映著月色，述說著遙遠國度的奇聞。那張開的臂膀彷彿在說：我們很孤單——快來吧。那聲音也在喊：我們是你的親人。它們向我——它們的親人——呼喚，空氣裡彌漫著濃濃的情誼，我準備走了，揮動著它們歡欣而又可怕的青春翅膀。

四月二十六日。媽媽在幫我整理買來的舊衣服。她說她在禱告，希望我能在遠離家鄉和朋友的獨立生活中懂得什麼是心，心有什麼感受。阿們。但願如此。歡迎，啊，生活！我準備第一百萬次去接觸經驗的現實，在靈魂的作坊裡鍛造我的民族還沒有鍛造出來的良心。

四月二十七日。老父親，老工匠，無論現在還是將來請永遠給予我幫助吧。

都柏林，一九〇四年
的里雅斯特，一九一四年

1 斯蒂芬的母親不贊同他去大學深造，認為大學教育會削弱他的宗教信仰。

2 格哈特・霍普特曼（Gerhart Hauptmanm, 1862-1946），德國劇作家、詩人，一九一二年獲諾貝爾文學獎。其戲劇創作大致可分為自然主義和浪漫主義兩個階段，代表作品有《日出之前》、《織工》、《沉鐘》等。

3 吉多・康蒂（Guido Cavalcanti，約 1255-1300），義大利詩人，是但丁的好友。

4 亨里克・易卜生（Henrik Ibsen, 1828-1906），挪威戲劇家，歐洲近代戲劇創始人，以社會問題劇形式反映社會矛盾、討論社會問題、批判社會制度。喬伊斯對易卜生推崇備至，他特意自學挪威語以便閱讀易卜生的劇作原文，還在易卜生去世前夕用挪威語給他寫了一封信。

5 班・強生（Ben Jonson, 1572-1637），英國文藝復興時期劇作家、詩人、評論家。

6 指聖斯蒂芬綠地（St. Stephen's Green），斯蒂芬就讀的都柏林大學學院（University College Dublin）位於聖斯蒂芬綠地南側。

7 此處指涉不畏王權、被砍下頭顱而殉道的施洗約翰（John the Baptist）。

8 分別為英語、法語、義大利語、拉丁語的「象牙」。

9 拉丁語"*India mittit ebur*"，意為「印度出口象牙」。

10 拉丁語"*Contrahit orator, variant in carmine vates.*"，意為「演說家言簡意賅，詩人精心鋪陳」。

11 拉丁語"*in tanto discrimine*"，意為「在如此重大的危機中」。

12 拉丁語"*implere ollam denariorum*"，意為「把第納里厄斯（古羅馬銀幣）裝滿陶土壇」。

13 指湯瑪斯・莫爾（Thomas Moore, 1779-1852），愛爾蘭著名浪漫派詩人，詩風傷感。他創作了許多以愛爾蘭為題材的詩歌，或歌頌愛情，或哀悼民族不幸，代表作為《愛爾蘭歌謠集》（*The Irish Melodies*），被譽為愛爾蘭的民族詩人，但此處斯蒂芬將莫爾稱為民族詩人卻帶有明顯的戲謔意味。在斯蒂芬看來，莫爾的作品對貧窮衰老的愛爾蘭的哀悼迎合的正是殖民者的趣味和視角，是向帝國卑躬屈膝並與之妥協共謀的表現，故而有下文「身心的懶散」、「一個費爾伯克人穿著借來的米利都人的斗篷」之語。

14 費爾伯克人是凱爾特神話中愛爾蘭的原始居民，他們矮小黝黑，粗俗鄙陋，而米利都人在西元前一三〇〇年征服了愛爾蘭，是更為開化文明的民族。斯蒂芬借此影射莫爾不過徒有詩人之名，實則內心淺薄，思想粗陋，是虛假的天主教——凱爾特民族主義的擁躉者。

15 麥克爾・庫薩克（Michael Cusack, 1847-1907）是蓋爾運動協會（Gaelic Athletic Association）的創始人，也是《尤利西斯》第十二章《獨眼巨人》（*Cyclops*）中「公民」（the Citizen）的原型。

16 與「野鵝」（wild geese）相對。詹姆斯二世（James II, 1633-1701，一六八五年即位，一六八八年退位）在光榮革命中被剝奪王位，大批支持天主教的愛爾蘭人追隨這位前英國國王流亡法國，被稱為「野鵝」。後來，「野鵝」成為自我流亡的愛爾蘭人的統稱。

17 吳爾夫・托恩（Wolfe Tone, 1763-1798）是十八世紀末愛爾蘭民族主義運動領導人，主張尋求法國的軍事援助以實現愛爾蘭的民族獨立，一七九八年被捕，臨刑前自殺就義。

18 落成儀式，時間為一八九八年八月十五日。

19 法語“Vive l'Irlande”，意為「愛爾蘭萬歲」。

20 巴克・伊根（Buck Egan，約1750-1810），又名約翰・伊根（John Egan），英國政治家。其個性張揚，常與人決鬥，強烈反對一八〇〇年的《聯合法案》。

21 伯恩查佩爾・惠利（Burnchapel Whaley），原名理查・惠利（Richard Whaley），虔誠的新教徒，因在一七九八年復活節起義後縱火燒毀數座天主教堂而得名「伯恩查佩爾」（直譯為「燒毀教堂」）。此處喬伊斯把伯恩查佩爾・惠利和他兒子湯瑪斯・惠利（Thomas Whaley, 1766-1800）混淆了。湯瑪斯・惠利為英國政治家，在合併問題上進行投票時受賄變節。湯瑪斯・惠利的宅院後來成為都柏林大學學院校舍的一部分，他常和好友巴克・伊根在那裡參加黑彌撒。

22 參見《舊約・民數記》第一章第五十節：「只要派利未人管法櫃的帳幕和其中的器具，並屬乎帳幕的，他們要抬帳幕和其中的器具（『抬』或作『搬運』），並要辦理帳幕的事，在帳幕的四圍安營。」

23 參見《舊約・歷代志上》第十五章第二十七節：「大衛和抬約櫃的利未人，並歌唱人的首領基拿尼雅，以及歌唱的人，都穿著細麻布的外袍。」

24 《舊約・出埃及記》第二十八章第六節至第十四節詳述了以弗得的做法：「他們要拿金線和藍色、紫色、朱紅色線，並撚的細麻，用巧匠的手工做以弗得。以弗得當有兩條肩帶，接上兩頭，使它相連。其上巧工織的帶子，要和以弗得一樣的做法，用以束上，與以弗得接連一塊；要用金線和藍色、紫色、朱紅色線，並撚的細麻做成。要取兩塊紅瑪瑙，在上面刻以色列兒子的名字，六個名字在這塊寶石上，六個名字在那塊寶石上，都照他們生來的次序。要用刻寶石的手工，彷彿刻圖書，按著以色列兒子的名字，刻這兩塊寶石，要鑲在金槽上。要將這兩塊寶石安在以弗得的兩條肩帶上，為以色列人做紀念石。亞倫要在兩肩上擔他們的名字，在耶和華面前作為紀念。要用金子作二槽。又拿精金，用擰工彷彿擰繩子，做兩條鍊子，把這擰成的鍊子搭在二槽上。」

25 原文為拉丁語“*Pulcra sunt quae visa placent*”。

26 原文為拉丁語“*Bonum est in quod tendit appetitus*”。

27 拉丁語，意為「像老人的手杖」。

28 指牛津運動（Oxford Movement），即十九世紀中期由一些擁有牛津大學教職的神職人員發起的天主教復興運動。該運動主張恢復教會昔日的榮光和早期傳統，保留羅馬天主教禮儀等。上文中提到的紐曼，即為該運動的領導者之一。

29 「坐在稅關前的門徒」指馬太（Matthew）。參見《馬太福音》第九章第九節：「耶穌從那裡往前走，看見一個人名叫馬太，坐在稅關上，就對他說：『你跟從我來。』他就起來，跟從了耶穌。」

30 原文為拉丁語“*Per aspera ad astra*”。此為一句流傳極廣的拉丁諺語。

31 指第三章提到的聖依納爵・羅耀拉（St. Ignatius of Loyola）。他原是叱吒風雲的武士，在戰爭中被炮彈炸傷右腿。養傷期間，讀了《耶穌傳》和《聖人言行》，如夢初醒，開始仿效聖人德行，克己苦行。

32 利奧波德鎮：都柏林東南部一賽馬場。

33 根據天主教教義，必要時候任何人都可為受洗者施洗禮。此處莫伊尼漢這樣說顯然驢唇不對馬嘴。

34 威廉・S・吉伯特（William S. Gilbert, 1836-1911），英國歌詞作者。

35 F.M.馬蒂諾名字的縮寫F和W剛好可拼成fresh water（淡水）。

36 借用莎士比亞喜劇《威尼斯商人》中猶太商人夏洛克的典故。

37 一張是俄國沙皇尼古拉斯二世（Nicholas II, 1868-1918）的照片，一張是他的妻子亞歷山卓・費奧多蘿芙娜（Alexandra Feodorovina, 1872-1918）的照片。一八九八年，尼古拉斯二世提請組織一場旨在限制軍備的和平大會。一八九九年，第一次海牙和平會議（Hague Peace Conference）召開。一九〇一年，尼古拉斯二世獲諾貝爾和平獎提名。

38 原文為不規範的拉丁語“*Ego habeo*”。

39 原文為不規範的拉丁語“*Quod*”。

40 原文為不規範的拉丁語“*Per pax universalis*”。

41 原文為不規範的拉丁語“*Credo ut vos sanguinarius mendax estis, quia facies vostra monstrat ut vos in damno malo humore estis*”。

42 原文為不規範的拉丁語“*Quis est in malo humore, ego aut vos*”。

43 指艾德蒙・伯克（Edmund Burke, 1729-1797）、亨利・格拉頓（Henry Grattan, 1746-1820）等十八世紀愛爾蘭政治家的演講。

44 斯特德（William Thomas Stead, 1849-1912），著名記者，是和平運動的熱烈支持者。

45 「買他獨贏，再買他能進前三名」原文為“each way”，是一種非常受歡迎的賽馬投注方式。賽馬中常見的投注方式有：「獨贏」（win bet），指猜中某匹馬是第一名；「位置」（place bet），指猜中某一匹馬跑進前三或前二；「既買獨贏又買名次贏」（each way），即投注既是“win bet”，也是“place bet”。對於既想贏大獎又想減少損失的人來說，“each way”是很好的選擇。

46 原文為不規範的拉丁語“*Pax super totum sanguinarium globum*”。

47 原文為不規範的拉丁語“*Nos ad manum ballum jocabimus*”。

48 尚-雅克・盧梭（Jean-Jacques Rousseau, 1712-1778），法國十八世紀啟蒙思想家、哲學家、教育家、文學家，浪漫主義先驅，代表作品有《論人類不平等的起源和基礎》、《社會契約論》、《愛彌兒》、《懺悔錄》等。

49 原文為不規範的拉丁語“*super spottum*”。

50 蓋爾語聯盟（the Gaelic League）開設的愛爾蘭語學習班。

51 耶穌會士在被正式授予聖職前應稱「先生」而不是「神父」。

52 普拉克西特列斯（Praxiteles），雅典人，生平不詳，古希臘古典後期傑出雕塑家。位於都柏林基爾代爾大街（Kildare Street）上的國家博物館（National Museum）曾藏有其維納斯雕塑的複製品。

53 原文為拉丁語“*Pulcra sunt quae visa placent*”。

54 濯足節（Maundy Thursday）為復活節前的星期四，是基督教紀念耶穌建立聖體聖血之聖餐禮的節日。

55 原文為拉丁語“*Pange lingua gloriosi*”。

56 原文為拉丁語“*Vexilla Regis*”。

57 原文為拉丁語“*Impleta sunt quae concinit/David fideli carmine/Dicendo nationibus/Regnavit a ligno Deus*”。

58 原文為“the Irish fellows”，可能指常在湯瑪斯・克拉克（Thomas Clarke, 1858-1916）店裡聚會的愛爾蘭民族主義者。湯瑪斯·克拉克是愛爾蘭獨立運動領導人，在一九一六年復活節起義後被英國當局處決。

59 原文為拉丁語“*integritas*”。

60 原文為拉丁語“*consonantia*”。

61 原文為拉丁語“*claritas*”。

62 雪萊在《詩辯》（*A Defence of Poetry*）中寫道：「創作狀態中的心靈，猶如一堆將要燃盡的炭火，某些不可見的力量，如不定的風，吹起它一瞬間的光焰。」

63 菲力浦·克蘭普頓爵士（Sir Philip Crampton, 1777-1858）是都柏林著名的外科醫生，其半身像立於一公共飲水噴泉之上。

64 原文為不規範的拉丁語“*Ego credo ut vita pauperum est simpliciter atrox, simpliciter sanguinarius atrox, in Liverpoolio*”。

65 參見《新約·路加福音》第一章第二十六至第三十八節。天使加百列奉命告知瑪利亞她將懷孕生子，取名耶穌。

66 一種十九行雙韻詩體，韻腳為aba aba aba aba aba abaa。

67 格拉爾蒂諾（Gherardino）是十三世紀義大利方濟會會士，致力於宗教改革，其最重要的作品被認為宣揚了異端邪說。他被剝奪了聖職，死於獄中。博爾戈·聖多米諾（Borgo San Donnino）為義大利帕爾馬省（Province of Parma）的一個市鎮，現名菲登扎（Fidenza）。

68 指月經初潮。

69 海因里希·科尼利厄斯·阿格里帕·馮·內特斯海姆（Heinrich Cornelius Agrippa von Nettesheim, 1486-1535）是文藝復興時期哲學家、醫生，但尤以魔法知名。

70 伊曼紐·史威登堡（Emanuel Swedenborg, 1688-1772），瑞典科學家、哲學家、神學家、神祕主義者。他的想像力和宗教思想一直是巴爾扎克、波特萊爾、愛默生、葉慈、史特林堡、波赫士這些傑出作家靈感的源泉。

71 此為葉慈劇作《凱薩琳女伯爵》（*The Countess Cathleen*，創作於一八九二年，一八九九年上演）中凱薩琳的臨終之言。《凱薩琳女伯爵》以中世紀饑荒的愛爾蘭為背景，講述了凱薩琳為拯救農民於困境，將自己的靈魂賣給魔鬼的故事。最終她的高尚行為感動了上帝，靈魂被從與魔鬼的契約中解救出來，升入天堂。

72 德國的工業革命始於十九世紀三〇年代，遠遠落後於其時工業革命已接近尾聲的英國。由於當時「英國製造」是品質與市場的保證，德國人就開始仿造英國產品，再貼上「英國製造」的標籤出口到世界各地，德國成了歐洲低端製造和仿冒產品的中心。歐尼斯特・威廉姆斯（Ernest Williams）的《德國製造》（*Made in Germany*, 1896）一書更一度使「德國製造」成了粗製濫造、假冒偽劣的代名詞。

73 國際象棋棋盤上的格子有八列八行，列數按白方來看的順序從左向右分別命名為A、B、C、D、E、F、G、H，行數自上向下分別命名為8、7、6、5、4、3、2、1；棋盤上每一個格子，根據所在行、列，獲得對應的對標名，如「E4」（指王前兵走兩格至E4格）。

74 華特・史考特爵士（Sir Walter Scott, 1771-1832），蘇格蘭著名歷史小說家、詩人。其小說多描寫中世紀生活，情節浪漫曲折，語言流暢生動，代表作品有《薩克遜英雄傳》（*Ivanhoe*）、《驚婚記》（*Quentin Durward*）等。

75 原文為Baldhead與Baldwin（鮑德溫）形近。

76 傑拉德・坎布里亞（Giraldus Cambrensis，約1146-1220），威爾斯歷史學家，寫了兩本有關愛爾蘭的書，一本關於愛爾蘭地志，一本關於亨利二世如何征服愛爾蘭，他在書中對英國的入侵做了粉飾和辯護。

77 原文為拉丁語“*Pernobilis et pervetusta familia*”。

78 原文為拉丁語“*paulo post futurum*”。

79 原句為英國詩人、劇作家湯瑪斯・納什（Thomas Nashe, 1561-1601）的一句詩：「光明從天而降。」此處為斯蒂芬誤引。

80 約翰・道蘭（John Dowland，約1563-1626）和威廉・拜爾德（William Byrd, 1543-1623）均為英國文藝復興時期作曲家。

81 指詹姆斯一世（James I, 1566-1625，一五六七年即位為蘇格蘭國王，一六〇三年即位為英格蘭及愛爾蘭國王），據說他舌頭肥大，口水直流。

82 帕凡舞（pavan/pavane）是十六世紀初流行於歐洲宮廷的一種慢步舞，因其舞步莊重，如孔雀狀，也被譯為「孔雀舞」。

83 拉皮德的哥尼流（Cornelius a Lapide, 1567-1637），佛蘭德籍耶穌會士。

84 原文為拉丁語“*ipso facto*”，意為「事實本身」，這裡可以理解為「真要給我無花果」。

85 英文裡「give a fig」意為「認為……毫無價值或微不足道」。

86 參見《新約・馬可福音》第十章第十四節：「耶穌看見就惱怒，對門徒說：『讓小孩子到我這裡來，不要禁止他們；因為在神國的，正是這樣的人。』」

87 約翰．彌爾頓（John Milton, 1608-1674）的《失樂園》（*Paradise Lost*）裡，「罪」（Sin）既是撒旦的妻子又是他的女兒，他們的兒子叫「死亡」（Death）。

88 德國浪漫主義作曲家理查．華格納（Richard Wagner, 1813-1883）的經典四聯劇《尼伯龍根的指環》（*The Ring of the Nibelungs*）的第三部。齊格菲是北歐神話裡的英雄。他在歷險途中經過一片森林，奮力殺死大蛇，在觸到大蛇的血後，忽然能聽懂小鳥的話。循著小鳥的指引，齊格菲拿到了指環。

89 根據天主教教義，聖人的身體便具有這四種特徵。

90 布萊士．帕斯卡（Blaise Pascal），十七世紀法國數學家、物理學家、哲學家。

91 參見《新約．馬太福音》第二十七章第四十六節：「約在申初，耶穌大聲喊著說：『以利，以利！拉馬撒巴各大尼？』就是說：『我的神！我的神！為什麼離棄我？』」

92 十七世紀末至十八世紀初，英國政府頒布了一系列針對愛爾蘭的刑法（penal laws），公然剝奪了天主教徒的合法權益，規定天主教徒不得出任公職、不得參軍入伍、不得從事司法職業等。

93 原文為拉丁語"*Mulier cantat*"。

94 原文為拉丁語"*Et tu cum Jesu Galilaeo eras*"。

95 指施洗約翰，其父母為撒迦利亞和伊利莎白，兩人在很老的時候蒙上帝恩賜生子。參見《新約．路加福音》第一章第七節及第十三節：「只是沒有孩子；因為伊利莎白不生育，兩個人又年紀老邁了」；「天使對他說：『撒迦利亞，不要害怕，因為你的祈禱已經被聽見了。你的妻子伊利莎白要給你生一個兒子，你要給他起名叫約翰。』」

96 參見《新約．馬太福音》第三章第四節：「這約翰身穿駱駝毛的衣服，腰束皮帶，吃的是蝗蟲、野蜜。」

97 參見《新約．馬太福音》第八章第二十二節：「耶穌說：『任憑死人埋葬他們的死人，你跟從我吧！』」另見《新約．路加福音》第九章第六十節：「耶穌說：『任憑死人埋葬他們的死人，你只管去傳揚神國的道。』」

98 指喬爾丹諾．布魯諾（Giordano Bruno, 1548-1600），喬伊斯最喜愛的哲學家之一。喬伊斯常稱他為「諾拉人」（the Nolan），因布魯諾出生於義大利那不勒斯附近、維蘇威山腳下的諾拉鎮。據喬伊斯的弟弟斯坦尼斯勞斯回憶，喬伊斯之所以這樣稱呼布魯諾是為了先使讀者產生一種錯誤印象，讓他們以為「諾拉人」是指某個名不見經傳的愛爾蘭作家，但當讀者最終發現自己的錯誤時，這一陌生化用法就會激發他們對布魯諾其人其作的進一步興趣。

99 原文為義大利語"risotto alla bergamasca"。

100 參見《新約．約翰福音》第十九章第二十三、二十四節：「兵丁既然將耶穌釘在十字架上，就拿他的衣服分為四份，每兵一份；又拿他的裡衣，這件裡衣原來沒有縫，是上下一片織成的。他們就彼此說：『我們不要撕開，只要拈鬮，看誰得著。』這要應驗經上的話說：『他們分了我的外衣，為我的裡衣拈鬮。』兵丁果然做了這事。」

101 威廉．尤爾特．格萊斯頓（William Ewart Gladstone, 1809-1898），英國政治家，四次出任英國首相。在任期間曾提出愛爾蘭自治法案，以此作為與保守黨鬥爭的手段。

102 參見莎士比亞戲劇《安東尼與克莉奧佩特拉》（*Antony and Cleopatra*）第二幕第七場。雷比達（Lepidus）說：「你們埃及的蛇是生在爛泥裡，晒著太陽光長大的；你們的鱷魚也是一樣。」

103 塔拉山（Tara）位於米斯郡（Meath），被認為是古代愛爾蘭鼎盛時期高王（High Kings of Ireland）的寶座，是愛爾蘭黃金時代的象徵。霍利赫德（Holyhead）是威爾士西北岸一海港，是愛爾蘭到英國和歐洲大陸的主要通道。斯蒂芬這句話的深層意思是，要想實現愛爾蘭的復興、創造新的黃金時代，唯一的途徑就是流亡。

104 此處化用了葉慈的詩《麥克爾．羅巴蒂斯想起了忘卻的美》（*Michael Robartes Remembers Forgotten Beauty*，後改為*He Remembers Forgotten Beauty*）。前三句為：「當我的手臂緊緊擁抱著你，／我把我的心緊貼著美／那世界上早已消失的美。」

附錄
詹姆斯・喬伊斯大事年表

一八八二年（誕生）

二月二日，詹姆斯・奧古斯塔・喬伊斯（James Augusta Joyce）出生於都柏林南部近郊拉斯加（Rathgar）的布萊頓廣場（Brighton Square）四十一號。其父約翰・斯坦尼斯勞斯・喬伊斯（John Stanislaus Joyce）時任都柏林稅收官，與妻子瑪麗・珍・莫雷（Mary Jane Murray）共育有四男六女，喬伊斯為長子（此前還有一個孩子夭折）。

一八八七年（五歲）

五月，喬伊斯一家搬到都柏林南部小鎮布雷（Bray）。不久，約翰・喬伊斯的舅舅威廉・奧康奈爾（William O'Connell）從科克郡（Cork）搬來與他們同住，大約住了六年。後來，被孩子們稱為「丹蒂」（Dante，「姑姑」之意）的赫恩・康威夫人（Hearn Conway）也從科克郡搬來與他們同住，擔任孩子們的家庭教師。她的迷信給喬伊斯留下了深刻印象，並使他對雷電終身抱有恐懼心理。

一八八八年（六歲）

九月一日，喬伊斯進入耶穌會開辦的克隆伍茲・伍德公學（Clongowes Wood College）。次年六月因家庭經濟原因退學。

一八九一年（九歲）

愛爾蘭「無冕之王」帕內爾（Charles Stewart Parnell）去世，年僅九歲的喬伊斯寫了一首題為〈還有你，希利〉（Et Tu, Healy）的詩，斥責帕內爾曾經的追隨者蒂姆．希利（Tim Healy）對領袖的背叛。

一八九三年（十一歲）

年初，喬伊斯一家搬到都柏林市。四月，在康米神父（John Conmee）的幫助下，詹姆斯．喬伊斯和弟弟斯坦尼斯勞斯．喬伊斯（Stanislaus Joyce）免費進入貝萊弗迪爾公學（Belevedere College）讀書。

一八九六年（十四歲）

喬伊斯路遇一名妓女，有了第一次性經歷。十一月，詹姆斯．卡倫神父（James Cullen）在避靜演講中對地獄之火進行了生動描繪，喬伊斯受到很大震撼，後去教堂街的小教堂懺悔，並洗心革面了幾個月。

一八九七至一八九八年（十五至十六歲）

喬伊斯連續兩年在中學考試中贏得作文最高分。

一八九八年（十六歲）

九月，喬伊斯進入都柏林大學（University College Dublin）。在校期間博覽群書，為讀易卜生（Henrik Ibsen）原著，自學了丹麥文和挪威文。與他關係最密切的朋友是約翰．法蘭西斯．伯恩（John Francis Byrne），即《一個青年藝術家的畫像》中「克蘭利」（Cranly）的原型。

一八九九年（十七歲）

愛爾蘭戲劇運動興起。五月八日，葉慈（William Butler Yeats）的《凱薩琳女伯爵》（*The Countess Cathleen*）上演，但遭到都柏林大學學院學生的簽名抗議，認為該劇是對愛爾蘭信奉天主教的凱爾特人的歪曲。喬伊斯拒絕在抗議書上簽字。

一九〇〇年（十八歲）

一月二十日，喬伊斯向都柏林大學文史學會（Literary and Historical Society）宣讀了題為〈戲劇與生活〉（*Drama and Life*）的文章，提出戲劇應表現當代題材，並為易卜生辯護。

一九〇〇至一九〇三年（十八至二十一歲）

喬伊斯寫了一系列他稱之為「顯形篇」（*Epiphanies*）的筆記。

一九〇一年（十九歲）

十月，喬伊斯寫了一篇題為〈烏合之眾的時代〉（*The Day of the Rabblement*）的文章，抨擊愛爾蘭文藝復興運動中存在的狹隘民族主義傾向。在投稿遭拒後自費印發。

一九〇二年（二十歲）

六月，喬伊斯從都柏林大學畢業。八月，拜訪喬治．拉塞爾（George Russell），並在拉塞爾的安排下，十月與葉慈見面。十二月，喬伊斯動身前往巴黎學醫，聽課後因為學費問題而放棄。

一九〇三年（二十一歲）

一月，再次離開都柏林前往巴黎。在研讀班・強生（Ben Johnson）和亞里斯多德（Aristotle）期間寫下一系列美學筆記，其中一部分後來被收入《一個青年藝術家的畫像》。四月，母親病危，喬伊斯返回都柏林。八月十三日，母親病逝。

一九〇四年（二十二歲）

一月七日，喬伊斯寫了一篇題為〈藝術家的畫像〉（*A Portrait of the Artist*）的敘述性散文，交給剛剛創辦的《達娜》（*Dana*）雜誌發表，但因文章晦澀難懂被退了稿。二月二日，喬伊斯決定把這篇草稿拓展成小說，並接受斯坦尼斯勞斯的建議，定名為《斯蒂芬英雄》。二月十日，完成第一章。六月十日，散步途中偶遇娜拉・巴納克爾（Nora Barnacle），對其一見鍾情。十六日傍晚，兩人首次約會。為紀念這個意義非凡的日子，喬伊斯在數年後創作的《尤利西斯》中，將故事時間設定為一九〇四年六月十六日，這一天也被稱為「布魯姆日」（Bloomsday）。七月，開始《都柏林人》的創作。八至十二月，《姐妹倆》（*The Sisters*）、《伊芙琳》（*Eveline*）、《車賽之後》（*After the Race*）相繼在《愛爾蘭家園報》（*Irish Homestead*）發表，後收入《都柏林人》。十月，喬伊斯攜娜拉離開都柏林，前往瑞士蘇黎世，後輾轉至的里雅斯特教書。在此期間創作一篇題為〈聖誕夜〉（*Christmas Eve*）的小說，後改名為〈泥土〉（*The Clay*），並完成《斯蒂芬英雄》第十一章。年底，完成《斯蒂芬英雄》第十二至十五章。

一九〇五年（二十三歲）

二月七日前，完成《斯蒂芬英雄》第十六章，並開始著手寫第十七、十八章。三月十五日，完成《斯蒂芬英雄》第

十七、十八章。四月四日，完成《斯蒂芬英雄》第十九、二十章。五月，完成《斯蒂芬英雄》第二十一章。六月七日，完成《斯蒂芬英雄》第二十二－二十四章。五至十月，相繼完成《一樁慘案》（*A Painful Case*）、《公寓》（*The Boarding House*）、《如出一轍》（*Counterparts*）、《委員會辦公室裡的常春藤日》（*Ivy Day in the Committee Room*）、《母親》（*A Mother*）、《阿拉比》（*Araby*）、《聖恩》（*Grace*）。七月二十七日，兒子喬治．喬伊斯（Giorgio Joyce）出生。十二月，將《都柏林人》原稿十二篇（後補加三篇）寄給出版商格蘭特．理查茲（Grant Richards）。次年三月，雙方簽訂出版合約。

一九〇六年（二十四歲）

八月，喬伊斯一家來到羅馬，喬伊斯在銀行工作。十月下旬，格蘭特．理查茲拒絕出版《都柏林人》。

一九〇七年（二十五歲）

二月，另一位出版商約翰．朗（John Long）也拒絕出版《都柏林人》。三月，喬伊斯一家回到的里雅斯特。五月，詩集《室內樂》（*Chamber Music*）出版。七月二十六日，女兒露西亞．安娜．喬伊斯（Lucia Anna Joyce）出生。喬伊斯辭去教職，主要經濟來源為家教。九月二十日，完成《死者》（*The Dead*），並計畫重寫《斯蒂芬英雄》。

一九〇八年（二十六歲）

四月七日，完成《一個青年藝術家的畫像》前三章。哈欽森出版公司（Hutchinson & Co.）、出版商阿爾斯頓．里弗（Alston Rivers）、愛德華．阿諾德（Edward Arnold）相繼拒絕出版《都柏林人》。

一九〇九年（二十七歲）

七月，為交涉《都柏林人》出版事宜回到都柏林。

一九一二年（三十歲）

九月，與出版商喬治・羅伯茨（George Roberts）談判破裂，《都柏林人》在印刷後被焚毀。當晚，喬伊斯帶家人離開都柏林，途中創作〈火爐冒煤氣〉（*Gas from a Burner*）一詩，對都柏林出版界大加諷刺。

一九一二至一九一三年（三十至三十一歲）

出版商馬丁・賽克（Martin Secker）和埃爾金・馬修斯（Elkin Mathews）相繼拒絕出版《都柏林人》。

一九一四年（三十二歲）

一月中旬，喬伊斯將《一個青年藝術家的畫像》第一章的定稿和《都柏林人》送交埃茲拉・龐德。二月，在龐德的幫助下，美國雜誌《利己主義者》開始以連載形式刊登《一個青年藝術家的畫像》，直至一九一五年九月。六月，格蘭特・理查茲出版了《都柏林人》。同年，喬伊斯開始了《尤利西斯》的創作。

一九一五年（三十三歲）

四月，《流亡者》基本完成。六月底，因戰亂，喬伊斯一家移居蘇黎世。

一九一五至一九一六年（三十三至三十四歲）

《一個青年藝術家的畫像》的出版計畫多次遭拒。

一九一六年（三十四歲）

六月，喬伊斯開始透過龐德收到匿名贊助，後證實為《利己主義者》編輯威佛女士所贈。從一九一七年二月起，威佛女士開始定期資助喬伊斯，直至他逝世。十二月二十九日，在威佛女士的幫助下，《一個青年藝術家的畫像》在美國出版。

一九一七年（三十五歲）

八月，接受眼疾手術，對視力造成了永久影響。

一九一八年（三十六歲）

三月，美國雜誌《小評論》（*Little Review*）開始以連載形式刊登《尤利西斯》。五月，《流亡者》在英國、美國同時出版。

一九二〇年（三十八歲）

七月，喬伊斯帶家人移居巴黎，並結識莎士比亞書店（Shakespeare and Company）店主西爾維亞・畢奇（Sylvia Beach）。

一九二一年（三十九歲）

二月，因《尤利西斯》部分內容被認為涉嫌淫穢，《小評論》被紐約正風協會（New York Society for the Prevention of Vice）查扣，兩位編輯出庭受審，並處以罰金。十月二十九日，《尤利西斯》全部完成。

一九二二年（四十歲）

二月二日，莎士比亞書店在喬伊斯生日當天出版了《尤利西斯》。八至九月，喬伊斯赴倫敦治療眼疾。十月，喬伊斯基本結束了《尤利西斯》的校對修改工作，並開始著手準備下一部作品。

一九二三年（四十一歲）

八月，喬伊斯做了三次眼部手術。

一九二四年（四十二歲）

三月，《一個青年藝術家的畫像》法譯本出版。四月，《大西洋彼岸書評》（*Transatlantic Review*）刊載了《芬尼根的守靈夜》片段。六月十日、十一月二十九日，相繼接受第五、六次眼部手術。

一九二五年（四十三歲）

六月，再次接受眼部手術。

一九二七年（四十五歲）

《尤利西斯》德譯本出版。四月，尤拉斯夫婦（Eugene and Maria Jolas）的《轉折》（*Transition*）雜誌開始連載《芬尼根的守靈夜》，直至一九三八年。七月七日，詩集《一首詩一便士》（*Pomes Penyeach*）由莎士比亞書店出版。

一九二九年（四十七歲）

二月，《尤利西斯》法譯本出版。五月二十七日，莎士比亞書店出版了《我們對他製作〈正在進行中的作品〉的化身的檢驗》（*Our Exagmination Round His Factification for Incamination of Work in Progress*），這是在喬伊斯授意下由山繆．貝克特（Samuel Beckett）等十二人為《芬尼根的守靈夜》寫的辯解文集。

一九三〇年（四十八歲）

四至六月，喬伊斯赴蘇黎世治療眼疾，在五月十五日做了白內障手術。

一九三一年（四十九歲）

四月，全家赴倫敦。七月四日，喬伊斯在倫敦與娜拉正式登記結婚。八月，女兒露西亞開始表現出精神異常的症狀。

十二月，父親約翰．喬伊斯在都柏林逝世。

一九三二年（五十歲）

二月二十五日，孫子斯蒂芬．詹姆斯．喬伊斯（Stephen James Joyce）出生。三月，喬伊斯與藍燈書屋（Random House）簽訂《尤利西斯》的出版合約。四月，露西亞被診斷患有精神分裂症，這對喬伊斯之後的生活產生了很大影響。十二月一日，《尤利西斯》第四版出版，由斯圖亞特．吉伯特（Stuart Gilbert）修訂，該版成為《尤利西斯》最權威的版本。

一九三三年（五十一歲）

十二月，約翰．伍爾西（John Woolsey）法官宣判解除對《尤利西斯》在美國的禁令。

一九三四年（五十二歲）

一至二月，美國藍燈書屋出版了《尤利西斯》。

一九三六年（五十四歲）

十月三日，《尤利西斯》在英國出版。

一九三八年（五十六歲）

十一月十三日，《芬尼根的守靈夜》完成。

一九三九年（五十七歲）

五月四日，《芬尼根的守靈夜》在倫敦和紐約同時出版。

一九四〇年（五十八歲）

十二月，因第二次世界大戰爆發，喬伊斯與妻子、兒子離開巴黎，前往蘇黎世。

一九四一年（五十九歲）

一月十三日，喬伊斯因胃潰瘍穿孔在蘇黎世病逝。

插畫〔俄〕Marie Muravski

一個青年藝術家的畫像

A PORTRAIT OF THE ARTIST AS A YOUNG MAN

一個青年藝術家的畫像 / 詹姆斯・喬伊斯著；辛彩娜譯 . -- 初版 . -- 臺北市：時報文化出版企業股份有限公司，2022.9；384 面；
14.8 x 21 公分 . --（愛經典；62）
譯自：A Portrait of the Artist as a Young Man
ISBN 978-626-335-746-4（精裝）

873.57 111011555

作家榜经典文库®

ISBN 978-626-335-746-4
Printed in Taiwan

愛經典 0 0 6 2

一個青年藝術家的畫像

作者—詹姆斯・喬伊斯｜譯者—辛彩娜｜插畫—〔俄〕Marie Muravski｜編輯總監—蘇清霖｜特約編輯—劉素芬｜封面設計—FE 設計｜內頁排版—藍天圖物宣字社｜企劃—張瑋之｜董事長—趙政岷｜出版者—時報文化出版企業股份有限公司　108019 台北市和平西路三段二四〇號四樓　發行專線—（〇二）二三〇六—六八四二　讀者服務專線—〇八〇〇—二三一—七〇五、（〇二）二三〇四—七一〇三　讀者服務傳真—（〇二）二三〇四—六八五八　郵撥—一九三四四七二四時報文化出版公司　信箱—10899 台北華江橋郵局第 99 信箱　時報悅讀網—http://www.readingtimes.com.tw｜電子郵件信箱—new@readingtimes.com.tw｜法律顧問—理律法律事務所　陳長文律師、李念祖律師｜印刷—勁達印刷有限公司｜初版一刷—二〇二二年九月九日｜定價—新台幣五二〇元｜（缺頁或破損的書，請寄回更換）

時報文化出版公司成立於一九七五年，並於一九九九年股票上櫃公開發行，於二〇〇八年脫離中時集團非屬旺中，以「尊重智慧與創意的文化事業」為信念。